莆田市文艺精品创作扶持项目

云村听月

陈建平

海峡出版发行集团 | 海峡文艺出版社

图书在版编目(CIP)数据

云村听月/陈建平著.－福州:海峡文艺出版社,
2019.6(2024.3重印)
ISBN 978-7-5550-1864-3

Ⅰ.①云⋯ Ⅱ.①陈⋯ Ⅲ.①散文集－中国
－当代 Ⅳ.①I267

中国版本图书馆CIP数据核字(2019)第094199号

云村听月

陈建平 著

出 版 人 林 滨
责任编辑 余明建
出版发行 海峡文艺出版社
经 销 福建新华发行(集团)有限责任公司
社 址 福州市东水路76号14层
发 行 部 0591－87536797
印 刷 三河市兴博印务有限公司
厂 址 河北省廊坊市三河市杨庄镇大窝头村西
开 本 787毫米×1092毫米 1/16
字 数 225千字
印 张 17.5
版 次 2019年6月第1版
印 次 2024年3月第2次印刷
书 号 ISBN 978-7-5550-1864-3
定 价 89.00元

如发现印装质量问题,请寄承印厂调换

雪郡聽月

陳建平

陈建平

笔名牧云

福建莆田人

上山下乡知青

福建日报高级记者

出版散文集《月色潮声》

曾任省新闻专业正高职称评委

现居天马山麓"云村小筑"

莆田市文艺精品创作扶持项目

敬 呈 我 至 爱 的 亲 人 和 友 朋

关于岁月人生

关于文化乡愁

关于心灵行走

目 录

云村听月意徘徊

云 徊

跫 音

乡 关

埙 号

云村岁月 阿谷 摄

云村听月意徘徊

二十余年前，我推出第一本作品集《月色潮声》。记得当时单位破格让我报评高级职称，为加重筹码而仓促成书，还有意塞进一些半是新闻半是散文的篇目。书名中"月色"暗喻文学，而"潮声"喻指新闻。我认为新闻是时代快餐，文学是精神飨宴，两者杂交，毕竟幼稚兼且孟浪，难入方家法眼。

因而这些年来，我虽陆续写了不少作品，分类可编数本集子，但对于出书，还是持慎重态度。古人云：文章千古事，得失寸心知。我的看法是：散文者，不该是躺卧纸面的句段章节，而应是独立行走的心灵风景；与其制造废纸，还不如让其深藏于心，暂存于抽屉或电脑，来日方长，待时机成熟再说。

及至退隐家园，心境不那么浮躁了，对人生和世事有了更深悟解，对亲情和友情也有了更真体味，每逢月晕花影、秋风梧叶有所感时，我又随心顺意写了些小文，在几位挚友撺掇下，遂萌生了结集之意，也算是记取"夕阳箫鼓"里的"晚眺归舟"，留个念想吧！

本书定名"云村听月"，是有寓意的。十年前，我卜居莆田北郊天马山麓，居所开门见山，夜窗挂月，逢着静夜神怡时，对着柳梢明月，流放性灵，沟通天机，常有所得，故号"听月山房"。山房旁有个屋顶院落，我用南洋松木搭起凉亭和棚架，摆上一张琴桌和几方太湖，又用紫竹和牵牛花藤作篱笆，栽种些蔬瓜花果，颇有"悠然见云山"的村野况味。春晨秋晚，西北环列的天马、凤凰诸山常有云雾山岚弥漫。思之再三，又把该院落名之"云村小筑"。

"云村听月"之书名往浅里说，是取小筑和山房之名组合而成，点明我家居所"半围青山半座城"的环境；往深里想，也透露了我所追寻的"一卷闲书一壶茶"的生活情趣和人生情调。

回顾烟云岁月，风雨平生，我的生命行旅可说是曲折坎坷。我们这一代老三届的宿命，是成长时逢着饥荒，修学时碰到"文革"，就业时遇到上山，成婚后撞上计生，尚有不少人养家时遭逢下岗……

加以我家祖上开过一家药店兼有十亩薄田，所谓的阶级成分欠佳，更成了历次政治运动打击和排挤的对象。

一路走来，生涯跌宕，云水苍茫，此中艰辛，难以备述。正是经济梦魇和政治生态的频繁交集，促我昂然奋起，力图改变命运，重构人生。就在"胼手胝足流汗水、深夜挑灯淌心血"的黛色境遇里，我悄悄地萌发了一个遥远的乌托邦理想，企盼有朝一日构筑个逍遥洒脱的心灵家园，能约云为友，邀月谈心。如今想来，那既是华夏儒子的"林泉梦"，也是我苦涩青春的"中国梦"。

当然，历经命运水火的锤打锻造，"云村听月"也是我所羡慕的意境和心境。

我在闽西连城山乡抛掷了十载青春，回乡又历经五年寒窗苦读，终至捧起"新闻"这一饭碗，像一朵无根的云游荡八方，可谓飘飘然且凛凛然。这些年来，浪荡"江湖"游走"宦海"，只能在骨子里坚守记者的良知，秉持中国儒生的操守，尽量为平头百姓做些力所能及的事，有时难免彷徨难免不安，悲欣交集，不能自已！于是，无拘无束的出世云村，就成了两难时的憧憬，自由自在的听月心境，也成了长夜里的清梦。云村山岚烟霞，可透灵府；山房微芳幽馥，怡养心性。毕竟，在云村中，在月光里，放飞心灵是美丽的！

前不久，不经意中听了"逃跑计划"音乐组合的《阳光照进回忆里》，被其中歌词"当实现了童年理想，童年又成为理想"所触动，反复玩味，深感从童年的纯真走向"童年"的散淡是一种哲学，也是一种潇洒似道、踏风而立的人生态度。

深长思之，"云村听月"还寄托着我所尊崇的道境和禅境。

此书编排之际。我以"云村听月归禅境，天马牧羊修道心"为题，请数位画家创作了几幅山水人物，寄托远离喧嚣回归简淡的情怀。这些年见识了好多人，经历了好些事，备尝桃李春风和江湖夜雨，甘苦冷暖自知。唉，辇下风光已成遥远旧梦，海上心情也是过眼云烟，山中岁月，月下情怀，才是退隐江湖的真实况味。云村归禅，听月修道，应是修身养性的题中之意，也是人生的最好归宿了。

云山不老，明月长在，云村听月意徘徊。

禅香 八卦炉·陈晶晶 摄

禅 香

　　月白风清的静夜，泡上一壶茶，焚上一根香，隔别万丈红尘，人间百态，让心绪在香气氤氲中悠悠归寂，沉沉入静，便可品呕沁入灵魂的禅香。

　　禅香，不仅仅是水流花开，琴箫问答；也不仅仅是冷月空山，了无牵挂；她在古年香炉和南山梵钟中酝酿，在风雅湖石和莲花江南中发酵，在溪山放鹤和心灵故乡中飘溢……

　　禅香的结穴，是超越名利的妙悟，是灵心通明的忘机。禅香的落脉，是华枝春满，天心月圆。

　　生活的高处是精神，精神的高处是灵魂。禅香，是精神高原的云，是灵魂天台的月。

古年沉香

在烟云岁月的回望里，大年，永远显得那样古意苍然，那么韵味深长！

打开炎黄子孙尘封的记忆，过年据说起源于殷商时期年头岁尾的祭神祭祖活动，古事悠远，内蕴深邃。在华夏民族的传统基因里，她生生不息地再现，又重重叠叠地归隐……暗自思量，我觉得把"年"称为"古年"比较贴切；岁以春为先，节以年为老，经过《诗经》《楚辞》的加持、唐诗宋词的浸润，她如沉香般散发出醇厚的幽香。

古年的回忆，永远是属于老年人的，而春节的憧憬，则永远属于充满希望的孩子。然而正像太极阴阳轮转互生一样，旧岁孕育新春，新春又老成旧岁，老年人都拥抱过年轻的希望，孩子们也必将走向老年，这是谁也改变不了的自然规律。能改变的，是人的心境；在命运的顺、逆、兴、衰期，在人生的初春、盛夏、晚秋、暮冬，对古年的感触自是大不相同。

古年是儿时的新衣、红包、爆竹，古年也是成年的忙碌、感念、回味；古年是北地的水饺、窗花、年画，古年也是南国的年糕、红灯、春联……在我的生命历程中，虽历经生涯的奔突与无奈，但一些古年的断片却沉沉地萦绕脑海，馨香氤氲。

20世纪五十年代，我祖居的这座江南古城有过迎春大游行，年复一年，隆重有加，可说是闽版的威尼斯狂欢节。其时，企业、剧团、镇街、村社、学园，都要精心组织游行队伍，草锣鼓、秧歌队、腰鼓舞、军乐团、采莲船、十番八乐、舞龙耍狮、百戏彩阁等，排成了长达数里的长龙，吹吹打打载歌载舞地穿街巡游，让人眼花缭乱。小城里万人空巷，爆竹齐鸣；孩子们欢呼雀跃，喜气洋洋。

印象颇深的是运输社出动的一队壮汉，敲打的大车鼓威风凛凛，气势磅礴；而舞龙耍狮队经过城中心古谯楼时，总要龙腾狮跃地表演一番，龙嘴狮口喷出的火焰，点燃了狂欢的高潮。小孩子最喜欢的游行节目是"阿乌弄蝴蝶"，在鞭炮"哔哔叭叭"的热烈伴奏下，脸孔黝黑的老光棍"阿乌"头上簪花，手持黏着两只彩蝶的竹枝，一路上娉娉袅袅地学小姐扮靓，舞扇扑蝶做着各种搞笑动作，逗得一班跟随的小淘气大呼小叫，乐欢了天。一个小顽皮还神秘兮兮地告诉我："阿乌住在小西湖旁的一间破庙里，他家养了一只成精的老公鸡，他晚上就抱着公鸡一起睡觉呢！"

是"阿乌弄蝴蝶"，嵌进了童年的乡梦，梦里有浓烈的炮硝香。

随后的七十年代，我们一代知青到闽西上山下乡，在关山重叠的小村寨，在天寒地冻的古年，客家人的好客醉了异乡游子的心！那是个政治挂帅物质贫乏的年代，古年尽管披上了革命化的辞藻，不见了走古事、舞大龙等风习，但传统古味依然难改。山里的客家温饱不继，却对过年一点也不敢马虎：天地不可不拜，祖宗怎能不祭，新衣是要穿的，爆竹仍然稀稀落落地燃响。

而客家老酒早在秋时就用冬坑田收的糯米酿好了，整缸抬出用谷壳煨热尽可畅饮；鸡鸭也提前养肥了，宰杀清蒸后撒上葱花姜末就可上桌；还有屋檐下的腊肉和腊肠，切片后装成了两大盘……山里纯朴的乡俗，过年以能请到远方客人为荣。于是，留守第二故乡的知青们理所当然成了山家争抢的座上宾，往往是你还在这家喝酒，身后就已站着另几家拉客的主儿了，就这样一家家喝过去，喝成了脚步踉跄的红脸关公。"但使主人能醉客，不知何处是他乡。"年节就是沉醉的日子，你可能会喝遍大半个村寨呢！

唉，天涯沦落的岁月，古年弥漫着浓郁的酒香。

记得改革开放后的又一个年关，我调回生养自己的故乡，尽管世事变幻，但童年时出入的那条后街依然是老岁月里的后街：街面的青石板坑坑洼洼，两侧的木板铺面歪歪斜斜，装裱店、戏装坊、香烛庄、打铁铺等老店照旧开张，街旁的三门井仍然张着三个黑洞洞的嘴巴，似在诉说老清朝、老民国的故事。罗弄里我家那座院落也依然是老岁月里的院落，花台上的那棵老龙眼仍撑着半院绿荫，陶盆里的那棵老茉莉依然播撒满院芬芳。

老奶奶乐颠颠地忙着备年：做豆腐，炸排骨，包春卷……最使人回味的是做红团，舂好糯米粉，加"粿红"揉好红团皮，蒸好配有茴香的绿豆馅，就在龙眼树下，包捏按敲印了一大簸箕带有"囍"字和"寿"字的红团和寿龟，一个个摆放在绿鲜鲜的鸡蕉叶上。红团入炊时，要点上一枝香，香燃尽，团儿也就熟透了；刚出炊的红团个个艳红油亮地惹人喜爱，散发着一种混合着鸡蕉、茴香、糯粉和豆沙的香味。

　　长相思，自难忘。我想，家乡最正宗的古年味，就是独特的红团香了。

　　岁月错错落落，风雨来来去去。古年犹如一段沉香，蒙着一层老年代的包浆，蕴蓄着古俗古礼古情古意古色古香。在亲情的召引下，有多少游子昼夜兼程向家集结，就为了围一盆暖暖的炉火，圆一圈融融的天伦。在过年的筹备中，有多少街市红男绿女熙熙攘攘，就为了承接老祖宗留下的传统，圆满吉庆地辞岁迎春。在年夜的守望里，有多少往事历历在目五味杂陈呵，那是一段段人生的总结，是一圈圈年轮的记忆……

　　天地不老，岁月有情，古年沉香！

2013.2.8

一品莲花　牧云　摄

莲花江南

江南，是一盏莲花。

莲花，是一品江南。

我住在岭南之北江南之南，时值仲夏，荔子之城莲花盛开，我家听月山房的青瓷缸上也吐出数盏惊喜，有粉红莲箭，有碧玉莲蓬，也有粉白莲花，犹如月中女仙，淡雅似梦。睹此佳株，使人情不自禁想起莲花江南，想起了江南的湖、江南的堤、江南的桥、江南的风，还有江南的文采风流。

江南，是莲花的故乡。莲花，则是江南的魂魄。江南之忆，最忆是莲花，江南之韵，悠然舒展在莲花盛开的季节，她妆扮着江南之湖，簇拥着江南之堤，衬托着江南之桥，摇曳着江南之风的姿态，诱惑着江南的鸟语蝉曲。难以想象，江南之夏要是缺了莲花，将会多么无趣！而中国文学史，又将失却多少脍炙人口的华章佳句。

莲花江南，是一派氤氲在灵山秀水中的绝佳景致。

说起江南，人们总会想到杭州；提起杭州，又总会想到西湖；那可是人间天堂的一面镜子哩！镜子里，莲花在天堂水国盛开，天堂在莲花湖里美丽。

夏秋之季，我曾多次徜徉杭州西湖，清赏湖荷湖莲。记得第一次拜访杭州正是仲夏，特地在西湖边选了个旅舍，就为要感受那"接天莲叶无穷碧，映日荷花别样红"的诗意。次日破晓漫步苏堤，其时孤山隐隐，湖风轻轻，柳烟依依，莲盏盈盈，面对如画湖光山色，感受如斯佳美景物，不禁心神俱醉，浑然如置身瑶池仙境，不知人间何世何年……想来，在宋词飘香的年代，杨万里晓出净慈寺送别林子方时，感受的也该是这种美境吧！

江南清晨，是莲花最靓丽的辰光，西湖内湖，莲叶田田，挨挨挤挤地几乎遮蔽了水面，淡淡的晨雾在莲田上荷株间徘徊，近堤碧绿的莲叶上，可见露珠留连，一颗颗晶莹剔透，犹如琉璃种绿翡翠；微风轻轻抚摸莲叶，露珠便也莹莹颤动，颇有"碧玉盘中弄水晶"的意态！而在碧荷的衬托下，一支支莲苞如箭向天，一盏盏莲花盈盈挺立，绽放出如出浴美人般的超卓风姿。待到旭日初露，霞铺东天，灿烂霞光投射在莲花上，更觉迷离变幻捉摸不定。这，就是莲花江南！

不可否认，江南的夏天也是炎热的，但繁华落尽，清心独传，有了莲花，就有了一片眼里的清丽和心中的清凉。莲花的生长离不开水，湖塘河池均可扎根展叶吐蕾绽放，于是江南水乡就像一块打碎的调色板，绛红浅绿青碧紫地流光溢彩，点染了无数莲花湖、莲花塘、莲花河、莲花池。《红楼梦》里，贾宝玉不是说女儿都是水做的吗，莲花也是水做的，她依水而居，临水而妆，伴水而丽，该是水中之灵。上善若水，正是这些水中之灵，氤氲了江南的脉脉风情，东乡的舴艋舟，西溪的采莲女，孤山的雨丝风片，西湖的烟波画船，全都因莲而动，为莲而活！

赏莲，人们多喜欢在丽日里，阳光下，可一览无余她的娇容。我却喜欢在明月夜，月光下，半醉半醒间，半梦半游里，最是有味。"朱槛月明中，清香为谁发？"月亮是莲花的知音，也与莲花最是般配，月在月光中走，莲在莲香里笑，月华里轻风吹拂，湖塘里暗香浮动，天地间花月相望，最惹相思，也最牵情。难怪朱自清竟对"荷塘月色"那么痴迷，留连至夜深，甚至连"自清"之名，也如冲破乌云秀出污泥的明月莲花般，契合无间。

莲花江南，是一派浸润在诗词歌赋里的文采风流。

灵山秀水，骚人墨客，荟萃多少诗篇："江南可采莲，莲叶何田田""碧荷生幽泉，朝日艳且鲜""远忆荷花浦，谁吟杜若洲""翠盖红幢耀日鲜，西湖佳丽会群仙""曲沼芙蓉映竹嘉，绿红相倚拥云霞""菰蒲无边水茫茫，荷花夜开风露香"……一朵莲花，激溅百代灵思，丰盈似水流年，在诗人词客的轻吟浅唱中，多少咏莲佳作迎风怒放，化为文化长河中的一朵朵浪花！

流连在无数咏莲名篇佳作中，人们可以发现，莲花江南，全然不同于杏花春雨，木叶秋风、梅香冬雪的韵致，她渗透了文人的情感意绪，给夏天的热情添了一份矜持，给蝉声的悠扬加了一份自在，给巡天的月亮增了一份温婉，给羞涩的恋人多了一份痴情。台湾诗人郑愁予在诗歌《错误》中吟咏："我打江南走过，那等在季节里的容颜如莲花般开落……你的心是小小的窗扉紧掩，我达达的马蹄声是美丽的错误，我不是归人，是个过客……"，这首情意缠绵的诗作，以红颜莲花般的开落，传递出一种含蓄的凄婉，那份美丽的忧伤直逼心底，难怪在台湾被誉为"现代抒情诗的绝唱"。

是呵，莲花江南，胜在独特的千古风雅。我曾在黔西南万龙县参加过莲花节，数公里长的环城湖就像莲花大会堂，召开千万盏莲花国会，配以亭台楼阁，恍若江南六月，但毕竟欠缺苏堤烟柳、三潭印月、曲院风荷，弱了厚重的文化底气，欠缺江南那种清贵的韵致。我还在古徽州宏村南湖看到一片莲田，盏盏红莲前是古色古香的南湖书院，就像一个高冠儒服的老塾师，正对一群垂髫之年的女童课诵《大学》和《尚书》，听得女童们伸长脖颈仰起娇靥懵懵懂懂。与南湖相望的是村里的敬德堂，阴沉的门洞俯视着满湖盛开的莲花，如一个老态龙钟的太祖翁，板着刻满岁月皱纹的苦瓜脸，呆对满场调皮雀跃的顽童。那种老迈与娇嫩的对峙与碰撞，直如惊天炸雷，撼魂动魄。

莲花江南，也是一派留连在曲院禅乡中的高洁风骨。

滚滚红尘，芸芸众生，追求的不外三个层次，绝大多数人追求物质的富足，一小部分人追寻精神的富有，极个别人追攀灵魂的富丽，终至佛家所说的"莲花境界"。莲花江南开，江南莲子落。在江南，我邂逅了山外青山楼外楼，邂逅了湖里西湖莲里莲，也邂逅了一些莲花般的人物，如心系百姓白香山、酒国诗仙李太白、千古风流苏东坡、梅妻鹤子林和靖、精忠报国岳鹏举、鉴湖女侠秋竞雄、天心月圆李叔同……他们的命运之路虽然曲曲弯弯，却以莲花般的性情，彰显了江南莲花般的品格。

北大美学研究中心主任朱良志教授把中国艺术理论讲演汇集为《曲院风荷》，足见其对江南曲院、西湖风荷的偏爱。江南曲院是含蓄婉约的，是培育和隐藏中国文人性灵的所在，而西湖风荷却是千万盏莲花的舞蹈，摇曳着中国古典艺术的脉脉风情。无疑，"曲院风荷"是莲花江南的映像，也是对民族文化心理的美学解读。唉，我真愿意化作一介江南布衣，披簑戴笠驾着采莲舟，摇进风雨莲田，摇入风荷曲院！

在中国古典文化的曲院，可驾扁舟，品荷香，看莲舞，游曲径，观微花，入空山，见枯树，醉冷月，感和风，挥慧剑，觉妙悟，何等逍遥洒脱、空灵妙逸。而卓然傲立的风荷，既是中国儒家文化的意象，又是中国禅道文化的风流。风流着莲花的象外之象、味外之味、意外之意、韵外之韵。

周敦颐在《爱莲说》中赞美："出淤泥而不染，濯清涟而不妖，中通外直，不蔓不枝，香远益清，亭亭净植，可远观而不可亵玩焉。"莲虽处污泥浊境却清标挺立，暗喻了中国文人清净不染的高洁境界。孟浩然在《题义公禅房》中写道："义公习禅寂，结宇依空林。户外一峰秀，阶前众壑深。夕阳连雨足，空翠落庭阴。看取莲花净，方知不染心。"更指"空林证慧心，花开见佛性"，修者达到清净不染的莲花境界。

佛教称佛国为"莲花国"。传说佛祖诞生时，下地七步，步步生莲。佛教六字真言"唵嘛呢叭弥吽"中，"叭弥"之意便是莲花。莲花禅境，是我最初从佛陀入静的莲台上得到的启示，如若不利入禅，佛陀何以坐莲呢？游走天堂杭州，青山绿水中隐藏着多少禅院道观，禅钟敲响，道铃摇落，涤尘滤俗，一片清宁。莲花江南，未尝不是穿过风荷曲院抵达的禅乡道境。

"一念心清静，处处莲花开"。说穿了，江南莲花，就在向往中华文明之美的国人心中；莲花江南，已成为隐藏在曲院风荷中的特殊文化意象。

月映千江，莲立万古。昨夜，我又做了一个梦，迷迷糊糊中，朦朦胧胧里，是西湖的曲院，微风吹活一大片莲浪，摇曳着中国传统文化的绝代风华。

那是江南的莲花，也是莲花般的江南！

2013.6.18

风雅湖石

　　孟冬之季，去了趟苏州，收了四方湖石。一方摆于厅堂，两方供奉听月山房，最大的一方约有七八百斤重，只得麻烦数友颇费周折，甚至动用了葫芦吊，置立于云村小筑紫竹丛前嘉宝树旁！咦，小筑山房有了湖石的加持，蓦然生动起来！

　　闲暇之时，漫步小筑，独对湖石，感触良多！湖石苍然，浑身孔窍，不知多少岁矣！遥想其没于沧浪，隐于烟波，藏于云岗，伏于大荒，历经亿万年的浪激波涤、风刮雨剥、日曝冰冻、雷轰电刷，故尔面貌大丑，造型奇崛，观形而知沧海桑田，相态而思千秋万岁。

　　老子曰："善之与恶，相去何若？"一言道出美与丑的辩证法。初始见之，湖石美在古雅，丑见朴拙，美丑互见，对立鲜明。用心观之，美还在于其玲珑的形态、剔透的窟窿，就像美人心计；丑却丑在残破的造型、碨磊的疤痕，又像愚汉破相。然而她却成功拆散了僵化的审美藩篱，将醇古苍浑与幽雅灵慧互为照应，正是美中见丑，丑中蕴美，美丑推挽，妙然相通。但不管美评也罢，丑论也好，湖石都以百千孔眼冷对，寂然不动，安之若素。

　　石是凝固的，凝固该是对鲜活的记忆！石也是缄默的，缄默该是对喧闹的反思！名列宋四家的书法家米芾，一生痴石，神魂颠倒，被誉为"石圣"，在"西园雅集"中以拜石形象百代流传。通过恒久潜心的迷石相石，他提炼出佳石"瘦、皱、漏、透"四字诀，可谓运思深邃，精辟独到，奠定了中国古代赏石的理论基础。

　　细看落户云村的这几块湖石，虽然瘦、皱、漏、透并不兼具，却也形态自成，各擅胜场：有的如云旗飘举，有的如蜂窝浑布，有的如回字环复，有的如青梦幽深。但以何号之，让其表里如一契合本我，又与"云村小筑"和"听月山房"意韵相融，确系难题。

　　江南名石中，有苏州留园"冠云峰"、上海豫园"玉玲珑"、西湖曲院"绉云峰"、绍兴寓园"冷云"，还有苏州东山宾馆的

荒云 太湖石 陈晶晶 摄

"太极"、苏州织造府的"瑞云峰"等。山水涵纳的环秀山庄、群狮嬉戏的狮子林、叠石成趣的片石山房等江浙名园，各以嶙峋奇石成就一段造园佳话。为给自家的这些湖石名号，我游移不定，颇费思量。

立于小筑园中的那块太湖石，高超五尺，颜色青灰，偏头扭腰，孔洞缠连，犹如飘荡湖海的风尘高人，局部躯干如鳌头如豹尾如鲨嘴如鲸鳃，浑身上下龙盘虎踞都是故事！把其称作"太古遗事"吧，显然不够含蓄。号为"江湖龙巢"嘛，"龙"有僭越之嫌。名之"江南幽梦"呢，浮生如梦过于缥缈。若称"岁月深处"，又如跨越时空的"虫洞"般玄奥，深不可测。踌躇再三，终以"云巢"命名。

展开想象的羽翼，该石总体造型有云浪般的动感，浑身孔窍就像太古云窝，是混沌之初卧云藏云之所在，尽可在云浪峰筑梦云台，在藏云穴蕴出云戏！况且，"云巢"一立，与"云村"互相照应，云气舒卷，风烟浩荡，若"小筑"呼吸之所在，使人恍若置身于遥遥太古、茫茫天际……暗下自觉，退隐江湖寄寓天马山麓"云村"后，闲观四时云生云没，静思人生云来云去，当然应有"云巢"在焉！

而摆于厅堂的那块湖石，系较典型的窟窿石，浑身全是莲蓬状莲房，令人一下子就想起了太湖之水，想起水浸石烂，水滴石穿。据《吴郡志·土物》载："太湖石出洞庭西山，以生水中者为贵。石在水中，岁岁为波涛冲撞，皆成嵌空。石面鳞鳞作靥，名弹窝，亦水痕也。"那么，此石当号"渔隐""出涛""苍湖"，也当号"太湖之忆""沧浪之骨""沧海之梦"……绕来绕去就是离不开水，还是以"沧浪"为名。

查"沧浪"出处，原系古水名。《孟子·离娄上》："有孺子歌曰：'沧浪之水清兮，可以濯我缨；沧浪之水浊兮，可以濯我足。'"后遂以"沧浪"指此歌。北宋苏舜钦遭贬谪，流寓吴中，在北碕筑亭，作《沧浪亭记》，常与欧阳修、梅尧臣等名士聚亭作诗唱酬往还，从此"沧浪"名垂千载。由此看来，"沧浪"颇不寻常。她又指青苍之水色，还指代"江湖"。春风桃李一杯酒，江湖夜雨十年灯。"沧浪"与侠客相亲，与士子相近。石出太湖，历经沧浪，可谓名至实归。

再说听月山房的两方湖石，该都与"云"有关。石坚固凝定，云飘忽无方，云石结缘，全在性灵。请看书案上的那块，其势先从红木基座腾起，在半空处向右上和右侧转结出两摞中空的石疤，犹如挽了两朵奇诡的云花。称其"风云""苍云""凝云""追云"吧！初意尚可，随之均觉未能尽意，终以"荒云"名之。"荒云"是太初的云旗，是蛮荒的传说；是天风浩荡中的大漠孤烟，寂寞地招摇长河落日；也是天机鼓吹下的性灵飘举，飘进一派生命的化境！

而茶几上的那块袖珍湖石呢，姿态优美地倾出了一个"田"字型结构，上方两眼窝，犹如美人含情脉脉的回眸一笑；回眸一笑百媚生，六宫粉黛无颜色。那是"云岫"，蓄满浓情；是"云吟"，诗意萦绕；是"幽云"，深藏于心；更是"云梦"，幻彩缤纷。挑三拣四，挑来拣去，终给她个"云徊"之名。

云徊，是一种离而难舍、往而复来的缠绵，是一种悲喜交织、苦甘交融的相思，也是一种情意相通、生死难舍的痴恋。从另一角度看，敦煌飞天飘舞回旋，凌空跳的也是"云徊"之舞，那是一种穿透时空的自由之舞，如云飞云驻，云徘云旋，浪漫且飘逸，自在复逍遥。往深里说，"云徊"石舞，舞出了一种慧心独照的大化生机。

当然，不管"云巢"也好，"沧浪"也罢，或则"荒云"飘举，或则"云徊"环旋，湖石仍是孤介独立，冷眼横对，不动声色。古人认为，大朴不雕，大美不言。不动声色自孕天趣，可谓：真水无香，冷石无言。那是凝固的风雅，是禅定的慧觉。

在古典画境里，湖石与瘦竹、孤鹤、雪江、钓叟一样，折射出寂寞清魂，冷寒本色，是士林高逸的心灵突围。故而，湖石深得文人艺家之爱。爱其如云出岫，爱其如巢卧龙，爱其如峰冠云，爱其如笔生花……如果说，园林是人工向自然的一种敬礼，那么，湖石就是嵌入园林的自然之心，透露出中国艺术的意象之美。

是呵，古人用园林构建生活，今人用湖石安放灵魂。可不是，园里卧一古石，可得叶落花开，雾尽峰现之韵。厅堂置一古石，虽处市井红尘，而有云水相忘之乐。书案摆一古石，更可倦而忘机，幽而通玄，安顿清雅孤寂的意趣，感悟悠悠天地的妙旨。

白云苍狗，云破月出；沧海桑田，水流石在；听月读石，不愧此生！

2015.7.18

溪山放鹤

　　甲午季春，从友人处购得一留青臂搁，供奉书案之上。仔细端详，臂搁刻图中有溪山、怪石、老树、扁舟，舟上除撑篙船夫外，坐一隐士，立一鹤鸟。心中喜爱，先取名"溪山放浪"，后改之"溪山放鹤"，参详再三，洋洋自得！

　　臂搁之溪山，是古典文化的溪山，学士梦里的溪山。在煌煌古籍中，溪山藏在唐诗宋词里，叠在明卷清本中。面对书案"溪山"，我不禁想起宋代张辑的《好溪山》词："孤鸿遥下夕阳寒。秋清怀抱宽。篱根香满菊金团。客中邀客看。呼浊酒，共清欢。五弦随意弹。西窗仍见好溪山。几年谁倚栏。"原来，张辑的溪山，在西窗里，在夕阳下，且有篱根金菊点缀，更得浊酒五弦加持，是一种不拒红尘的随意。

　　再看明才子唐寅所题之《溪山翠图》，诗曰："春林通一径，野色此中分。鹤迹松阴见，泉声竹里闻。草青经宿雨，山紫带斜曛。采药知何处，柴门掩白云。"唐寅画里的溪山，不仅有春林幽径、竹涧流泉、松阴鹤迹，还有山中掩闭的柴门，云深不知处的药叟……把玩品味，唐寅的溪山远离城垣庙堂，藏于野丘荒水，消却烟火气息，淡入仙境云乡，透出一种自由精神。贴近"溪山放鹤"意境。

　　提起臂搁中之鹤鸟，不禁使人想起唐代诗人刘禹锡，他写的那首《秋词》挣脱了悲秋束缚，以鹤为寄，以秋为歌，给人留下了深刻印象。"自古逢秋悲寂寥，我言秋日胜春朝。晴空一鹤排云上，便引诗情到碧霄。"一任慧心之鹤飞腾，飘向高远奇特的境界。真可谓超凡脱俗，独标孤愫。那只"刘"家之鹤，御风拍云，自在逍遥，至今仍在我想象的天空遨游。抚案凝神，追思秋云，臂搁之鹤也蓄势振翅，似欲腾空飞去。

　　而北宋处士林逋之鹤，则徘徊在秀出西湖的孤山，盘旋于超越世俗的梅丘。逋以"梅妻鹤子"名世，曾言："人生贵适志耳，志之所适，方为吾贵。每吾志之所适，非室家也，非功名富贵也。只觉青山绿水，与我情相宜。"《梦溪笔谈》记："林逋，隐居杭州孤山，常畜两鹤，纵之则飞入云霄，盘旋久之，复入笼中"。时人王稚登也写林逋"引鹤过桥看雪去，送僧归寺带云还"。显然，林逋之鹤，岚光烟霞相与优游，是住心随意的生命寄托，是释放性灵的孤踪高迥，鹤品人品相得益彰，占尽隐士风流。那么，臂搁之鹤，该是孤山梅园之鹤，梅妻鹤子之鹤，沾染梅香，飘飞千年，留驻书案！

那么，臂搁中之扁舟呢？自古以来，扁舟就是出世的仙槎，桃源的灵媒。诗仙太白历经宫廷沉浮后，就曾表示："人生在世不称意，明朝散发弄扁舟。"可见人生的烟波，真需一叶扁舟摆渡，载着疲惫的灵魂，驶向理想的天国。我不知道陶渊明"归去来辞"后，是否真的坐过扁舟，探过桃源？但他的精神，确是为了挣脱尘世，超越因缘，向往一叶扁舟，放浪林泉。他的灵觉，实在是应一个美丽的召唤，驾着扁舟，进入"不知有汉，无论魏晋"的世外桃源的。显见，"一蓑烟雨任平生"的逍遥，要比"采菊东篱下"的散淡，确要棋高一筹。

当然，作为纵浪大化的寄托，扁舟不仅飘然摇入诗词歌赋，也悠然漂进戏曲艺画。聆听古琴名曲《渔樵问答》吧，弹指拨弦之间，那山之巍巍、水之洋洋、斧伐之丁丁、橹声之欸乃，如碧涧流泉潺湲而出，飘逸潇洒的旋律诉说着一派溪山之思，沧浪之

想，透露出隐士豪放无羁，潇洒自得的情状。那正是幽人逍遥渔隐、山客优游樵林的扁舟境界。扁舟又入画意，"扁舟一叶溪山游"，更寄托着宋元画家的自由情怀。名列元四家的吴镇以善画扁舟渔父独步天下，他的扁舟，载着溪山渔隐，"诗简相对酒葫芦"；载着烟波钓叟，"只钓鲈鱼不钓名"。他的扁舟，载着灵魂的自适、诗意的芳华，放浪溪山，优游性海，飘摇出一种孤迥特立、浪漫不羁的精神。

溪流共青山一色，扁舟与白鹤齐飞。春晨秋暮，面对书案臂搁，沉思默想，意态闲雅。书案之溪山，也有流水之清耳、逍遥之忘形。她既是中华禅道之大庐，也是古典士隐之幽梦。那野溪流的是智泉灵水，松山树的是刚气仁风。而鹤鸟，该是隐士高人之鹤，烟霞仙乡之鹤。鹤鸟宜伴七贤于竹林，配流觞于兰亭，立米芾之圣石，飞西园添雅叙。放鹤，放飞的是红尘俗务，烟云世事，放飞的更是去忧忘纷、参悟大化的精魂。

再看那悠游于溪山的扁舟，则是退隐江湖之舟，寻幽探秘之舟，归禅问道之舟，心灵皈依之舟。如果说溪山可居，那么，扁舟摇向的就是天然居、出世林、意象苑、纯净土，也是安置道体禅心的伊甸园。溪山宜作逍遥遊，在那里，怪石松云，扁舟飞鹤，全臻化境。

唉，红尘如梦，人生如寄，面对扁舟高人，何不与尔同舟，共赴溪山放鹤！

2015.10.20

溪山 牧云 摄

叩谢乾坤 感恩岁月

拨开光阴烟云，穿越心灵迷雾，我们跨进戊戌年新春的门槛。

回望旧年，群山一派苍茫，"云村"若隐若现，我们曾避开软红千丈的喧嚣、名利地位的诱惑，怀揣一册古卷，孤独地走向"云深不知处"的寂寞。

这条路上，没有鲜花掌声的迎候，没有名利地位的召唤，也没有前呼后拥的排场，更远离时代大舞台和闪烁聚光灯。

与过往不同的是，借助云网络的神通，我们把心情的流泻，灵魂的皈依，化为思想的脉冲，向地球村发出了一波波善良的意愿。

就本质而言，这是一条先贤先哲踏足的路。这条文学之路，从仰望星空的"天问"出发，被文明的篝火照亮，经纯朴的《诗经》《楚辞》加持，历华美的唐诗宋词滋润，从历史深处蜿蜒而来，又向时光远处延伸而去。

行脚这条路上，聆听敬天顺道的天籁，采撷天地人和的山花，途程的一枝一叶，一沙一石，都涵蓄充盈内心的感动！

光阴已记住，穿越丁酉年的这条路上，那深深浅浅的履痕。岁月也记住了，用目光抚摸"云村"的友人们，送来的会心鼓励和善意批评。

不管我们相识还是不相识，但天降机缘，我们曾一同走进古白湖渡的南宋烟雨、壶公山谷的风来栖云、江南古城的幽长小巷、华夏大地的过年风景，触摸遥远的文明、绵长的传承；也一同品味连城客家的老井沧桑、莆田故园的秋天况味、新县山乡的遥远记忆、西山之村的刻骨乡愁……感受苍凉的历史，温煦的人情。

叩谢乾坤，感恩岁月。给我们留下浩如烟海的文明宝藏，赋予我们如此艰辛的生涯、如此丰茂的人生，也施舍给我们坚定的心志和命运的觉悟，以至贫瘠的土地，也能播下希望的种子；寒冷的季节，也能开出迎春的花朵。尽管她们并不艳丽也不夺目，但每枝每朵，每页每篇，都发自温润的心田、散发芬芳的愿景，都与生养我们的乡土、孕育我们的祖国骨肉相连。

叩谢乾坤，感恩岁月。去岁夏秋，巧遇两对拍婚纱照的新人，以象征意味昭示了人类与历史、与自然的微妙关系：

一对在永泰嵩口古镇民俗馆那座老院落里，白衣新郎和红裳新娘依傍苔痕斑驳的石槽，背靠爬满老藤的土墙，古老岁月的沧桑记忆与新婚幸福的青春容颜强烈碰撞，让平静的心灵火花四溅。我们华夏民族、炎黄子孙，不正是从蛮荒岁月披荆斩棘，举着憧憬的火把栉风沐雨，一代代走过来的吗？

还有一对在暮色朦胧的莆田"北海"东圳湖边，天地山水、落霞残照、苍茫烟波，放大成对新人地老天荒的祝福。那幅衣袂飘飘的婚纱照，使人联想到"天地宇宙情怀"。那种感悟人生终极意义的大爱情怀，该是一面高扬的理想主义旗帜，也是跨越一切族群、贫富、阶级、权力的大善、大义、大勇与大美。其内核，即是用道德、良知、文明、慈悲、自由、正义等品性熔铸的高贵精神！

叩谢乾坤，感恩岁月。沐浴戊戌年的春光，细数"云村"枝头的点点嫩芽，心田不免萌生一轮新的钟情。风雨流年，初心依然。仰望苍天脚踏厚土，背负传统文明行囊，捏紧握笔的手，播撒深沉的情，我们将沿着人类文明的走向鞠躬前行，走进更深邃的"云村"，礼敬列祖列宗曾经繁衍生息的古国，向遥相守望的互联部落，向勤勉辛劳的父老乡亲，传递真诚的爱的火把。

苍茫天地，深恩难忘；叩谢乾坤，感恩岁月！

2018.2.15

山　鬼

　　一段死透的木头，历经枯冬寒岁，来自蛮野大荒。命定的缘故，它，只适于与空山古冢作伴，或与夜枭冷月为伍；长年累月，得月之精树之魂，便成"山鬼"！

　　吾弟云在寮主有奇嗜，游走荒山，摸遍野店，意图"山鬼"，所获颇丰，纠集在寮，以谋不轨。搞得满寮阴气沉沉，鬼气森森。由是，吾称是寮为"鬼寮"也！

　　鬼寮列"鬼"，来自天南地北、幽涧野岭，远者得之蛮夷，近者招之家山。其凹凸扭曲，奇形怪状，望之如木精树怪，如古猿老雕，兼有探头探脑者，有搔首弄姿辈，恍若聊斋里钻出，西游途晃来。

　　山鬼原身，本为嘉树，鲜活繁茂，占尽风华。其发于春而荣于夏，秋萧萧兮木叶下，冬凛凛兮枝干枯，周而复始，历岁经年，饱受时光打磨，更得风雨洗刷，雷电轰击，或受天火焚烧，兽虫咬嚼，掉了皮，去了肉，缩了身，枯了心，终剩一把嶙峋劲骨，成了天地祭坛牺牲。但其死相，自有风骨，有气格，有形状，有胆色，真正留下魂，做了鬼，成了木乃伊。

　　山鬼，尽管身死，木魄仍存。其设身处地，多为苍山莽林，日有迷雾隐身，夜有风露清场，顶有冷月点灯，前有萤虫指路，更得山魅、林魍相伴。于是，或蹲或爬，或立或卧，有的干如妖脸，枝若鹰爪，有的状若饿虎，形似恐龙，于枯丑中显大拙之美，于荒寒中添萧森之感。更有奇者，扎根荒漠沙丘，海岬石岗，风折浪击，傲立不倒，生机已灭，骨气仍存，堪称鬼雄。

　　即便成精称雄，山鬼仍多用途。也许，它可燃远古的篝火，晃晃耀眼，点亮祭神的狂欢；也许，它可作月夜的寒砧，声声绝情，敲打幽人的清梦；也许，它还可勉强拼作一块船板，承载灰白的灵魂，去寻找消逝的春天……

　　山鬼无死，越代跨朝：是虫蛀的《诗经》，是风干的《楚辞》，是脱禁的木妖，是还魂的树魔。屈子九歌，传扬千年，歌里《山鬼》

是女巫，是女神，被薜荔兮带女萝，乘赤豹兮从文狸，辛夷车兮结桂旗，被石兰兮带杜衡，风采独具，美态绝伦，是"既含睇兮又宜笑"的巫神合体，凄迷得令人神往。

现实世界，亦不乏"山鬼"。年轻时，吾于闽西罗坊山打工，水泥厂一同事即号"山鬼"，其人黄脸暴牙，络腮胡子，喜好打猎，矿灯鸟枪、火药葫芦，装备齐全。其白天上班，竟日昏昏；晚扎绑腿，精神焕然；夜游巡山，豹伏狼行，凌晨归来，常携山雉獐子等血淋野物，可谓"山鬼"。

前些年，余结识老鱼阿乌。其乌脸罗腿斗鸡眼，炒了体校鱿鱼，隐伏天马后山，绥溪水岸，先创酒吧，搅动满山"巴山夜雨"，再办歌场，流窜溪涧"青萍之末"，夜里卖酒兼卖唱，引一群狐朋狗友，灯蓝酒绿，鬼哭狼嚎。闲时，则鬼头鬼脑，往返野山废村，出没老叶树破屋，乐享婆娑风露、低吟秋蚤、淋漓屋檐、明灭油灯。更喜腐草为萤，孤坟为邻。无愧"山鬼"。

言及"山鬼"之王，当推三弟大荒。此君喜好死树，酷爱枯木，竟至废寝忘食之境。如遇"山鬼"样异型怪木，定然嘴歪眼斜，喜形于色，求之，摩之，抱之，亲之。经年累月，"云在寮"墙角堆鬼，书房挤鬼，桌上摆鬼，床底卧鬼，群鬼乱舞，散溢时光之灰，充盈老古之味。大荒坐拥众鬼，日里把玩鬼伴，画鬼点睛，夜里伴鬼共眠，梦鬼还魂，活脱脱一胖大"山神"。"山神"渡鬼脱劫，赋鬼于美，全赖一片佛心。

嗟乎，山鬼之属，显露自然之界，反衬人类之世。其枯槁见荣，荣茂蕴枯，是"死"之证明，亦"生"之见证。其自山野荒林，流落市井人间，有情绪，有脾气，有野性，有落寞，有爱恨情仇，正可撩拨五官六感，启蒙心智魂灵。难道不是，注入艺师灵心，其可唤回生命神韵；融进智者慧觉，又可焕发天地灵气。

山鬼入毂，挤眉弄眼，张牙舞爪。山鬼出世，大朴不雕，大巧若拙。足证绚烂之极，归于平淡，亢龙有悔，极则必反，白贲无咎，淡有深味的人生至理。

太极阴阳，生死轮回，生即是死，死即是生。尘世沧桑，兴衰转换，兴蕴涵衰，衰孕育兴。此便是山鬼阐释之朴素辩证法。

妙哉，山鬼！

2016.9.15

南山梵钟

　　一个平和的冬日，在南山广化寺听到了梵钟佛鼓磬声禅曲，它们的圆融统一，构成了这座佛教丛林 200 多僧人的奇妙课诵。

　　驻足细听，禅曲的安详、磬声的清越、佛鼓的浑然声声入耳；最诱人遐思的是梵钟，那"咚嗡——咚嗡——"的敲击乐听似有定又似无定，悠悠扬扬地在钟楼上盘旋，绕梁不绝；又浩浩荡荡地罩向梵宇漫向禅庭直撞人心。从来不曾想到钟声具有如此入神的力量，用声波音浪托浮着你自在飘摇，飘向恍惚摇向圆融。

　　看起来听钟需要环境，也需要心情。与姑苏城外寒山寺的夜半钟声不同，广化寺跻身福建省十佳风景区，从青山环抱绿水缠绕中生发的寺钟自有一种闽中特有的韵致；况且我的心情又洒满初冬和煦的晨光，畅然洞开了所有窗扉，于是钟声就一声声渗进了灵魂。

　　梵钟有条不紊，越敲越响，犹如千万金属片激扬四散，飞向无终无极；又似晶亮的珍珠瀑自天而降，涤荡滚滚红尘。驾钟声龙腾而上驭风飘行，往返于过去未来，神游于四极八荒，我好似听到南湖郑氏三兄弟"开莆来学"的读书声，无际禅师募资创寺的木鱼声；看到"灵岩一百二十寺，多少楼台锁夕曛"的壮丽胜景和山门若市、香客如云的礼佛盛况；也看到了一幕幕断垣残壁、衰草昏鸦的凄凉图景……

　　晨钟暮鼓，晓风残月，霞聚云散，百代兴衰，使人惊讶的是什么力量使这片禅林一次次在乱世烽火中涅槃，又一次次在历史烟云中重生呢？抬头问释迦族的圣人，佛陀高居莲座默然不答，唯耕耘岁月的梵钟穿越千年，沉重而又空灵地注释这难解之谜。

　　难解之谜在人间：金字塔，魔鬼三角，尼斯湖怪兽，复活节岛上的巨石阵……难解之谜在天上：不明飞行物，外星高等生命，横扫夜空的彗星，太极图状的星云……难解之谜在佛中：舍利子，转世灵童，不坏的惠能肉身，菩提树下的大彻大悟……人类居住的蓝色星是时空中的一粒微尘，人类飘扬的思想却如钟声播遍时空。

听，钟声敲醒了记忆，敲回了人生的童话，金色年华的校园之梦，坎坷岁月的潜隐真谛。钟声也收藏了记忆，使人忘却了需要，超越了理智，斩断了执迷。在醍醐灌顶般的梵钟中，佛子们听到了沉默的力量，自由的欢欣和幸福的永恒，在内心世界里营造着清静寂定的"禅"。

传说禅宗初祖达摩从西域来东土后，主张"不立文字""直指人心""见性成佛"，直接把握生命事实的核心，而求得心的安住。他的生命事实到底是什么呢？是净智妙圆，是廓然无圣，是慧觉空明。不知他在面壁九年禅定觉悟中，是否时常听到这种美妙的天籁，叫凡夫俗子百听不解而又叫出世佛子百听不厌的梵钟——超凡脱俗部落的圣乐。

梵钟敲出了东方的神秘，传递着一种东方精神。日本现代禅学大师铃木大拙认为，东方的思想方式偏重于整体的把握，东方精神往往是不确定的朦胧的，这与西方人强调逻辑的确定性颇为不同。同样，东方的梵钟敲出了佛的叹息佛的慈悲佛的圆满，宣扬着心的博大灵的解放，引领觉悟的心灵去拥抱广阔无垠的宇宙，拥抱终极的安谧。

我生长在东方华夏古国，这片土地胸怀博大，文化积淀肥沃丰厚，佛教禅林星罗棋布，悠悠梵钟敲打了上千年，敲打出代代佛子坚韧的心志。记得小时候住在闽中古镇荔城罗弄里，每逢黎明时分，总有梅峰寺的钟声徐徐传来，深沉浑厚且余韵悠长，像一队拄杖老者迤逦行远，颇有种旷逸的情调，这就是名列莆田24景的"梅寺晨钟"。

然而那时阅历尚浅，难以细致品味，悟不出其中的内涵。及至远客闽西他乡，历尽生涯的奔突和窘困，又觉得山寺钟声美丽得令人心痛，使人想起战国时的屈原，西汉时的苏武，无端地要惹你落泪。如今有缘遭遇南山梵钟，不免止步动容为之倾倒，任由这禅林古韵敲出虔心和幽情。

"咚嗡——咚嗡——咚嗡——"，南山梵钟在灵之中魂之内晃荡飘忽，它是在实践警醒的诺言么？它是在断一百零八种烦恼么？它是在宣扬佛陀的慈悲么？我难得糊涂了！我只感到钟声正以不可思议的力量，导我向神圣的精神高原飞升，去领略更阔大的天地更圣洁的风光。

显然，敢于在钟声中涅槃的灵魂，必定会在永恒中长生。

2001.12.8

梵钟　牧云　摄

秋声五叠

深秋之季,向晚之时,阴云四合,在天马山麓邂逅劲刮的西风,盈耳苍凉的秋声!

秋声

秋天,是收割诗情的季节。秋声,则是催发感伤的悲歌。秋声肃杀,收割了盛夏的热情、金秋的丰饶,于是萧条的情感如一派空旷的大漠。

秋声悲壮,扫荡了繁茂的田野、苍翠的山林,于是寥落的心境像漫天飘舞的黄叶。难怪古人说:自古逢秋悲寂寥!

童年的秋声是唯美的,在喜欢做梦的年纪,秋声,自布谷的召唤中生发,在青蝉的吟咏中成长,与飘飞的白云赛跑。

然而,历经青年的挫折和中年的打磨,迈向人生老境之时,秋声,终将撞响寒山的冷钟,唤来冰霜的惨白,唤来一片白茫茫的大地。

对于老秋来说,秋声是岁月的挽歌,也是命运的慨叹!

雁曲

秋声里,有高天掠过的一串辽远雁曲。

王维赴边作《使至塞上》,吟出"征蓬出汉塞,归雁入胡天"的苍凉境界。

胡天雁曲的浩歌,与大漠孤烟、长河落日的广袤一道,铺展出一派荒寒幽杳、苍凉悲慨的情调。

雁阵,飞越高原大漠、山海湖野,是赶脚季节的生存叹息。雁曲,响应长天云海、霜晨风暮,是横向奏鸣的生命旋律。

雁曲串连黄陵古冢、秦兵雄师、长安黄卷、法门佛号,是回望古老文明的激湍,追寻精神家园的悸动!

雁曲,穿越炎黄血脉,回响华夏青史,既是几声"落日楼头,断鸿声里"的失意，也是一串"百岁如流，富贵冷灰"的警号，还是一首"壮士拂剑，浩然弥哀"的悲歌。

雁曲，吟几声《离骚》，离情悠悠；留一串《天问》，问号深深！从某种意义上说，雁曲更是一代雄豪的冲天之曲，也是历代志士"念天地之悠悠，独怆然而涕下"的心曲。

故园风光依旧在，落寞几度夕阳红。人生难说不是一次旅行，行者心中自有一只孤雁，如烟云水月，出没太虚。

行者心中的雁曲，幽远深邃而又玄奥难踪。她咏叹的，是遨游八荒的寂寞与锲入灵魂的感伤。

砧韵

秋声里，也有声声摧人心肝的砧韵！

深秋之暮，木兰溪岸，泗华古陂，总有些村姑村嫂聚于水边陂头浣衣，有的操持棒槌捣衣，"杜——杜——杜——"的砧韵穿破细碎的水声，飘过溪桥汀洲，擦过野村林表，隐入迷蒙的溪山。

明万历间，学者顾宪成曾为东林书院撰联："风声雨声读书声声声入耳，家事国事天下事事事关心。"可谓韵入神州，声传百载。

而在中华古典里，寒风中的捣衣声，却传递出戍人远征，家人离恨的苦思，烘托出一派冷落、萧瑟、凄凉的气氛。正如唐季沈佺期诗句："九月寒砧催木叶，十年征戍忆辽阳。"又如李贺词："寒砧能捣百尺练，粉泪凝珠滴红线。"

砧韵应秋声，声声捣人心，捣出的是一派荒寂、孤寒的意境。这种意境与滚滚红尘的繁盛、琅琅书声的热烈、萧萧军旅的悲壮构成强烈冲撞，幽冷彻骨而又动人魂魄。

从入世的角度听闻，砧韵里有十面埋伏，有大风壮歌，是一曲悲慨激昂的"将进酒"和"从军行"。

从出世的心境体悟，砧韵里有竹林野咏，有寒江孤钓，是一串遗世独立的惊叹，也是数点冰壶玉鉴的清响。

砧韵，敲打着离人的叹息，传递着高士的绝响！

松涛

秋声里，还有松涛演奏的雄浑进行曲！

松涛，摇曳在童年的记忆里。松涛，回响在秋夜的清梦中。

夜阑梦回，又拥抱苍松掩映的东山，又淹留难以忘怀的东山松涛。尽管那满山老松早在发烧年代大炼钢铁的烽火中焚化，但那苍魂翠魄仍在我心摇曳，摇曳成一片江南小城的古老灵风。

松涛声清，摇曳成一派莆风清籁。看铜干铁枝，挺立高标；想翠针金果，参赞化育。松涛迥脱根尘，缘于心性无染；超然物表，在于浑通太清。而松号寒山，召唤的是充填天地的凛然正气。

松涛声壮，如虎贲雄师，冲锋陷阵，摧枯拉朽，席卷千军。松风相激，云烟互荡，壮摇千山，声撼万川，招摇成森罗万象，成就了苍茫境界。松涛格调高古，气味荒寒，是朴茂沉雄的生命形态，也是激情奔涌的灵魂讴歌。

松涛声远，穿越百代千秋，横贯人间四季，涤荡红尘俗气，声盖浊世万音。松涛为空山冷月填词，为高崖雪鹤谱曲，其与瀑流共舞，是山水赞歌；与烟霞交会，为释道宏乐。

智者乐水，仁者乐山。松涛为仁者寿，演绎春之悠畅，夏之清爽，秋之高迥，冬之凛然；使人忘却朝堂之争，怀想江湖之远。松涛贞坚，雾浸雪侵，云蒸霞蔚，风标依然。

宇宙洪阔，天道苍远，松涛，是松与风的交响，灵与气的奔会，精与神的往来，天与地的清音。是仰而弥高、听而弥远的生命化境。

耳清松涛近，心远野云轻。读懂松涛，即是读懂华夏高士的品格；参透松涛，即是参透天地宇宙的生命！

秋心

秋声里，不仅有雁曲，砧韵，松涛，还有老树上聒噪的昏鸦，古道上乱闯的西风、红楼上呜咽的洞箫、天涯断肠人的醉歌……

秋山冷漠，秋水浩淼，秋云惨淡，秋原萧瑟。秋声发自秋心，那是望穿秋水不见伊人的落寞之心，那是胡茄鼙鼓交响塞外的悲凉之心，那是金戈铁马一去不回的壮烈之心！

秋水　牧云　摄

　　秋风怒啸，秋心纷飞。秋声是向季节宣战的号角，于是朔风驱赶乌云在北天结阵，如犯边的辽寇侵犯清蓝的天空；边关彩角四起，连营马嘶。

　　秋声撞响了出世的晨钟暮鼓，于是温柔的心情变得漫不经心，柔软的灵魂变得冷酷无情；伤心多少蛩声，诉愁到晓。

　　秋声也是追逐温暖的召唤，于是藏芦的沙雁呼朋引友，在高天结成人阵匆匆南飞，惹引无数泪眼，望断乡关。

　　如果西风来了，春天还会远吗？凛凛的秋声，终是春雷的序曲！

2015.11.3

端午芬芳

  端午节翩然莅临，天马山麓，诗山渠边，知了初展歌喉，蛙鼓更加密切；颂歌似的箬叶香和糯米味，散发出一股按捺不住的热情；云村小筑犹如一盆"五味草"熬就的香汤，荡漾着花草的芬芳。

  这种芬芳是生命情调的张扬，历经一个冬天的积蓄和整个春天的酝酿，林林总总而又销魂荡魄。她是一树树玉兰花铺垫的，那明绿丛中绽放的无数象牙花，把整个庭院包裹在淡雅的花气中。粉白栀子花散发的香气，使人忆起了幼儿园，香出童年的无邪。千里香开出的黄色细花，幽幽远远地诉说一派与世无争的内敛。还有茉莉花迷人的香，是外婆走亲戚时，别在发髻上的故乡气息，温馨而又持久。而垂下棚架的一簇簇使君花，犹如天女散花撒下阵阵怡人的馨香，该是来自九天仙女的问候吧！端午，成了岁月印象里最芬芳的节日。

  这种芬芳带有野性的暗示，引诱人们打开聊斋俗居，走出市井街衢，亲近山野林泉，去接受初夏的问候。啊哈，龙眼已经结籽，荔枝果实累累；凤凰木燃起一片片烈腾腾的火炬，恰似一群刚走出校门的大学生，肆无忌惮挥洒青春的气息和活力。如果说，雄性的壶公山是"粽型山"，那么母性的木兰溪就是"五味水"了；端午，适宜头枕壶公山脚泡木兰水，做一个散发着草叶香气的乡土之梦。

  梦里游走，路旁林间溪边，已成一片绿肥红瘦的翠香海。数位农妇正在采剪"五味草"，用于煎汤沐浴煮午时蛋。呵呵，民间年节既是凡尘生活的调剂，也是饮食男女的向往；莆田家乡民俗风情浓郁，端午节俗丰富多彩，从"初一糕、初二粽、初三螺、初四艾、初五扒龙船"的俚语就可见出，端午节是要连过五日且每天各有"节目"的,五月初五煎"五味草"汤沐浴的风习代代相传。当然,"五味草"并非仅限"五味",除主角牡荆外,菖蒲、棕叶、香草、桑叶、桃叶、滚蛇草、枇杷叶、蒲公英、番石榴叶等张扬野味的草叶均可入选。

季节流转,花草应和。得益于初夏的加持,为了端午的祭献,诸品草叶争先恐后打开珍藏的香囊,播撒富有个性的芬芳。你闻,鸡蕉叶独特的香,如刚出炊的红团香得沉着,它收藏了记忆也收藏了岁月。棕叶和蛋草(学名华山矾)诱人垂涎欲滴的气味,则香出一股浓郁的乡土风情味,那是遥远节日的问候吧!更有薄荷清辣的香、菖蒲幽远的香、艾草浓烈的香,恍若一群富有天然公义的执法官,誓要除邪祛浊,驱逐蚊虫,维护节候的健康与庄严。

端午又名诗人节、浴兰节、龙舟节等,从小处看,它是充满仪式感的民俗节日;往大里说,它又是"慎终追远、民德归厚"的民族大节了。提起端午节起源,人们总会想到楚国大夫屈原,想起他在中华文学源头旗帜一般飞扬的《离骚》,想起他"惟兹佩之可贵兮,委厥美而历兹。芳菲菲而难亏兮,芬至今犹未沫"的坚贞品格和道德文章。因为屈原,这个节日散发出一种独特的人格魅力;那是一种穿越苍古历史的精神芬芳,蕴含着酽酽的乡情与悠悠的忆念。

岁月飘香,幽人若梦,屈原的气质正是端午的气质,不仅流溢艺术的风华,而且传扬悲剧的崇高。2300多年过去了,不管过去现在,不论南方北地,都以包粽子、划龙舟作深情追忆;那氤氲着箬叶和糯米香味的粽子,包裹的就是屈原的魂魄;那激扬飞溅的赛龙舟号子,正是一个不屈民族的奋进宣言。

昊天有情,长河如歌。端午的芬芳,终究离不开文化的传承和人类的觉悟,它是宇宙天地赋予精神贵族的灵魂之香,也是芬菲竞呈的悠扬赞美诗。

2018.6.18

心灵故乡

　　故乡，是北国的一朵风筝，是南方的一片荔红；故乡，是清明的一缕香烟，是深秋的一杯浊酒……

　　在我们中华民族的传统中，人们大都把自己歌哭于斯的诞生地称作故乡。长大后闯荡江湖成为游子，与故乡距离越远，感念越强；隔别越久，思恋越深。即使亲人早已逝去，即使景物已然变迁，也依然能酿出浓浓的乡愁。因为那方滋养你生命的水土，早已在你的脑海里、血脉中烙下了抹不去的印记。

　　然而奇怪的是，在故乡莆田举行的"中国摄影之乡论坛——摄影展"上，有一帧风景作品却勾起了我深深的乡思！作品摄的是杏花春雨江南：一条小河，两岸老屋，几片酒旗，数串红灯，加上岸边探头的几簇翠叶和河中游船上的桃红纸伞，全都被迷蒙的春雨渲染得影影绰绰，恍若一幅民族历史的风情画。我不禁心中一动，这，不就是我梦中陌生而又熟悉的故乡吗，她早已在我的意象中定格千年了！

　　是啊，只要在特定的心境中，即便你身处家园，也依然会对故乡萌生出剪不断理还乱的思绪。故乡是少时的回忆和老去的感伤，是春日的鸟声和冬夜的叹息，足以勾起你许多悠远的意象。

　　在我童年的记忆中，故乡永远与外婆联结在一起，外婆出身贫寒，一生笃信神佛，走南闯北当挑夫操劳了大半辈子，在漫长的人生行脚中，定然饱历"枯藤老树昏鸦，小桥流水人家，古道西风瘦马，断肠人在天涯"的凄凉境况，她晚年最大的乐趣，就是逢着农历初一、十五，牵着小不丁点的我和妹妹到城隍庙烧香，祈求合家平安，子孙成材，然后到庙前戏棚看社戏，那咿咿呀呀的莆仙戏曲，唱出一出出人生的悲喜剧，也唱出了老辈人原始朴素的精神寄托。

后来到校求学，从小学到中学，故乡意象又化为课本里李太白诗意的吟咏了："床前明月光，疑是地上霜，举头望明月，低头思故乡。"袒露出朴实无华又意蕴深远的游子情怀。李白的故乡在哪儿呢？有学者考证，他于长安元年（701）生于西域碎叶，应是异国他乡之人，后随父移居蜀地青莲。我想，从其自号青莲居士，以及"但怜故乡水，万里送行舟"等诗句中，他是把青莲作为自己的故乡了。

然而，傲岸不羁、胸怀大志的诗仙，岂是一方水土能束缚得住的。读一读他的《客中行》吧："兰陵美酒郁金香，玉碗盛来琥珀光。但使主人能醉客，不知何处是他乡。"李白的一生几乎都在客旅中漂泊，都在他乡中留连，余秋雨分析他一直在寻找一种"置身异乡的独特体验，置身异乡所接触的全是陌生的东西，异乡的山水更会让人联想到自己生命的起点，因此越是置身异乡越会勾起浓浓的乡愁。乡愁越浓越不敢回去，越不敢回去越愿意把自己和故乡连在一起"。

我却认为，李白傲视王侯，诗酒风流，是把人生的行旅视为故乡了。他的故乡意象就像电影里的蒙太奇，时而明月高悬，时而大江奔流。其思想折射出一种拥抱天地的大唐气概。从某种意义上说，自认怀才不遇的李白，他的心灵故乡正是异国他乡的诗国酒乡。反过来，也正是宽容大度的盛唐故乡，才能孕育出这个酒乡的谪仙诗国的帝王。故而余光中评说他："酒入豪肠，七分酿成了月光，剩下的三分啸成剑气，绣口一吐，就是半个盛唐。"

那么，台湾诗人余光中的故乡呢，她是心灵彼岸的一片大陆，深藏着一个爱国老文化人的故园之思、家国之痛。因此，他才吟咏出如此感人肺腑的乡愁：

小时候／乡愁是一枚小小的邮票／我在这头／母亲在那头

长大后／乡愁是一张窄窄的船票／我在这头／新娘在那头

后来啊／乡愁是一方矮矮的坟墓／我在外头／母亲在里头

而现在／乡愁是一湾浅浅的海峡／我在这头／大陆在那头

这首诗中，邮票、船票、坟墓、海峡都成了寄托乡愁的意象：

母子生离时，邮票寄托着对母亲的思念。夫妻隔别后，船票承载着对妻子的依恋。慈母死别后，坟墓深藏着对母亲的追忆。离开大陆后，海峡隔不断对故土的眷恋。诗人怀乡的愁绪浓烈深邃。可谓"一首怀乡诗，满腔故园情"。

后来，我在电视中看到这位"乡愁诗人"回乡消愁，看到他在时隔60多年后，回到祖籍地永春县桃城镇洋上村，重会儿时一起捉过迷藏的伙伴，端详小时攀爬过已然高大的老树，在墓门前用心灵与祖先对话……然而，却因为乡情怯怯，"只怕是找得回蒲扇也找不回萤火／找得回老桂也找不回清芬"（《还乡》）。我想，余光中的乡愁不是地理的，而是历史的。他的故乡意象，是在祖先穿着草鞋踏过的古老土地上，也在一首首诗歌悠扬的韵尾中。诗人的胸腔里，跃动着一颗不老的故乡心。

猪年春天，我在妈祖祖庙所在的湄洲岛上，邂逅了中山装紫脸庞的台胞谢铭洋先生。他祖籍福建安溪，出生于台湾台北，从1983年起已连续23年从基隆港自驾船只穿越台湾海峡，直航湄洲岛朝拜妈祖娘娘。最少的一次，与他同船者仅5人；最多的一次，他带了一支船队上百人渡海。到底是什么力量，促使这位跨国集团公司的董事长一次次心甘情愿地选择这条充满风波的艰辛之旅呢？谢先生认为："到湄洲祖庙，就像回家一样，这里就是我的根。"显然，谢先生是把妈祖祖庙作为心目中的故乡，把妈祖信仰当作了自己的精神家园。

据了解，妈祖生于宋时，姓林名默，自小习水性，识潮音，懂星象；长大后一次次奋不顾身救助海难。她曾高举火把，把自家的屋舍燃成一座灯塔，给迷途的商船导航；她矢志不嫁，把救难扶困当作人生的终极目标。公元987年九月初九，她在湄洲湾口救助遇难的船只时不幸捐躯，年仅28岁。千百年来，人们为了缅怀这位勇敢善良的女性，到处立庙祭祀她，至今庙宇遍布世界20多个国家和地区，信众逾2亿之众。

对于这位具有人类意识和世界眼光的奇女子，她的故乡早已超越国界，跨越时空，成为一派富丽的精神家园。被誉为"海上女神"的她从海上飘然而来，又从海上飘然而去，其故乡意象理所当然便是涛声不绝的大海了。大海赋予她广阔的胸襟，大海予以她奉献的天地，大海传扬她美丽的神迹，她无私的爱永远与大海同在。因此，有许许多多谢先生跨海而来，向妈祖女神奉献赤热的虔心，汲取吉祥的灵气，提升自己的品格和精神，营构更高层次的心灵故乡。

　　所以我认为，故乡在哪里并不重要，重要的是心有所属、情有所归，这样即使走得再远离得再久，也不会有漂泊的无奈和感伤。我还要补充一句，故乡就在自己的心灵中，故乡意象便是自己的心象，只要你心中洒满爱的阳光，那么你的故乡一年四季都会春光长驻，万紫千红。

2006.10.13

湖山　陈丹　摄

古典风色

秋天，是多风之季，秋风舞天地，秋风惹秋思。

风中，自有情思飞扬。有人说，风，也自有色彩。那么，风色何色也？

风色，氤氲缭绕着古典色。

贺知章《咏柳》有"不知细叶谁裁出，二月春风似剪刀"之句。显然，贺家的"剪刀风"，带着柳色的新绿，吹开了赏春人的喜色。

同是春风，王安石泊船古瓜洲，却有"春风又绿江南岸，明月何时照我还"之叹。王家怀乡的"春风"很江南，一片青翠，一派生机，却吹来不绝如缕的乡愁，沾染了明显的"愁色"。愁色，也为憔悴色。

李白登庐山，壮观天地，纵览大江，文思飞扬，意态纵横，豪吟"黄云万里动风色，白波九道流雪山"。那么，能入李太白法眼的"风色"，便是"黄云万里"的超迈之色了。

风色，亦是乌黑色的。山雨欲来，狂风满楼，乌云瞬间遮蔽了明朗的天空，兜顶压来，惊雷在滚云间炸响，使人心胆俱颤！一如鸿门宴，月黑风狂，阴谋游荡，酒绿灯暗，刀光剑影，大军隐伏，哨骑四出……惊险刺激之至。风色，当为"夜色"，亦为"乌色"也。

风色，也是苍白色的。边关狼烟起，长城烽火燃，将士出征，昼夜兼程，塞外冰冻关河，雪盖要塞，兼以风悲画角，铁马冰河，更有朔风裹雪，横扫霜刀冷剑。风色，理当为"苍白色"。进而，从苍白杀奔血红。

环境营造心情，撩拨思绪；造化潜移心态，激发灵感。说穿了，风色即风情、风韵、风神、风华，亦即情色、意色、神色、心色矣。

置身江南杨柳岸，晓风残月，幽缈凄清，阵阵晓风牵扯杨柳枝，却系不住那弯西坠的残月。那拂晓凉风和同天色，当是"暗蓝色"的，离情别绪当为幽蓝之调，恍若诡秘的北极光。

若登黄山之巅，踏步天都，俯仰大造，观云海涌流，千峰竞秀；听长风浩荡，松涛起伏；必然激发凌云壮志，气冲斗牛。风色呢，经雄峰云岚松涛互荡，当为"青苍"之色。青苍色，正是英雄底色。

当然，风色合该还有赤诚色、威猛色、悲壮色……

唐太宗李世民赞誉萧瑀"疾风知劲草，板荡识诚臣"。可见，鼓荡唐宗萧臣的疾风，当显忠心报国赤诚。疾风横扫乱世枯草、危局烂枝，荡热赤子之心。故尔，疾风当为坚刚劲拔的"赤铁"之色。

汉高祖得天下，浩叹"大风起兮云飞扬"。汉高的风虎云龙，起于青萍之末，啸乎王图霸业，归于帝辇皇座，囊括逐鹿中原的胸襟、招揽猛将的经略、威加海内的霸气。其风，终成庇护江山社稷的枭雄之风，此"大风"色，该是狮王鬃毛的"棕赭"之色，猛兽色也。

五湖风露，百代秋月。翻检能令"风云变，千秋叹"的悲壮之风，当推荆轲所歌"风萧萧兮易水寒，壮士一去兮不复还"了。易水边，寒风中，有白衣密友相送，有高渐离击筑、太子丹诀别，还有佳人泪濯青锋。随后，方有王庭图穷匕见，壮士血溅朱栏……《渡易水歌》的萧萧之风，刮起一片雪白血红，红白相激，骇然动魄，正是激昂壮烈的"悲慨"之色。

风，推滚滚大江奔流。风，鼓巍巍长城龙腾。临风把酒，壮怀激烈。遥望千载风云，风飘的是岁月；纵览九州风色，风干的是故事。风飘的岁月应是"苍茫"色，是白云苍狗，是沧海桑田。风干的故事呢，该是暗黄的"霉色"，就像陈年相册里掉出的一沓旧影，零落翻飞如熟破的黄叶。

秋风吹五湖，落叶满神州。时值深秋，秋风正劲，黄叶飞扬，搅起原野一派苍黄。秋风之色，正是摧枯拉朽的"苍黄"之色，也是竹简史书之色。

这被古年浸染的"包浆色"，深沉厚重而内蕴华采，铺展出一派古典风色。

2016.9.3

苍苔入年

一脚迈入年关，恍若踏进北国，冷风吹雨，遍洒华天，这座江南古城终于别却温情之季，领受凛冽寒潮的欺凌。我闲居的云村小筑也褪却叶绿花红，镀上一层陈年底色，只有几盆苍苔，仍不管岁老年深，做着绿色的旧梦！

哦，苍苔入年，在细微的绒毛里释放出顽强生命；苍苔入年，在青苍的色调中掩藏着沧桑故事。风雨流年，初心依然。穿越滚滚红尘，苍苔仍以静默之态、森然之绿，抚慰那颗苍老的心。

古年，旧年，过年，对于失意者来说，总会挑起许多失意的感慨，感慨人生坎坷事业未成，感慨好事多磨壮志难酬……而对于成功者来说，也会拨动敏感的神经，喟叹亲友离别聚散无常，喟叹世事纷繁人生易逝……这时，如果你面对苍苔，就可能放下万千心事；只要你心入苍苔，就可能融进一片泰然。

人生的记忆，总是停留在遥远的初春。苍苔入年，是那童年的大岁。踩着后街的青石板，折进幽深的罗弄里，沿着青苔浸淫的石阶，打开苔痕斑驳的木门，依然可以洞见儿时的古年。在那个温饱难继的年代，红团年糕、新衣新鞋，还有一毛两角的压岁钱，就蓄满了过年的幸福。对了，还有城隍庙里夜以继日的社戏，咿咿呀呀着人间的悲欢离合；还有锣钹车鼓十音八乐齐奏的迎春游行，点燃了小城的喧闹与狂欢。显然，大年里，春节中，那撑着龙眼伞的苍苔小院，怎么也关不住雀跃的童心。

细思量，自难忘。苍苔入年，也是"文革"时代的大年。青春的梦想，就遗失在异乡的寒夜里。那时，红卫兵小将已把陈年"四旧"捣得稀巴烂，结果也把自身捣弄到偏远的山乡。非常风暴刮走了许多传统，年俗当然也无可幸免。为过"革命化"的春节，我们呆在了闽西连城山村，窝居于青苔泛滥的客家祠堂，都除夕三十了，还要走进山旮旯，下到冰冷的烂泥田去锄稻头。世事无常，雄心不再，只有长满田埂旁山壁上的苍苔，成为当年苦难的见证！

是啊，人生不外一场戏，人生就像一场梦，人生也就数十年。苍苔入年，挨到了奔波新闻事业的壮年。壮年的理想，就绽放在岁月的枝头。壮年的荣耀，却离不开苍苔的默默陪伴。逢过大年，由于特殊的职业特殊的岗位，我都要奔波于基层一线：这年到儿童村，那年进收容站；去年入特困户，今年又到木兰溪重点项目工地……尽管时值除夕，天寒地冻天昏地褐，可村头站前户旁溪岸，总有如许苍苔使人眼睛一亮。其时，天气是冷的，心头是热的。尽管平头百姓如苍苔一样渺小，依然拥有翠绿的希望向春的心情。

年轮放大，苍苔依然。岁月如流水，流过天马山麓，流进云

云水流年　牧云　摄

村小筑，流入听月山房，洗却了恩怨情仇，黯淡了刀光剑影。那些年的江湖夜雨、宦海风涛都远去了。那种投入、评判、欣赏的心情也淡漠了。留下的，是看透世事的悠然。闲暇之日，我常泡一壶茶，燃一根香，捧一卷书，清心，静神，通灵，透过旧木门的缝隙，穿过老花台的树影，迤迤然踏进古典，静悟"一钵苍苔入禅境，两根野草探寂寥"的诗意。

面对苍苔，心有所感，我曾这样写过："苍苔细微，欲显还藏。她隐于树荫、墙角、石穴、溪涧，却以鲜茸之绿，点缀妙曼静境。苍苔幽缈，似有若无，陪伴古厝、老园、禅院、道门，却以生命之手，弥补荒芜心田。苔痕是野趣的映象，也是诗人的心象；是静寂的表征，也是永恒的解读；其于历代文士，传递的是幽深的过往，是苍古的此在，是雪泥鸿爪的惘然！儒者爱苍苔进而养苍苔，既是为了解读消逝的意义，也是为了抚摸留存的价值。"

细细思忖，命运草稿，已成闲章，人生四季，终归苍苔。如今，每逢过年，微信上纷纷扬扬，总有漫天祝贺，微博里庞庞杂杂，更有无数拜年，盛情难却也清静不了。而逢着大年新春，街市喧闹，软红千丈，红灯、红联、红团、红包，还有红衣裳、红花篮、红蜡烛、红炮仗，氤氲着喜气盈盈的年红，显然，红色是过年的主色。

然而，以佛家言，大红大喜，那是着相了。我倒是喜欢岁月打扮的苔华老屋，荒芜、静默、寂寥，可以咀嚼人生的意义，住着永远的乡愁。我倒是看重新芽之绿，老松之绿，苍苔之绿，因为绿色正是生命的底色，心灵的底色，也是希望的底色，春天的底色。

哦，苍苔入年，温暖了这个寒冷的冬天；苍苔入年，透露了天边鲜活的春讯；苍苔入年，弥漫着我对您的祝愿！

过年了，愿您心如苍苔，怡然静好！

2015.12.28

明朝的灯

　　数年前,海坛岛友人赠我一对明朝陶灯,其色棕黑,上下双层,边缀云纹,柄有钉孔,系悬挂于墙上的壁灯。其总体浑朴古拙,点亮了思绪的幽幽旧梦。

　　我宝爱这对陶灯,将其置于牧云草室书架上,其深邃、沉着、内敛、幽纱,为书房平添了一分古意。阅卷之余,抚摩把玩,看它们留下的厚拙印记和岁月痕迹,遥想它们穿越五六百年时光隧道,迤迤然前来与我作伴,如邻家表亲般亲切,不禁浮想联翩!

　　明朝也是个值得记忆的朝代,陶瓷纺织等手工业继续发展,郑和的庞大船队扬帆远洋。据说,当时长江以南烧瓷制陶的窑口就有数百成千。我虽对陶瓷不甚了然,却觉得这对陶灯没有北器的笨重,也没有官窑的精致,显得很江南,很世俗,很平民,很柴米油盐。不知它们出自景德镇,抑或闽粤浙赣的哪个民间窑口!但毫无疑问,其面向的是朴实的民生,点燃的是百姓的情感,照亮的是居家的生涯。

　　那个朝代,也是明清小说的滥觞发展期,既"水浒"又"三国"还"西游"。世海喧嚣,市井熙攘,软红千丈,烟火万家,都留在明清传奇和小说中了。这对陶灯,理所当然也打上了时代烙印。其双层灯座天圆地方、上小下大,是为了承接满溢的红尘烛油吧。其剑柄形灯把围有纹饰,该是市场化发展的标识。其造型款式的落落大方,顾及了平头百姓的朴素审美需求。

　　陶灯素简稚朴,像两尊出土陶俑缄默无言。点亮它们,其微光已遥隔云遮雾罩的数十条代沟;虽然先辈情感的走向不甚明了,他们的心路脉络也无从考查,但依然可闻到粗砺而又生动的市井气息,依然可感受五六百年前的生活气场,那团光景所浓缩的世俗幸福,仍然把握得住。虽然它们映照的并非王公富贾,而是平头百姓，却也透露了那个时代的历史背景。

提移"明"灯挂于壁上，灯花如豆，灯语依人，无尽温馨。也许，它们曾照亮一个古城平民之家，他们的悲欢离合、伤感喜乐、病痛康安、脆弱坚强，都在灯花照耀下，化作一幕幕生活的蒙太奇。也许，它们曾光明一个乡野纯朴庄户，他们的春种秋收、夏播冬藏、丰年喜悦、荒月悲凉，都在凌乱灯影中，由漫长的岁月收藏。也许，它们曾亮丽在星光乱点的夏夜，也曾欢跃在阖家团圆的年关，那个朝代灯火万家的世俗气息，扑面而来。

时光如流水，哗哗地喧腾而去，陶灯啊陶灯，照亮了盛世的繁华和末世的凄凉，也照亮了老去的岁月和不老的心思。不可否认，它们照亮的有人物、有场景、有情节、有气韵，有光阴之河里载浮载沉的种种故事，有社会时世的繁嚣和家庭港湾的温馨，还有市井民间的小小喜悦和微微惆怅。微风轻拂，灯花闪烁，让我陷入神思恍惚之中，不由自主地随之心动、神摇、魂牵、梦绕。

灯花飘忽灵动，面对灯花胡思乱想，吟诗的唐朝填词的宋朝唱曲的元朝小说的明朝，曾孵化出多少精美的文器艺品占尽时代风华呵，却大都经不起时光的打磨化为了尘埃！岁月苍茫，沧海桑田，想是这对陶灯与我有宿世因缘，故而跨朝越代前来相会，使我为之思接古国，浮想联翩。

我想，就着这对陶灯读书，当可读出寒门寂寞，读出鸡犬相闻，读出红袖添香，读出紫陌红尘……光是读那古简而又朴拙的纹路，就可读出敦厚的传统之美。而读那素净而又灵活的灯花，更可读得人透体通澈、心灵澄明。

呵呵，如果可能，我情愿做一盏这样朴实无华的陶灯，让五六百年后的某人读起这篇文稿时，也能读出五六百年前的情思，唤起一豆闪烁的幽梦！

2017.1.8

山海守望寄乡愁

　　岁暮年头，接连参加了两次妈祖文化采风活动：一趟去群山连绵的闽西走山，一趟去烟波浩茫的湄洲探海。令人感动的是，山里有客家远年的守望，海岛有渔家祖传的挚情，山海相连牵虔心，山海相望寄乡愁，这一切，都缘于心中的那尊女神。

　　闽西走山，仰望青天，常有龙状波纹的云彩伴随前行，使人想起华夏民族的图腾。那图腾，与海洋有关，也与妈祖有关，牵扯着遥远的乡愁……

　　湄洲探海，天空又呈现出鱼鳞状、棉絮状、麻花状的各种云彩。令人惊奇的是，祖庙金尊妈祖像旁，挂着一幅开光典礼时出现的凤凰型瑞云。凤凰飞天，又与化难呈祥的女神有关，使人想起了千年妈祖，勾起岁月深处的乡愁！

　　闽西，是客家的祖地。客家人是汉民族的一支特殊民系，在漫长的岁月里，他们告别战乱频仍的中原，筚路蓝缕，跋山涉水，颠沛流离，历尽艰辛，迁徙赣水闽山。他们对河洛故乡有深沉的感念，对乡愁当然也该有悠远的体味了！客家先民闯荡江湖，依山傍水聚居，他们寻求精神寄托，于是闽西山水竟留存下400多座妈祖庙！我想，客家文化与妈祖文化在闽西紧密握手，进而交相辉映和谐融合，历史的地域的人文的乡愁功不可没。

　　乡愁是一座古老的宫庙，香炉里燃着不灭的香火，庙里的钟声悠悠扬扬穿透历史时空，声声敲在后人的心坎上，留下根的记忆与牵挂。在古汀州，就有这样一座宫庙。汀江就像一条纽带，把长汀天后宫和不远处的客家母亲园牵系在一起，牵成了一片独特的风景。汀江是客家母亲河，她发源于福建宁化赖家山，由北南流经长汀、上杭、永定至广东，与梅江汇成韩江，再经潮安、澄海、汕头注入南海。

　　历史上，客家舟楫就是沿着汀江入广东，下南洋，散布港澳和东南亚等地。妈祖不仅是海神，更是广义的水神，早在元代上叶，汀州天后宫的前身"天妃宫"就在江畔夹洲应运而生,妈祖香火也成了客家梦里的母亲魂,伴着客家人的航迹入粤跨洋。如今,占地 7000 平方米的天后宫已成为中国历史文化名城汀州的一颗璀璨明珠。

入长汀天后宫,进客家母亲园,遥望汀江水裹着乡愁自北滚滚而来,又挟着希望往南滔滔而去,无尽的惆怅与向往萦绕心头。采风团诸文友面对"逝者如斯夫,不舍昼夜"的江流,不禁触景生情,吟哦着作下此对:"汀龙汀江汀州府,客山客水客家城"。"汀龙"喻指汀江对岸的卧龙山,泛指客家聚居地龙岩市。

是夜,漫步汀江畔古城墙头,观两岸霓虹迷离,一江流水如梦,遥想历史深处,山林猿哭,江天帆逝,清明上香,重阳祭祖……真可谓"梦里方知身是客,一川乡愁绕汀州"。乡愁就在梦境里,乡愁就在香火上,乡愁就在江流中。

古宫深处是乡愁,古城深处亦乡愁,古年深处更乡愁,古村深处还乡愁。乡愁牵连着妈祖,妈祖牵连着山海,因为善德大爱,乡愁无处不在。乡愁里有一座古渔村,那是湄洲岛上妈祖成长的地方。渔村里有一座平安堡,寄托着渔家对吉祥平安的希冀与企求。平安堡上有个望海台,那是海姑渔嫂们观测海况的高台,她们迎着晓旭在这里用目光为讨海的亲人送行,也披着晚霞用祈祷迎接出海的帆樯归来。

在一座渔家老屋门旁,我看到一位老阿叔在编织竹篓,房檐下挂着一串随风摇曳的鱼干。而在我们上山下乡过的连城县宣和乡培田古村,我也看到一位山嫂在编织竹篮,门前的院埕上,晒着一堆草药。竹篮可装药草山菇,竹篓可装海鲜鱼贝,竹篮和竹篓的形象,在怀乡念祖的情感中交融升华,而在山村与渔村那摇曳的炊烟下,山与海的乡愁终于融合在一起。

乡愁是一条绕村而过的小河,小河上架一座通山的小桥,小桥头立着一株百龄的老树,老树下有一方小小的天后宫,天后宫前坐着一个满脸皱纹的老阿婆,没牙的嘴里吐出古老的故事。故事当然跟妈祖娘娘有关。原来,客家聚居的培田村地处冠豸山西北部小盆地,河源溪就像个顽皮的山妹子,从村后山里泠泠淙淙奔流而下,每逢大雨却经常发脾气,奔腾的山洪威胁着村民们的生命财产。

　　为了镇水，明嘉靖年间，在外经商的吴姓族人特地前往湄洲祖庙进香朝拜，当年，妈祖的分灵和香火就是沿着崎岖的闽赣古官道，山重水复地请进村子，立庙奉祀……培田天后宫大门楹联"湄水泽流渤水，莆田神降培田"，分明隐藏着妈祖分灵的历史密码。可别看这小小天后宫，宫门内外，进出之间，时光匆匆流逝了数百年，吴姓族人的虔诚守望也延续了数百年。

　　培田村是"中国最美的村镇"之一，相对于两方饱历岁月风雨的古牌坊，相对于60多座祠堂书院高堂华屋，天后宫虽然显得简陋些，但她坐镇河源溪和古水圳水口要津，守望着一座石拱桥和一座小木桥，成为这座"辉煌的客家庄园"的重要组成部分。山因村而活，村因水而秀，水因神而灵。培田先辈崇尚耕读，村里民风纯朴、居家生活安宁，历代书香芳华，离不开妈祖娘娘的恩泽。

　　深夜梦回是乡愁，回忆深处也乡愁。上山下乡年代，我就插队在与培田古村落不远的科南村。其时天涯孤旅，漂泊客乡，前途渺茫，心灵无寄，他乡月下，寒夜梦醒，总有一种异样的情绪涌上心头，摸不着，挥不去，斩不断，理还乱。那就是乡愁！客乡年节，我常常忆起唐代诗人王维的名句："独在异乡为异客，每逢佳节倍思亲。"那是奔波异乡的诗人在重阳节有感而发的，所承载的愁绪竟跨越千年时光，无可抵挡地逼进心头。重阳节也是千年前妈祖羽化升天日，因了特定环境特定际遇特定感受的叠加，乡愁又深入了一层。

　　可我后来调回妈祖故乡莆田，工作落实了，生活安定了，事业通达了，甚至经常参加各种妈祖文化活动，却依然有一种若即若离的愁绪萦绕心中。这种愁绪不因漂泊异乡和生离死别而生，也不为离群索居和失意彷徨而起，有时，甚至是在刚刚经历了一些快事好事后生发的，她如影随形，深入骨髓。我想，那该是对传统基因、文化血脉的追怀，可谓精神的乡愁、心灵的乡愁！

　　记得有一年，我去参加湄洲妈祖文化旅游节，第一次看到宏伟壮观的湄洲祖庙南轴线建筑群，欣喜过后，不禁乐极生悲，愁绪满怀。因为我想起了已然逝去的千年老祖庙，想起了寄托历代无数善男信女虔心的老殿宇、老戏台、老庙道、老香炉……由于人所共知的原因，那些凝聚大量历史信息的古迹都湮没失踪了。不管是西轴线还是南轴线建筑群落，都是改革开放后新建的！谁能说这种萦绕心头的愁绪，不是深藏心灵中的乡愁呢？

醉里挑灯看剑，梦回吹角连营……乡愁是家国之愁，也是传统之愁。前年圣诞节，我有机会到英国旅游，就在伦敦牛津镇一个街角，看到一幢百年老房子，苔痕斑驳的墙壁上爬满了老藤，古韵依依，顿时心头也爬满了传统感，乡愁油然而生！因为它挑起了我的家国之思，民族之情，使我想起了我古老的中国，想起童年的故乡，想起镌刻着民族记忆的历史古迹，想起了那些日渐消失的老城老街老巷老村和老宫老庙老屋老树，那是我们的传统之根啊！

因此，当我走进上山下乡度过十一载青春年华的闽西连城，走进古意苍然的连城妈祖庙，了解到房地产开发商正觊觎这座饱含传统文化因子的宫庙，情不自禁萌发出了一股乡愁，多少不可再生的文化古迹，就这样被数典忘祖、见利忘义的不肖子孙抹去了！而当我走进中国最美丽的小城古汀州，参谒汀江畔古老的长汀天后宫，看到宫前汀江畔正在建设古色古香的妈祖文化广场，一条妈祖文化古街正在成型，心中油然涌起了一股蓄满乡愁的感动，感动那些有识之士修补乡愁的努力！

是呵，怀祖念根，是人类最原始最朴素最真挚的感情。老屋拆迁了，旧村消失了，古城覆灭了，甚至是一树繁花飘零了，自然就会萌生一种乡愁。乡愁是一炷香，夜夜氤氲在梦里；乡愁是一杯酒，常常迷醉在月下；乡愁是一朵花，年年绽开在心头！

因为妈祖，所以寻根。因为老家，所以乡愁。在人类的心灵原乡中，永远有一棵根深叶茂的老榕树，一座苔痕斑驳的妈祖庙！

山海相望，生发的是永不消逝的乡愁。山海守望，难忘的是女神那恒辉的风姿！

2015.1.30

月梦　牧云　摄

月 梦

　　日为天地之精，月乃天地之魂。《红楼梦》里，宝琴填的《西江月》有"三春事业付东风，明月梅花一梦"之句。明月在天，浮生若梦，月梦既是心灵的幻象，亦是性情的映影。

　　月，扶摇东山而上，横行太清之中。月光照在童年的弯弯小巷，梦里点燃清明的袅袅纸烟。月梦里，有少时的荔枝林，也有青春的稻花香。月梦里，有放牧野村的凄迷山色，也有夜游天台的冷露清香。月梦里，有驾着月光前来做客的格桑花，也有穿过时光殷勤问候的使君子。月梦是茉莉帘栊的探寻，也是苍苔庭院的悟觉，自与性灵融成一片。

　　江山风月，本无常主；天地情怀，实为心存。月梦是往事的留白，也是生存的叹息，用思沾情，情归"但愿人长久，千里共婵娟"。月梦是诗意的散步，也是心灵的放飞，灵采出尘，终至"共苍天合圆，与万象同光"。

童年的小巷

　　童年的小巷，弯弯曲曲地在这座名叫妈祖故乡的东南小城延伸，延伸成记忆深处的一道风景！

　　因为我是在这条小巷里出生的，所以这条小巷就永远像爷爷的故事那么古老，古老得青石路面被历代过客磨出了一个个浅浅的脚窝，古老得罗家祠堂阴沉沉地站立成数百年沧桑，古老得巷尾那座土地庙烟熏火燎不知历过多少世态炎凉。

　　然而这种古老，却是内蕴忠烈清雅之气的。遥远的已无从查考，在一些老人的脑海里，依稀还残留着"红窗巷"的传说。据说宋朝末年，在元兵攻破这座古城时，通判陈瓒率所部将士卫国保城殊死抵抗，小巷靠近观桥头，巷战尤为惨烈，双方将士拼杀溅出的鲜血竟把居家的窗户都染红了，"红窗巷"因而得名。

　　在明弘治年间的《兴化府志》中，小巷却又换了"竹秀巷"这个充满诗意的美名。也许当时巷中秀竹婆娑景致清幽，也许当时巷中有个秀竹营构适宜题诗作画的园林吧！时光流逝了几个世纪，"红窗巷"壮烈的往事和"竹秀巷"清丽的想象饱历岁月风雨，早被吹刮冲淡几乎湮灭了，这条小巷只留下一个很市俗的名字——罗弄里。

　　但在我童年的印象里，俗俗的罗弄里却飘荡着浓郁的书香，与巷外的市井气息形成了鲜明反差。也许是小巷北对笔架形的九华山，不少古厝都坐南朝北的缘故吧，巷里似乎集中承续了"诗礼传家"的古风，罗、林、陈、翁、宋每个宗族都有引为自豪的先人。

　　被誉为莆田"百科全书"的林祖韩老先生介绍，巷头罗家祠堂的门楣上，原挂有"鏖府流芳"的匾额。鏖府即御史府，由此推断其先人当过御史。乾隆年间，罗叶苏高中解元，又为罗家添了一道光彩。巷中土地庙后边，清咸丰时建有一座竹素园，园中住着一位封建时代罕见的才女陈淑英，著有《竹素园》四卷。而巷尾那像铺着一卷卷线装古书的大石埕，又是清末甘肃布政使署陕甘总督林扬祖的府第。扬祖 7 岁丧父，由母亲教养成人，曾以拔贡举乡试第一，登进士第后饱历宦海沉浮，晚年告老还乡后历任莆、仙、永、厦各书院山长。

以现代眼光来看，罗弄里飘荡的浓烈书香还源于巷民们读书育人的风习代代相传。在大门旁写有"梅花学士赋，荔子状元篇"的宋增矩家，其祖辈宋玉祥、父辈宋慎义均为举人，其本身既是清末最后一科秀才，又是京师大学堂（北大）英文系的首期毕业生，学识跨越古典西洋；他考上高等文官后，不满官场腐败，遂返乡从事教学，是福建较有名望的文学家和教育家。其子孙宋元模、宋元才等也大多投身教书育人编报著书。在我小时，翁家老厝里还有一位身材高大、须发皆白的翁塾师，授业一甲子，桃李满天下，年过九旬仍精神矍铄，持拐举步若课诵"四书五经"般中规中矩，犹如古巷的活化石般使人望之肃然起敬。

或许是这种书卷气长期熏染的缘故，小巷居家的生活就有了许多清雅韵致。巷右宋家兄弟叔侄喜好音乐，个个能操弄丝竹，于是那座小红楼就常有胡琴呜咽、洞箫低回，逢着月白风清之夜，常有琴声笛韵驾着月光幽幽飘出，如泣如诉的惹人落泪。巷左林家大厝里则隐藏着一名老书法家，其字沉雄超迈力透纸背，被誉为"井心体"，20 世纪 50 年代，曾气势磅礴地占据荔城主街道的大半楼牌店招。直至年过九旬，井心先生仍挥毫泼墨笔耕不辍，慕名求字者络绎不绝。而土地庙旁翁家的前院里，却是一个花草鱼鸟的乐园，主人"十三生"是个老花翁，大半辈子侍弄仙丹、兰草、石榴、八哥、金鱼等，厅堂中还摆有瓷瓶画轴等古董物件，时有辨奇识古的老者到访品评。

最值得一提的是 1962 年寒食节前，在宋湖民先生家创立的民间诗社"壶碟会"，会员宋湖民、林侪鹤、杨葆衡、陈金鼎、林锽、林振新、林祖韩等均系学界名流。这些学者每月聚会时各携酒一小壶，菜一小碟，诗作七首。时逢经济困难度荒时期，各人所提之酒多为地瓜烧，所携之菜多系咸酱菜，然而诗友们咏诵唱和切磋诗艺，其乐融融进行精神聚餐，为小巷留下了一段诗酒飘香、文采风流的佳话。

就我而言，与小巷结下不解情缘的倒是童年的许多趣事，在活蹦乱跳的生命早春，我与小伙伴们在罗家祠堂前玩"煮灶仔"，在土地庙旁二十四孝图下"滚铜钱"，就像野马般在巷道上追逐奔跑"打野战"。当时邻居宋湖民家有两物为我所爱，一是小厅里的一叠叠《小朋友》图书，图书里眯着眼睛的太阳公公、坐着轿子的狮子大王、套着尾巴捞月亮的猴子，一页页打开童稚认识世界的门扉，诱我缠着母亲整叠整叠地借回家赏玩。二是宋家围墙顶悬垂而下的一大蓬使君子藤。那百年药藤主径有大人胳膊粗，眼型叶片绿生生的，每逢初夏就会开出一束束玉白粉红的五星状小花，风致楚楚且清香淡淡的煞是喜人。我们小伙伴们叠罗汉摘花，把花梗与花心串接成圈，戴于女童头上作花冠，戴于男童颈上作花环，玩开了"娶媳妇"的游戏，这时笑声叫声就填满了整条巷子。

使我丢面子的是一个假日，在跟祖母去"十三生"家玩耍时，我一眼就瞅中了花园盆景上那颗半青半黄的橘子，于是悄悄摘下揣出去与小朋友们当皮球踢。当天下午，老花翁就气势汹汹地寻上门来告状，还装腔作势说要摘下捣蛋鬼裤裆里的小球球作赔偿，吓得我再也不敢上他家去了。直到如今，孩童时代上的这堂生动活泼的道德课仍深印脑中。

与闽中古城的许多小巷一样，我童年的小巷也飘荡过"麦芽糖""爆米花"的悠扬吆喝声，弥漫过端午节燃艾草的独特清香，也有土地庙里令人眼花缭乱的供品香烛，还敲打过迎春耍龙舞狮的锣鼓。显然，小巷就是我们古老民族文化传统中一条割不断的根。不管这条"根"是否会在城市化改造的潮流中留存，但只要童年不死，她就仍会深深地扎在我们的记忆里，伸延在我们的生命中。

2002.3.5

武夷山月

武夷山的秋月，又黄又圆。她像一面磨光的铜镜，低悬于幔亭峰上，低悬于浅紫色的历史夜空。

时在中秋，距武夷君幔亭招亲的传说已过去了2000多年。2000多年的时光对于人类是漫长的等待和追思，可对于经天的月亮只算是一瞬间吧！传说当年，在那个月华虹彩交相辉映的仲秋之夜，武夷山周两千多乡人应武夷君、皇太姥等仙人的招请，登虹桥乘紫云汇聚于幔亭峰上，饮美酒听天乐体味神仙乐。那晚的武夷山月，定然像个高悬于夜空的大眼睛，把那天人相会的奇幻场景看了个清清楚楚。可那时的月中嫦娥，是否也伴着歌师彭令昭咏唱的《人间可哀之曲》翩跹起舞呢？

正是带着幔亭招宴的瑰丽想象，我踏着月华徜徉在武夷古宫观前的青青草坪上。月下的万年宫已辟为"闽北朱熹纪念馆"，馆中飘出阵阵幽幽的桂花香。树影里的三清殿已成为"武夷山国际兰亭学院"，殿旁的古松老柏仁立如座座墨绿的纪念塔。对月沉思，我站立的"佳境坊"分明是座跨越历史与现实、梦幻与想象的立交桥了。

武夷山月作证，这桥上运行过人类历史天空的多少"明星"，闪烁过他们迸发的多少才情华章啊！南朝"梦笔生花"的江淹，称"爱有碧水丹山，珍木灵草，皆淹平生所至爱"！道教北五祖之一的纯阳子吕洞宾，在此留下了"年深不识尧君历，夜静空闻王子笙"的灵思。生于武夷长于武夷的北宋词人柳永，在这里写下了《巫山一段云》的浪漫华章后，放舟出山宦游汴京走向市井。

南宋诗词大家陆游和辛弃疾，曾相继来此主持冲佑观（"武夷宫"前称）。陆游称自己成了"九曲烟云新散吏"，竟长达八年之久。辛弃疾三度主管冲佑观，留下了"山上风吹笙鹤声，山前人望翠云屏，篷莱枉觅瑶池路，不道人间有幔亭"的寄情之作。他们宦海沉浮的郁闷和光复中原的豪气，在这里得到了澄清和抚慰。而他们的神交之友——中国封建社会后期影响最大的唯心主义哲学家朱熹，则在这方山水侨寓近半个世纪，写下了脍炙人口的《九曲棹歌》。

武夷山月有幸，她还见过李商隐、范仲淹、苏轼、李纲、沈周、石涛、袁枚等名士学者，像舞龙灯一样从这里舞过，他们优秀的魂魄纷然与这方秀丽的山水撞击，爆出五彩缤纷的思绪与想象。碧水丹山给予骚人墨客的是创作的灵感，骚人墨客回报碧水丹山的是人文的内涵；二者相近相亲相得益彰，这大概就是自然与人类壮丽的精神互补吧！面对纤尘不染的武夷山月，我怎能不凝神静息，尽情吸纳她的纯真昭示呢！

夜露清凉，月华如水；树影不动，芳草无声；唯蟋蟀不甘寂寞，断断续续地念诵着咏月小调。踩着虫琴蛩曲，我漫步走向仿宋古街。深夜宋街无灯，唯明月一盏，迷迷离离映出一幅千年画轴；轴上有彭祖山房、碧丹酒家、翠烟小肆、渔歌水榭，还有飞云楼、桂香村、仙姿馆、乡土阁，仿佛从古朴典雅的宋词中相继搬出次第摆开，摆成一条古色古香的历史。街上空寂无人，唯街旁的花树石椅，宜茶宜酒宜棋宜琴，宜"对月当歌，人生几何"，却因夜深不敢放浪。

敢于放浪的是九曲水音，毫无倦意地从宋街后的溪涧传来，淙淙铮铮如情人的喃喃细语，如山神水仙的殷勤问候。我不由团坐于石椅上入神静听，让身心沉浸于一派空灵之中，继而痴痴地对月默想道："月夜是放飞想象的绝佳时空，武夷是生长灵感的一片净土；山月有情，人生有缘，竟在这样一个圆满之夜，相会于这片充满传奇色彩的山水间。"显然，这样美丽的相聚，将永远铭刻在我的生命中，记忆里！

直到山月西斜，我才恋恋不舍地起身回返幔亭山房，眺望月光中的幔亭峰，我恍恍惚惚又听到了2000多年前彭令昭的咏唱，曲云：天上人间兮会何稀，月沉西山兮寒雁飞，百年一瞬兮事与愿违，天宫咫尺兮恨不相随……

1998.9.20

星汉灿烂

　　仲夏之夜，孤坐云村小筑庭院纳凉，抬头仰望银河横亘天际、苍天如海深不可测，璀璨的星群若大都会的繁华夜市，脑海里不期然跳出曹孟德《观沧海》之句："日月之行，若出其中。星汉灿烂，若出其里。"

　　观沧海也罢，望苍天也好，眺苍原也成，那种壮阔寥廓的意象却万难描述，非得有叱咤风云之雄略和激扬华章之才情不可。他们拥有"大风起兮云飞扬"的宏大抱负，也有"落霞与孤鹜齐飞"的瑰丽想象。

　　我寄身东南闽海一隅，回望烟云岁月，也曾多次观海望天，被其辽阔和广袤深深打动，可落实到文字上，那气势那格调就显得逼仄低俗了。记得 1998 年初夏首赴东山岛采访，夜里到铜陵老城外南门湾，一下子就被海天星火迷住了！

　　原来蜿蜒的沙滩上，竟游龙般摆了数百方茶桌，每桌一烛一茶盘，纳凉者围桌品茗，领略海风轻轻吹拂潮水微微喘息，无比闲适。而深幽的海面呢，有星星点点渔火，如萤火虫群飘忽不定，那是渔夫驾船在灯捕小管（鱿鱼）呢，网获好的小船冲上沙岸，就会看到一篓小管闪着蓝光，活蹦乱跳如小精灵，岸边小食摊主当场收去加工待客，别有海岛夏夜情味。我离茶桌走近海边观海望天，只见暗蓝的天幕星光乱点，与起伏的渔火混成了一片，美得肆无忌惮无法无天。

　　回旅馆后，那派"星垂天穹阔，船逐夜潮流"的奇诡景象，那片沙滩上如星座般的人间烛光，还有夜海潮汛的脉动和闪烁蓝色幽光的小管，仍在脑海中流连不去，迷幻如仲夏夜之梦。我连夜提笔，挥就《东山海滩的烛光之夜》。它是我发表在《福建日报》旅游版的第一篇文稿。

浪漫主义作家雨果有句名言："世界上最广阔的是海洋，比海洋更广阔的是天空，比天空更广阔的是人的胸怀。"人类的胸怀可以包容海阔天空，人类的想象也可以遨游宇宙天地，抵达四极八荒。两千多年前，屈原一连串的《天问》就是最好注脚。当然，相对于海的辽阔深邃，我更欣赏天的广袤无边；相对于海明威的《老人与海》，我更钟情《西游记》里的"大闹天宫"。

就现实而言，天宫遥不可及，被誉为莆田父亲山的壶公山，要算是离"天宫"较近的所在了。前不久，在一个月亮请假的夏夜，我特意登上壶公山，伫立凌云殿旁冥想，身心与夜色融成一片，灵魂则抵近满天星斗，仿佛回到天真无邪的童年。唉，多少年了，都没有这般无所挂碍地拥抱夜色，也没有这么自由自在地仰望星空。顾城说："黑夜给了我黑色的眼睛，我却用它寻找光明！"而我用黑眼睛寻找的，是夜空凌驾云上的逍遥部落，是量子纠缠的天上人间。

啊哈，天上全然是人间的映影，有聚集的星云族群、开会的星系部落、创业的星星团队，有互递媚眼的星星情人、闪烁不定的淘气小星，还有刚强英武的星族勇士、漂泊游荡的星际游侠。看哪，星汉国度里，银色天河横贯天南地北，三垣二十八宿隐约着天鹅、天琴、天鹰、天蝎等无数个星座，牛郎织女隔河相望，人马牧夫若隐若现，南斗六星和北斗七星斗转星移，而遥远的天边，还有老人星孤独的沉思。

也许，灿烂的星汉正是一座天空之城呢！天空之城也有街衢市井，有匆匆驶去的龙车，有挑灯徘徊的仙人，有成群捉迷藏的顽皮童星，有彗星拖着长长的扫帚在打扫碎银烂金，偶尔还有自甘坠落的流星，丧心病狂地燃尽生命光华，换取一道绚丽的痕迹。古时有"天上一颗星，地上一个人"之说，我百思不得其解，自己到底是星汉里的哪颗星？或者，自己是哪时不耐高高在上的清冷，自甘坠落于滚滚红尘的？

天街夜市，灯火璀璨，岁月恒远，玉人幽缈，七仙女八仙姑躲躲闪闪。我想，要是没有星汉灿烂，天上该会多么无聊！在童年无邪的眼睛里，灿烂星汉就是一个童话国度，星星是撒满夜空的天晶宝玉海钻，是山中云上海里的虎睛雕眼鲸珠，是宇宙爆炸激溅的火星，是天鸡寻食撒落的稻粒，是月宫嫦娥扯断的琥珀项链……而地球，也是飘浮其间的一颗蓝宝石。如果我们没有对未知的神往对终极的究问，欠缺奔向星空的勇气拥抱星空的激情，只躺在地球摇篮里勾心斗角花天酒地，那就只能成为地上的侏儒了！

因而，有些哲人会指着满天星斗告诉你，人类在宇宙中绝不孤单，在小小银河系中，就有 3 万多颗星星与地球生命形态相当，那灿烂的星汉，隐匿着许多神奇的未解之谜，沿着星轨旋转成恒河沙数的"天问"，解谜之匙在于人类自由的意志、飞天的欲望、不倦的追求、辽远的梦想。古往今来，人类从未停止求索的脚步。敦煌洞窟里，凌空弹琴的天女，神秘灵异的场景；科幻影片中，光怪陆离的画面，激动灵魂的奇观；都是人类不甘寂寞的表现。

我深信，灿烂星汉不仅闪烁着童话故事汇，也氤氲着宇宙烟火气，星汉灿烂的背后，隐藏着一个星际智慧大家族。要不，在月球上踏出人类第一步的太空人阿姆斯特朗，怎会感到被不明生物围观，围观的就是无数星星的眼睛。而我国首个飞天的杨利伟，也在太空中听到诡异的敲击声，一声声敲得惊心动魄，那一定是调皮的外星人在捣蛋。如果有可能，真要捉住那些个捣蛋鬼，结结实实地打他们一顿屁股。

呵呵，星汉灿烂，给了我们一个仰观大造、凌昕天庭的浩落心宇。拥有满天星光，真好！

2018.8.18

过年风景

　　年深岁暮，冷风扑面，气温骤降，仿佛要把天地山水凝成一盆猪脚冻。

　　与季候截然相反的却是街市大热，好像全城的红男绿女都跑到街上来了；人群摩肩接踵熙熙攘攘，市场商场挤成一锅粥，进场的像赶恋爱约会般心急火燎，出场的拎着大袋小篮，如抢着了阿里巴巴发现的宝藏。啊哈，如果要问什么是红尘，瞧，这就是滚滚红尘了，好一派过年风景！

　　遥相守望，过年风景里，有慰问旧年辛劳的热情，有被传统牵着走的忙活，也有不由自主随波逐流的无奈，还有祈福来春的美好心愿。呵呵，这种心愿被"辞旧迎新"的民族节俗逗引，执拗地快乐地浪漫地做作地弥漫开来，化成一长轴年关《清明上河图》。

　　追根溯源，过年风景也是一派悠远的民俗风景，潜伏于华夏民族的深层心理，反反复复酝酿了数千年。她萌芽于远古，定型于汉武帝时使用的"太初历"；推至南北朝，过年迎春燃爆竹、换桃符、饮屠苏酒、守岁卜岁、祭天拜祖、游乐赏灯等习俗越来越丰富，仪式感也越来越强；再经隋唐宋明清的不断加持，俨然成了汉民族大家庭最重要的节日，也相应成了一轴最为浓墨重彩的华夏民俗风情画。

　　我的家乡闽中莆阳地域仅数千平方公里，人口也不过300多万，过年风习既承中原古风，也延闽越遗俗。历经岁月的风吹雨打和上千年的传承演化，又添点了许多独特地域风景，如"扫巡"辞旧、炊红团番薯起、贴白额春联、过"五日岁"等等。"扫巡"系年关清理陈尘除旧布新，炊红团番薯起是祈愿阖家过得红火团圆发达吉祥，贴白额春联据说是为怀念明朝故国和纪念抗清英雄朱继祚，而"初二不登门、初四过大岁"的习俗，则源于明嘉靖四十一年冬倭寇攻陷兴化府城，大肆屠城，百姓正月初二回城探亡，初四补过除夕，初五重迎"春节"的痛史。正是：岁时之俗，入心入骨，乡恋不已，初心不磨。

传统的力量是强大的，总是拉着你不由自主往回走。记得小时，不管家道如何艰难，逢着过年，老奶奶都要买来鲫鱼、螃蟹装碟成盘，置于年夜灯前守岁迎春，"鲫鱼""积余"谐音，祈愿连年有余；螃蟹要选"十脚全"的，寓十全十美。据老辈人说，旧社会年关里，河头城隍庙都要连场演出迎春庙戏，一些无力还债的人就躲进庙里看戏，而债主是不能进庙在城隍爷面前讨债的。在我童年印象里，有趣的是城隍庙的戏台前后通透，台前台后都可看戏，前看脸谱后看屁股更看热闹，容纳更多观众可谓皆大欢喜。特别是年节的戏棚兜，总有些花花绿绿的零食小担，引诱馋嘴孩童垂涎三尺。诸此种种，透露出莆田独特的地域风情和族群心理。

光阴荏苒，岁月蹉跎。过年风景如小人书般不觉翻过去了好多页。有人说：生命之所以成熟，是因为深沉；生活之所以美好，是因为纯真。但正因纯真就难以深沉，也因深沉却不复纯真。用心浏览过年风景，还可透视市井世相后的心灵风景。你看街市上来去匆匆的人们，有的因为不安所以匆忙；有的因为失去所以挽留；有的因为官场得意或商场顺遂，眉飞色舞转战酒局宴堂；有的身处闹市欢场却郁郁寡欢，难以排遣内心的孤独与寂寞；有的看透世事宠辱不惊，心思在深邃的哲理小径踽踽独行。而孤处听月山房书斋一隅，安然地在字里行间流连，则是我的喜好。

前些日子，微信上流传一些孩子写的诗，其中一个名叫麦国桥的孩子写道："秋天是残忍的房东，花叶是无奈的房客，它们的合同到期了。"玩味《三国》的易中天看后评点："总有一些合同会到期，比如我们跟这个世界的。"我想，过年风景里，也飘落了一份份到期的合同，那是以一截生命还款的丁酉年契。如果逆向思考岁月人生，就孩童而言，长大并不见得好，那是一年更复一年渐次失去天真；对老人来说，过年就更加不好了，那是提醒你又缩短了一年寿数，难以挽回又失去了一年天趣。

因而，流年的《清明上河图》，在各地交通线站演绎得更加热切：公路上的车流像搬家的蚂蚁队，来去奔波匆匆忙忙；列车车厢似一听听沙丁鱼罐头，挤得密密实实满满当当；跑道上的飞机如南飞雁阵次第起飞，追星赶月奔赴远方回归温暖的窝；车站、码头、机场就如涨起八月的"钱塘潮"，肩背手提大包小件行李的客流后浪推着前浪，众望齐归要及早回乡与亲人团聚。对于浪迹天涯的游子来说，过年风景就是赶赴一场原乡的约定、出席一场家庭的年会，去圆一场慰问亲情不可迟到的围炉。

雪落在北国，风吹过江南；人还在旅途，心早归家山。季节老了，故乡老了，父母老了，童心也老了！过年的风景，是追逐与奔跑，是寻找与发现，是回味与感伤；也是寂寞与徘徊，是失落与觉悟，是远方与归途。

站在岁月的门槛，虔诚打量过年风景，我觉得从来没有如此贴近祖先，贴近祖地，贴近祖风，贴近祖国！

2018.2.13

古桥 牧云 摄

格桑花开

晚春初夏，天马山脚的格桑花开了，开在我家爬满百香果藤的院墙下，紫红、桃红、纯白的各色花朵如小向日葵般，仰起高高的脸庞，把脖子都伸长伸细了，是在北望青藏高原，北望遥远而苍凉的家么？

那包花种，是我去年游览牡丹花都洛阳时，与牡丹花籽一道购买的，外包装上印的是"太阳花"。我相中她，就冲着这个既阳光又明媚的花名，是为了给暮色里看山的岁月增添些许亮色。另一层意思，也是想一亲中原大地的芳泽，因为那片大地是我们千年前的老家，我们的祖先曾在那片土地上繁衍生息。

今年春上，我把"太阳花"籽与牡丹花籽一起播进菜地。娇贵的牡丹籽入土后，至今尚无消息，看样子是不喜屈居平民百姓之家了。而"太阳花"籽却很快破畦出土，长出纤细的新芽，娇娇嫩嫩弱不禁风的样子，我见犹怜。三弟大荒来瞧，说是叶片像爬墙的茑萝。于是我把花苗移植到院墙边，期待绿云般的藤蔓攀上墙头，绽出一朵朵小小的红五星花。

不承想，缠缠绵绵的藤萝并未出现，"太阳花"却抽出高长的茎秆，迸发出鲜绿的细叶；随后，枝干顶部竟冒出了一颗颗花蕾，完全是花株而非爬藤植物的样儿了。百度里头说"太阳花"别名"半支莲"，植株矮小，茎、叶肉质光洁。显然，此"太阳"非彼"太阳"也。对园艺颇有兴趣的大荒又来瞧了，肯定地说："这是格桑花，是生长在西北地区的格桑花！"

格桑花，那可是生长在荒寒之地的高原之花呀，在潮湿炎热的南方，她能开花吗？能！格桑花用行动打消了我的顾虑。过了不久，那一个个花蕾就次第绽开了，先是桃红色的，接着是淡红的、紫红的、雪白的……如群鹤傲立水湄汀洲，清高而又轩然，一派遗世独立的风韵。我想，可能是差异化的作用吧，西北之花开在东南之家，地理的分隔使她徒增了一种异地美，就像吃惯了米饭肉菜的人品尝糌粑和酥油茶一般别致。

我喜爱这种别致风韵，于是查了格桑花的相关资料。原来藏语"格桑"是"幸福"的意思，其花语为"怜取眼前人"，寄托了藏胞期盼幸福吉祥的美好心愿。更可贵的是，这种生长在高原上的普通花朵，虽杆细瓣小，看上去高瘦纤弱，可风愈狂，她身愈挺；雨愈打，她叶愈翠；太阳愈曝晒，它开得愈灿烂。在藏民眼里，格桑花也是高原上生命力最顽强的一种野花。我想，正因格桑花是高原之花，盛开在最接近太阳的地方，所以，把她称作"太阳花"也未尝不可。

世界屋脊青藏高原，那可是令人神思飞扬的地方，那里的天特别高，水特别蓝，雪特别白、人特别淳厚，花也特别清纯……遗憾的是我至今尚未深入领略她的美丽，只在香格里拉和青海湖上留下匆匆的游踪。记得到访香格里拉是春季，其时南国已是万紫千红，可高山草甸仍在做着冬天的梦，干涸的海子旁有一个玛尼堆，五彩经幡孤寂地飘扬，只有几只牦牛在迎客；当时春芽未萌，离格桑花开的最美季节尚距三个月时间。而遥远的青海湖我是秋季去的，其时寒风萧瑟，天地苍茫，一片塞北景象；辽阔的湖面阴云低垂，一片冷寂，只有几艘游艇横在湖边，一匹骏马在湖岸踯躅，灿然的格桑花期早已错过了！

未能在高原藏地欣赏格桑花，当然是一种遗憾。然而，用想象来填补这种遗憾，却显得更加完美。香格里拉最美的季节是盛夏，想想看，依拉草原如打翻了的调色板，铺满五彩缤纷的格桑花和杜鹃花，与雪峰、湖泊、牦牛群、玛尼堆相映成趣，海拔3700米的碧沽湖也戴上了花边，湖畔零星的牧民房舍招摇着温情的炊烟，就像古典写意画一般，那才是世外天堂啊！而在人间七月天，寂寞的青海湖也苏醒了，湖畔成片盛开的格桑花和油菜花，抹去了这个高原之湖深蓝的冷色调，成千上万的鸟儿也被引诱，络绎不绝地飞到鸟岛来赶集，哈！满天都是欢乐的鸟语！

而不管是乡道上摇着转经筒的老阿妈，还是原野上骑着骏马飞驰的牧马人，脸上都挂着格桑花般的笑容，他们的热血被格桑花点燃了！

阴差阳错，如今，数度错过的高原之花竟然绽放在我家云村小筑庭院里，花分八瓣，中辍黄心，盛开得如诗如画，如梦如幻，如歌如酒，怎不令人浮想联翩，心醉神迷呢。平心而论，这种花茎干细长，身姿袅娜，叶片纤细，犹若烟柳，并没有高原的粗犷和巍峨，反而有一种江南村姑的风姿。然而，正是这种风姿，给高原带来了几分清秀，一派柔情，如放牧牦牛的苗条卓玛依傍大山，丰富了高原的层次和情调。从某种意义上说，格桑花就是青藏高原的精灵。

显然，赏花需要一种心情，不管是在西北藏地，还是在东南海滨；不管是在万类苏醒的早春，还是在落叶纷飞的晚秋；不管是在鸟声啾唧的清晨，还是在风雨如磐的暮夜。我不禁想起了《格桑花开》这首歌："格桑花开过，就在云深处……天路中身往何处，被思念捉住……点不破玄机中深藏的佛陀，难道迷惑解脱是错？我不怕藏北的风吹过我荒凉的面孔，背负尘世的火，穿越所有的梦……"是啊，心境往往决定意境，一花一世界，一人一乾坤，而心中之花，正是人类心灵风景的映像，往往奉献给崇高的精神！佛陀的慈悲，无愧美丽的供奉。

写到这里，我真有点嫉妒格桑花了，她出身高原，扎根净土，啜饮雪泉，吐纳清气，一夏复一夏，面对悠悠白云，仰望深深苍穹，陪伴巍巍雪峰，聆听喃喃经声，情牵翱翔的鹰鹫，绽放绚丽的容颜。人们赞赏她也罢，冷落她也罢，她都无所动摇无所畏惧，开出了一种坚守，一份虔诚，一片玄机，一派禅味。

感谢格桑花，给了我一片心中的高原，背景是没有污染的蓝天、雪峰和湖泊。

2013.5.18

野村古月（剪纸局部） 吴敬銮 剪

野村·古月

　　我把天马山麓的书斋号为"牧云草室"。牧云者，天马行空自由放浪也。草室之称，则带有荒野味，泥土香，草根缘，山家乐。两者结合，是冀望以满壁缥缃，营构一种洒脱野逸的心灵小屋。

　　可不是，退隐江湖，复归草野，想读书时读书、要冥想时冥想、该入静时入静，无拘无束，率性而为，何等自在。

　　草室里，让我颇为自得的是，书桌上方挂的那幅剪纸图，它系数年前我赴闽东野游时，在剪纸之乡柘荣县所得。图较简单，仅"黑"与"白"加"天青"三色，黑的是夜色中的树影和田畴，天青色是夜里的天空，白的是清亮的圆月和洒在村道上的月光。就这简单的三色和不简单的构图，勾画出村道的静谧、原野的宁馨、月亮的幽洁、秋夜的辽远……

　　逢着看书倦怠，我就会起身伫立，独对这幅剪纸神游。瞧，圆月挂树梢，瓦蓝的天空像大海般深邃，此境当是仲秋月圆之夜。树影婆娑，森森错错恍若鬼影，但又俊逸幽清，并无威胁之虞，使人想到如果是木精树怪，也该有谦谦君子的风度。树影中有两杈横移，似在随风摇曳，为整幅图添加了微妙的动势，你会感到这是轻风在打扫红尘，梳妆清夜，使人俗虑尽消，心神俱寂。

　　图右露出的一角栅栏，围着的当是村边的菜园瓜棚了，鲜瓜新菜可能四季不断，供奉着农家的自足与闲适。最使人牵挂的是月光映照着的村道，由累累卵石铺就，延伸向不可知的远方。远方有什么呢？是荒山还是海岬，是僻村还是城郭，是草野还是朝堂，是温馨如春的旧家或是大展宏图的官衙，只能凭你去自由发挥想象了！

　　为给这幅剪纸图命名，我颇费了一番心思。初时想到"乡关""昨夜""静村"，但太过明了，承载不了那么多含蓄的意象信息。后从月桂树梢想起朱熹"耕云钓月碑"中的"钓月"，又觉得太书生气，有牵强做作之嫌。想啊想，还想到"听月观风""秋为人清""难忘今宵""乡路依旧""远方的故乡"等，总觉得或是输了一股沧桑感，或是弱了几分人文气，只好作罢。

说实话，过去我对剪纸并不看好，它太刻板太死硬太顽固，欠缺信手拈来的灵气，没有自由挥洒的空间，信息量单调且局限。可这幅剪纸的意蕴竟然这样丰富，涵义也是如许深邃，理所当然改变了我的看法。它对华夏传统文化纵深度的美学解构，她对中国文人生存状态的隐约把握，确是高妙得紧。一句话，她洞悉儒生士大夫在权力束缚中寻求慰藉的心态，为他们营造出一方流放心灵的幽野天地，仅从这点来看，拓荣剪纸名登"国家非物质文化遗产"自有道理！

仔细推敲，在这幅清素的逸品中，作者好像把电影的蒙太奇手法叠加在一起。用心沉入，她的月亮是古典的月亮，季节的月亮，文化的月亮。她的天空是历史的天空，人文的天空，道家的天空。她的树影随风摇曳，窸窸窣窣地细语着，好像要告诉你什么，是要讲述《绿野仙踪》的故事，还是要铺排《西游》《水浒》的传奇？她的道路既从过去伸延而来，又通往不知所终的未来，使人浮想联翩，想起人生行旅的艰辛与憧憬、苦难与风流、梦想与光荣。如果让思绪在这条月光之路上游荡，有人可能会想起"路漫漫其修远兮，吾将上下而求索"，也有人可能会想起"三十功名尘与土，八千里路云和月"……

静对此图，我遥遥远远地陷入回忆，忆起了上山下乡的非常岁月，忆起在闽西连城县宣和公社科南大队的知青生涯；有人把那里称为青春年华的"北大荒"，又有人把之称为磨砺人生的第二故乡。当年，我插队的野村就藏在莽莽苍苍的群山中，一派凋敝景象。村边科里山下有客家的墟场，我被安排在设于墟场一角的粉干场里干活，接受贫下中农再教育，独自住在一方破败的土屋里。那里除每周一墟日山民们前来赶集外，其他日子人迹罕至，夜晚独处格外冷清，只有山风、树影、冷月作伴，半夜常可听到附近山头夜枭的嚎叫。凌晨三更爬起加工粉干时，体味的又往往是晓风残月。那村野场景，与剪纸传递的情境十分类似，所不同的是添了两分萧索，加了三分凄凉。

在物质贫乏精神贫困的"文革"年代，远离乡关的知青们苦中作乐，夜晚经常聚会"天方夜谭"，美其名曰"精神加餐"。有天我到村里的山友处聊天，神神叨叨说了半夜聊斋，深夜沿村道回荒寂的墟场时，乌云遮月，就感到道旁的苦楝树和芭蕉丛里鬼影憧憧，藏着不少阴物。摸黑走着，忽然发现村道前有一团圆白的东西，摇摇晃晃导引我前行，我走它也走，我停它也停，格外诡异。联想到鬼故事，我大气不敢出，吓得浑身汗毛直竖！待到云破月出，这才看清那是只白色的大土狗。野村见"鬼"的印象从此存入记忆。

还有一次惊吓发生在雷鸣电闪的子夜，粉干场养的一只公猪受雷声刺激，破栏而出私奔，不知去向。职责所在的我摸黑出门，满墟寻找。墟里找不着，只好大着胆子闯进墟场后的荒坡坟场。那是过去枪毙犯人的地方，野坟零乱荒草凄迷，夜里常有磷火游移。其时雷电交加豪雨倾盆，昏黄的手电筒光只能照见数米远。猛然一个炸雷滚过，震得我心惊肉跳，耳膜嗡嗡作响，闪电的白光中，那只倚着墓碑的公猪惊现眼前！好个黑家伙，挺着三寸长野猪般的白獠牙，浑身湿漉漉的，如从墓穴中爬出的妖魔，显得异常狰狞。由是我的记忆里，加深了野村印象。

也许是沧桑岁月的经历作祟吧，也许是传统血脉中化不开的文人情怀，终于，我把这幅剪纸图定名为"野村·古月"。回望中国封建史，无数历经十年寒窗苦读从野村走出的儒子，早初都在寻找一条"修身，齐家，平天下"之路，到了后来，未免还要寻找一条淡出官场的"回家"之路，不管他们曾经金榜题名叱咤风云踌躇满志，或是名落孙山落魄潦倒郁郁失志。"野村"往往是他们的起点，也是他们的终点，而古月，则是他们出仕或下野的鉴证。

"野村·古月"使我想起陶渊明的《归去来兮》，他咏叹的

"云无心以出岫"实是"有心","鸟倦飞而知还"才见真章。而在归隐庐山野村后，他才有了"采菊东篱下，悠然见南山"的怡然，也才能描绘出梦想中的乌托邦——桃花源。"野村·古月"还使我想起稼轩先生的《西江月》，他夜行黄沙道中，见识了"明月别枝惊鹊，清风半夜鸣蝉"，闻听到了稻花香、蛙声喧，转过溪桥还见到野村的茅店和社庙，于是萌生出寻获归宿时朴素的惊喜。这位以整顿乾坤为己任的热血男儿，最终也不得不"却将万字平戎策，换得东家种树书"，退隐江西带湖，追怀"绿野风烟，平泉草木，东山歌酒"。

古月照野村，野村望古月，传递的是一种归隐的生活，表达的是一种散淡的心态。从更深层的意义来说，大凡中国儒生，一旦实现了野村萌生的理想，野村往往又成为另一种理想。由于生存状态的重重负累，他们最终都要借助释道玄学的小径，寻找一个灵魂回归的"精神家园"。野村，正是那个超尘脱俗家园的表征。古月，则是他们放浪林泉的映像。在经过无尽的宦海风涛和人间沧桑后，他们人生的序言和尾声终于在野村，在古月下叠合在了一起。而那条月光之道，正是他们通向隐逸山野的幽梦。

或许可以这样说，野村和古月，在时空的交叉点上与中国儒家精神相会，进而结下了数千年姻缘。

2012.10.25

清明散笔

清明，是燃着亲情的一炷香，也是酌满忆念的一杯酒。袅袅香烟萦绕着多少人生往事，盈盈酒杯盛下了一个民族的魂魄。

记得一位哲人说过，每个人的清明都牵系着他的血脉，珍藏着他的人生底片。我哪能例外！我生长在杏花春雨江南，江南的清明里，有父亲英年早逝的青青墓茔，也有祖母当挑夫担起家庭重负的蹒跚身影。84岁的老祖母跋山涉水走过千万里漫漫人生路，最后歇息在荔城西郊凤凰山的怀抱里，我给她的清明礼，是一束采自山野的映山红，外加她生前喜爱的几朵茉莉花。

然而父亲的墓茔，却早已化为万亩果场无迹可寻，我对他的怀念，就藏在木兰溪畔那一大片青枝翠叶之间，藏在烟云岁月风雨人生的年轮里；记得前几年那个蓄满怀念的春日，还燃一把清明火，给天国的他寄去我的散文集《月色潮声》。

"清明时节雨纷纷，路上行人欲断魂，借问酒家何处有，牧童遥指杏花村。"杜牧的这首绝句描绘出一幅千年前的"清明行旅图"。我想，这首辞平意远的诗作之所以传诵不衰，就因为它写活了人生行旅在特定环境里的落魄、困顿、乡愁和追寻，也写活了一个民族的感伤和希望。那春雨般在天地间纷飞的愁绪，那安抚天涯孤旅的酒香，那在迷蒙春雾中透露出的寂寞、婉约和清丽，虽已遥隔百代，仍然如在目前，撞击着人们的心扉。

由此我不禁想道，人类的情感，有时是不受时代和地域限制的。一曲"魂断蓝桥"，惹多少有情人黯然神伤；一首清明绝句，令多少伤心者愁绪满怀。前些年，在杭州西子湖畔荷叶起舞的曲院里，我就看到了那个遥指杏花村的汉白玉雕牧童，骑在牛背上稚态可掬地横按竹笛，"吹"出迷蒙春雨般的乡愁，也吹出杜牧之先生清明时节的感伤，使我想起了"千年一首诗，人间难了情"。

清明时节多忆念，忆念离世的先人、故去的亲友、远去的少年，梦里的家乡，同时也忆念那已逝的年华、唤不回的童真、斩不断的传统、我们民族的历史。忆念时节皆清明，忆念先辈的功业、民族的精英、难忘的岁月、人间的亲情，是为了汲取一种精神力量，更奋然地去跋涉人生之旅。

在黄土高原深处的桥山，我曾撞响祭祀大钟，点燃"万寿高香"，拜谒翠柏环绕的"天下第一陵"——轩辕陵，体味五千年前人文初祖奠下华夏宏大业基的艰辛。在海碧天青的湄洲岛，我曾徜徉在妈祖祖庙圣殿中，虔敬地向崇高的海上女神献礼，感受跨越千秋的大爱。在江南锦绣之地西子湖畔，我曾三进岳王庙，在岳飞昂然的塑像前凝神肃立，追思当年抗击敌人的金戈铁马，吸纳一代英雄的浩然正气。显然，是民族传统的沉淀、先贤先哲的功业，亲情友情的感召，凝聚成中华民族清明的内核。

被人忆念是幸福的，因为它体现了人类存在的意义和人生的价值。每个人都有清明的忆念，每个人也都将被清明所忆念。所不同的是忆念程度有深浅、范围有广窄、时间有短长。

我们忆念先贤先哲的，是他们的胼手胝足开基立业，是他们的坚忍顽勇不懈追求，是他们的含辛恕苦耕读传家，是他们留给子孙后辈的丰富精神遗产。而今人又将以何赢得后人的忆念呢？是胸有苍生播爱心，是宁静淡泊一片真，是清风明月作知音，是留取丹心照汗青……

泰戈尔在《飞鸟集》中有"生若夏花之绚烂，死若秋叶之静美"之句，吟诵生命的怒放和生命的回归！一朵生命之花，匆匆来红尘舞台亮相一回，必得经过寒凝大地的考验，才能如夏花般精彩怒放，吐艳扬芳。在完美盛大地绽放后，就要像落叶一样，义无反顾地扑向大地母亲的怀抱，化作春泥更护花，安然地走向永恒。

夏花秋叶，使人不禁想起"生命质量"的命题。显然，只有提高人生的含金量，才能提升忆念的含情量啊！祖庙山上高高矗立的妈祖圣像，就是一座忆念的丰碑。年年岁岁清明，岁岁年年香火，爱心随沧海传播，信众以亿万踊跃，烘托起一个不朽的灵魂。

青青清明草，纷纷清明雨，点染出一腔愁绪，满目春烟。岁月似梦，人生如寄。清明的忆念，是追宗思远的寻根，是怀亲念故的思想，也是生命意义的叩问！

2000.4.5

秋夜听月

　　仲秋之夜，月出东山。在天马山麓"听月山房"外的藤萝架下枯坐。

　　一轮月，一壶茶，一块饼，一炉香……什么都不见，什么都不想，静定闻香，多好！

　　然而，世事无常，人亦无常，人生在世能得几时超脱！

　　这是个传统的秋夜，也是个独特的秋夜。这个夜其实很丰富，阵阵秋风正从大西北追星赶月，要前来过节；风吹木叶，秋声满耳。灰蓝的天幕上白云飘得飞快，是被风儿追的，充满动感。几盏上天的孔明灯也飘得匆匆，有点彩灯追月的味道，是在赶秋吧。一架客机掠月飞过，机翼下的红灯一闪一闪的，就像十字街口的交通指示灯，它穿行的可是天街。

　　月光光，洒清辉。我家的阿拉斯加雪橇犬"小胖"，正在月光下追着自己的影子玩耍，它翘着尾巴去捉自己的影，左扭右转老捉不住，于是就在院埕的红砖地上打滚撒娇，最后干脆蹲在石桌边，望着碟里那个月饼垂涎起来，喂了半块，还不肯走。

　　手机里的中秋短信错错杂杂，朋友的贺秋里，几个"秋之问"妙得紧。一问："什么最简单？"答曰："秋天，一叶知秋啊！"二问："什么季节最短？"又答："秋天，一日不见，如隔三秋兮！"三问："啥时候最公平？"再答："秋天，平分秋色嘛！"四问："哪个季节最忙？"还答："秋天，多事之秋嘛！"五问："啥礼不能明着送？"笑答："秋波，暗送秋波哦！"哈！如此看来，天上之月是明送秋波了！

　　风里云飘，天心月圆；桂枝香满，高楼灯明。棚架上，天女花飘香，百香果结子，还有栏杆边荷缸上几张残荷和两支干了的莲蓬，正耷拉着脑袋怀念夏天的繁华。秋香秋果伴秋云秋月，缠绕着一颗敏感的秋心。秋心哪能静，只好搬出相机，对着圆月一通胡拍，毕竟是朗照华夏青史的仲秋之月嘛，人生能得几回见！

但拍来拍去不是一个圆点，就是一个圆镜，不然就是一团明暗交织的浆糊，显不出秋月之皎之洁之白之亮。后来灵机一动，趴在棚架下，配以藤叶，加以闪光，让碧玉般的绿叶衬托清亮的秋月，这才有那么点意思。

月光光，会说话。苏州艺圃有个"响月廊"，以前我怎么想都弄不明白，月亮，何以得"响"，又如何"响"呢？后来读朱自清的《荷塘月色》，里边写道："月光是隔了树照过来的，高处丛生的灌木，落下参差的斑驳的黑影，峭楞楞如鬼一般；弯弯的杨柳的稀疏的倩影，却又像是画在荷叶上。塘中的月色并不均匀；但光与影有着和谐的旋律，如梵婀玲上奏着的名曲。"才悟到那月下的光与影，恍若一条条五线谱，让人联想到奏着的名曲，大约是《月光曲》吧！那是修辞格上的通感，又叫移觉。

又后来，品赏了辛弃疾的《听月诗》："听月楼头接太清，依楼听月最分明。摩天咿哑冰轮转，捣药叮咚玉杵鸣。乐奏广寒声细细，斧柯丹桂响叮叮。偶然一阵香风起，吹落嫦娥笑语声。"不禁神思飞天，领略了月车冰轮咿哑、银河玉杵叮咚、嫦娥广寒笑语、吴刚斫树声远的奇瑰，加以琼阁之冷美，桂花之天香，玉兔之皎白，直教人意韵低徊！因此，在一个月圆之夜，我独处云村小筑，看周遭万物全都披着月光之纱，耳畔是天风絮语木叶呢喃，心中一激灵，把天马山麓的居所，命名为"听月山房"。

听月山房可听月。在月朗风清之夜，悄然伫立对月凝思，让心情驾着月光遨游于天上人间，自会聆听到无数仙音妙韵。山房东边有高楼，夜色初合，月挂东楼露出半边脸庞时，你会想到是邻家的小淘气，藏身墙后露出半边脸，"咪嗷——咪嗷——"地在装猫儿打架呢！那伴月的星星，就像挤眉弄眼捉迷藏的童睛。山房院子西墙边有株柳树，月牙西斜之际，则会勾画出一幅"柳丝钓月"的景致，只要你心静神定，天河水音就会潺潺淌进脑海，隐约可闻鱼儿接喋有声，满天星光就像伴着华尔兹圆舞曲在旋转……

月光光，像玉盘。承接的不仅仅是清露冷香，还有历代骚人墨客的仰慕迷恋。是啊，千年岁月如水流过，他们的灵思才情化为了无数咏月华章，犹如大珠小珠落玉盘，叮咚作响。月光为媒，王维有"明月松间照，清泉石上流"之闲适，孟浩然有"野旷天低树，江清月近人"之清逸，杜甫有"星垂平野阔，月涌大江流"之雄浑，张九龄有"海上生明月，天涯共此时"之瑰丽，苏东坡更有"明月几时有？把酒问青天"之"天问"及"但愿人长久，千里共婵娟"之祈愿……月色依依，许多"沾月"名句，歌诗音画意情神韵合璧，令文坛生色，山川增辉。

诗仙李太白是明月粉丝，也是明月知己，他以月寄情，对月高咏，"沾月"诗作竟达三百多首，连儿子也取名"明月奴"。太白之月是客中月，也是关山月，更是酒中月，于是便有了"举头望明月，低头思故乡"之思，有了"明月出天山，苍茫云海间"之叹，也有了"举杯邀明月，对影成三人"之醉。他以月为伴浪迹天涯，融入"寒山秋浦月，肠断玉关情"的秋浦月、"秀色不可名，清辉满江城"的镜湖月、"舟浮潇湘月，山倒洞庭波"的潇湘月、"明湖涨秋月，独泛巴陵西"的洞庭月、"长安一片月，万户捣衣声"的长安月……诗仙飘逸在月光世界里，于是明月成为他倾诉的挚友，成为他的诗心和灵泉。

唉，明月长在，人生如寄。这大概就是人类的宿命吧，故而，李太白有"今人不见古时月，今月曾经照古人"之悲凉，苏东坡也有"人有悲欢离合，月有阴晴圆缺，此事古难全"之慨叹了！试看滚滚红尘，芸芸众生，追名逐利者趋之若鹜，窥得破者又有几人呢？由是，在这月明人寂的秋夜，我的心神沉浸在月华中，经历了一个月之轮回：从不静到求静、问道；从求静到得静，入禅；又从得静到出静，醉月。醉在清净、安宁，旷逸、自在的月光中。

一轮月，一壶茶，一块饼，一炉香……

中秋夜，月光光，听月山房可听月！

2013.9.19

晚秋清梦

在华夏大地,大概没有什么季节能比晚秋,更能带给人们迟暮的思绪了!

晚秋,就像一辆西行的马车,驮满秋之寂寥、秋之落寞、秋之敏感、秋之孤独、秋之感伤……驰向不可知的远方,去赴一场涤荡心灵的祭典。

晚秋的荒原上,野草枯黄,芦苇发白,生命失却了活力,天地无可奈何地萧瑟,时光如墨痕漫漶的故纸,一派云烟;景象似明末破碎的山河,阴霾笼罩;使人想起苍茫岁月,零落关山。

初被晚秋撩拨,是在闽西异乡连城,缘由唐季诗人王建的《十五夜望月》,由诗中"今夜月明人尽望,不知秋思落谁家"意象挑起。

王司马望月可能在仲秋,但其宦游陕州异乡,置身"中庭树栖鸦,冷露湿桂花"之境,就闽地云村来论,却是晚秋夜象了!晚秋端出的那盘"月下故乡"之思,如桂露冷香,直逼灵府,伤感伤情。

是啊,晚秋似海,深不可测,淹没了少年野心,泡白了英雄梦想。但赴一场晚秋的残宴,却适于心海泛舟,便于灵思遨游。

凝神冥想,童年稚语,笑靥如花。更难排解,云霞往昔,水月心情。然而,人生暮色渐次掩藏了软红旧事,摇曳的芦苇打扫着青葱记忆,梦里的江南已经远去,醉中的月亮也遥不可及。西来的风,抹去了春的润、夏的热、秋的肥。意兴阑珊的冷,冻瘦了寒溪,燥裂了岁月。于是,寒蛩声悲,飞鸿惊断!

又被晚秋打扰,是在莆阳白塘湖畔,于"雁门雕塑"厅堂,该怨木雕大师佘国平创作的《晚秋》之雕,透露的"晚秋"意韵。

那块黄杨木雕山石,浸染了熟透的秋意,转向暗黄;一裸体少女仰卧于石,身段曼妙,睡态娴雅,犹如地母的慷慨馈赠。但这晚秋之赠,关乎伤春,更是悲秋,好端端使人想起,蓬勃青春挽留不住，终如黄叶委弃大地，真个是"岁月流逝，不舍昼夜"！落寞之感，蓦然而生。

面对白塘湖波，扪心自问，晚秋该是冷落汀渚，白发渔樵；也是萧瑟丛林，零落铎铃……放眼望去，秋暮的天地如灰云之网，神色阴郁却肆无忌惮，把绿水青山古岸老村一网兜住。它又像《水浒》里孙二娘的那壶蒙汗药，把仲春少女的娇艳、盛夏猛男的嚣张、金秋熟妇的风情一概麻倒。

季节的"母大虫"觉得放纵过了头，于是召唤阵阵西风来收拾残局，吹送悲凉与索莫，来一场心灰意冷的扫荡。剧终，潇洒风流随云散，靓丽褪色成苍黄。

再被晚秋触动，是近日放舟过海，参与世界妈祖文化论坛活动；于夜色中登祖庙山，拜谒女神巨雕，感悟神圣的精神意蕴。

圣像面海，恍若灯塔。秋深之夜，阵阵海风劲刮，湄岛萧瑟，滚滚潮声不绝。在妈祖膝下仰望，清冷的射灯映照女神慈容，散溢出超凡入圣的崇高。显然，高处不胜寒，何似在人间，这种深

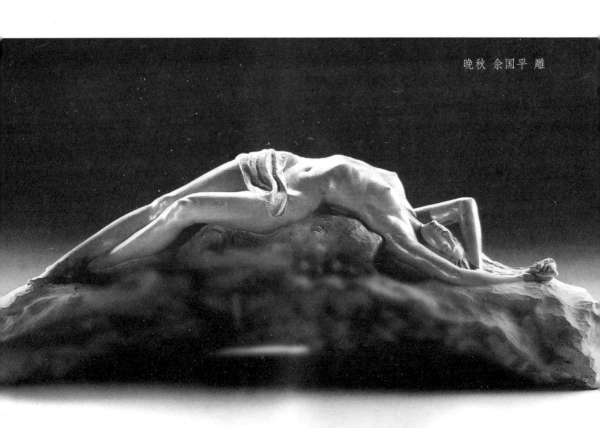

晚秋 佘国平 雕

邃透彻的崇高，当以舍弃万紫千红为代价，温暖了尘寰众生，却刺痛晚秋里那颗敏感的心。

由之可见，晚秋，是一场情感的奔波，一席意象的醉宴，一种精魂的祭献。可贵的是，这种祭献以德作舟，扬善为帆，驶向大爱之海，潮歌千秋万代。

晚秋之季，西风翻书。独坐晚秋读书，读出了一派苍凉。晚秋之读，适于心逐云飞，随纸鸢上天；适于灵魂出窍，伴黄叶飘零；适于赴一场放马南山、采菊东篱的约会。

而晚秋最美的，莫过于读风读叶读酒读诗，读"风吹草低见牛羊"，读"停车坐爱枫林晚"，读"葡萄美酒夜光杯"，读"醉卧沙场君莫笑"，读得人心旌摇曳，醉意朦胧！

南怀瑾先生就读懂了晚秋，读透了人生。南夫子读到深处，恍然大悟曰："三千年读史，不外功名利禄；九万里悟道，终归诗酒田园。"又击节感慨："一个人先要学会寂寞，才能体会到人生更高远的境界！"

我想，真要跟岁月携手深交，就要读进晚秋，游进秋海秋天，化为秋魄秋魂，品尽怨苦与别离，抵达孤独与寂寞。因为晚秋节，寂寥在随风摇曳，惆怅在拔节成长。晚秋之心，就是一种放大的乡愁，飘扬的感伤。

晚秋夜，在湄洲岛海边独自游荡，风大浪喧，潮音不绝，似千山万壑的松涛，如此起彼伏的掌声。漫步莲池滩旅游道，深黄的灯影，从祖庙山下一路亮去，隐入南海岸的迷濛夜色。

往南向海，狂沙扑面，浪沫飞溅，风扯秋裳，像依依牵引的海魂之手。回首眺望，祖庙灯火一片，如遥远的传奇、清幽的秋梦。

晚秋清梦，四海安妥，神恩赐福，福佑苍生！

2016.11.3

忆念幽长

——外婆逝世二十周年祭

　　一根香火，已点了整整 20 年，燃不尽我对您刻骨铭心的怀念；一幅照片，已挂了 20 载，挂不尽我对您的虔诚恭敬；几盘供果，已摆了 20 度春秋，摆不尽我对您深深长长的祈祷……

　　阿嬷是在 1989 年农历十月初九过世的，当时刚好过了 85 岁生日。按理说，您一生劳碌，吃过太多太多的苦，晚年反而身子骨硬朗，即使活到现在也不为过。但天有不测风云，艰难岁月落下的病根，终于夺去了您的生命！然而阿嬷又何曾离去，您平凡而又顽强的生命在我们后辈的心里永生。

　　由于父亲早逝，母亲为生计长期在山区和沿海工作，我和妹妹从小就是由您带大的，所以您对我们而言，既是奶奶，又是父母，承载着太多太多的家庭主角和人生意义。

　　当年，咱家就像风雨飘摇中的小舟，随时都有可能倾覆！阿嬷如一把遮风挡雨的伞，护着我们这两只"小雏"，相濡以沫艰辛度日。在 20 世纪五六十年代，为度过那段苦难岁月，您勤劳得近乎苛刻，为了糊 12 个浆糊瓶盖挣 1 分工钱，您要一直糊到夜色深沉。您节俭得近乎小气，一块 5 分钱买的地瓜馅月饼，要就着一大碗白开水抵一顿午餐。但您又慷慨得大方，山里的沿海的农民朋友来了，您往往都要为客人煮一大海碗线面，端满那个温饱无着年代里城里人暖暖的情意。

　　念想您，真愿意重新回到无邪的孩童时代，永远也不要长大。那时我念第二幼儿园，园前有清清小河，您怕我贪玩出意外，风雨无阻地上下学接送。牵着您粗糙的大手依偎在您身旁，祖孙俩步履蹒跚地走过铺满青石板的河边和后街，早已定格为童年里印象最深的写意画。我爱闻奶奶身上氤氲的茉莉花香，温馨而又甜蜜。这株茉莉花，您就种在咱家小院裂了的大陶盆里，夏秋之季接连不断地开花。您经常摘下一两朵，插在发髻上，播撒一路芬芳。在温饱不继的年月里，这就是您最奢侈的享受了。

念想您，真愿意回到那个物质贫乏却亲情富有的年代。那时，虽然咱家饭桌上的饭菜稀薄清淡，就因为有您的精心打理，洋溢着家庭的脉脉温情。当年，城市居民的粮食定量供应，一个月才十几二十斤，油、肉等也凭票购买；阿嬷精打细算，每餐定量下锅，又去排队买来便宜的萝卜青菜。时值我长身体的时候，经常饥肠辘辘，有一天对着清清稀粥发了牢骚，弄得您很尴尬。打那以后，我发现陶盆里的稀饭稠了，而阿嬷却不与我们一起吃饭了；有次饭后，我偶然发现，您正悄悄地喝着一碗清可见底的米汤……

家小于舟，春深似海。阿嬷对我的爱是无微不至的。记得小学暑假里，居委会组织回乡学生到城郊农村割稻子，我的小腿被稻叶划得一道道的，又疼又痒；晚上睡梦中，觉得腿上伤口阵阵清凉，舒服极了。眯眼偷看，原来是奶奶一手提着煤油灯，一手用棉球沾着清凉油，在轻轻为我涂抹呢。

初一暑假的一天，我要步行去沿海母亲工作地探亲，您煮了一大盆干饭，又煮了一罐蛋汤，笑眯眯地坐在一旁看我吃了个精光，撑着肚子上路。直到第二天，我从母亲处回来，您才告诉我："昨天你把我的饭都吃掉了！"我埋怨阿嬷怎不早说，弄得我既撑您又饿，您慈祥地笑着说："看你吃得那么起劲那么香甜，我的肚子早就饱了！"

当年经济萧条，失去父亲的我家更是过得艰难。母亲每月的工资只有21元，要维持四口之家谈何容易。于是年过花甲的奶奶到处揽活，不顾年老体弱还去打小工赚钱贴补家用。有一次您去清扫瓦房上脏物，不小心从梯子上摔了下来，结果小腿骨折卧床月余。为了不耽误母亲的工作，又为了照顾我和妹妹，您就请邻居把灶儿、水缸、米箱、柴火从厨房都挪到床头，边养伤边打理我和妹妹的三餐，您自己则被油烟味熏得连连咳嗽。唉，阿嬷那半躺在床侧身煮饭的情景，永远定格在我的大脑中、记忆里。

随着我和妹妹长大成家立业，奶奶也老了。您爱的圆心，从我和妹妹的身上转移到曾外孙、曾外孙女的身上；闲暇时，经常牵着小家伙们上街，也经常会买些零食，悄悄地塞给孩子们吃，哪怕受到我们的埋怨也乐此不疲。阿嬷没文化，加上为温饱奋斗了大半辈子，只好用最原始最朴素的方式表达对曾孙辈的爱。就像我当年在闽西连城上山下乡，您把家里省吃俭用的猪油和"三合士"（油、糖、面粉合炒的食品）一瓶瓶地寄给我一样，助我度过那段清苦岁月。

阿嬷大半辈子操劳，养成了勤俭节约的美德，平日里恨不得把 1 分钱掰成两瓣来花。为家庭减负，您病了经常自医自治，感冒发烧了就拼命喝水发汗，拉肚子了就吃咸菜或紫菜干止泻，每每撑了过来。20 世纪 80 年代末，咱家经济好转了，阿嬷却真的病了，瞒着我们，越拖越重。后来在我们的坚持下住了两次医院，看好不了，怕花钱就再也不肯上医院了。最后的日子里，您怕拖累后辈，只卧床躺了 20 多天就走了。走的时候是中午，我们由于守夜都去午睡了，您却趁我们不在身边时悄悄离去，给我们留下了永远的内疚与遗憾……

有人说人将死会回光返照。阿嬷，您要走时是否醒过来了？是否想最后一次见见您的儿女孙儿女？是否觉得孤单和寂寞？您是想让我们好好地多睡一会儿，因此走得悄无声息！我们却追悔莫及，肝肠寸断，痛彻心脾！而且历时越久，对您的思念愈深，犹如秤砣沉沉地挂在心头，成为长夜里的一种梦魇。香火燃不尽，相片诉不完，供品化不去……您在另一个世界知道吗？

阿嬷，在对您的幽幽怀念中，我终于悟出了一个人生至理，如果能在您生时，热爱您，体贴您，关怀您，该多好啊！这样就不会有不解的悲哀、失落的遗憾、深长的悔恨、难愈的伤痕……

唉，但愿人间不再重演从相濡以沫的苦日子中走来，又在温饱安乐的好日子中失去的悲哀！

2009.11.6

又见使君花

初夏时节，一场山雨洗绿了书房窗外棚架上的使君子，满棚带有鹅黄的鲜绿使人回想起初春的新芽，想起明媚的春光，使萎顿的心情顿时生动起来。在不经意的巡睃中，我惊喜地发现：叶丛中竟绽放出几簇使君花，有小小的花蕾，有淡白的花骨朵，有浅红、粉红、新红、紫红的花朵，如天女散花般悬垂着，超凡脱俗，难怪有人把使君花称作天女花。

哦，又见使君花！她盛开在我童年的记忆中……

那是半世纪前的东南小城，既老旧传统又亲切温馨，街市和居家荡漾着古典的书香，小巷深院里花树藤草不少，氤氲着雅致的风情。我家老屋所在的那条古巷里就有一株使君子，她生长在宋家大厝的院落一角，约近百岁年纪，粗老的藤干沿墙攀援而上，藤叶蓬蓬勃勃地爬满墙头探向巷道，成为小巷里一片鲜活的风景，远观像一朵绿云，近看像一棚童话，既天真又浪漫。

从初夏到晚秋，是满棚使君子开花的季节，小巷飘荡着使君花独特的香味，那种混合了甜香和馨香的圣香，撩拨着小孩子们跃动的童心。上放学经过，我总会抬头仰望，这种灌木藤蔓交缠，对生的椭圆形叶片鲜嫩洁净，就像孩童一对对无邪的大眼睛。更可爱的是花分五瓣，清爽淡雅如仙，拖着一指长的花梗，每簇有十几朵之多，一朵朵弯着腰儿眯眯笑着，微风过处微微点头，格外讨喜。

那棚使君子，见证了我们那代人无邪的童年。尽管时势兀臬，反右派、大跃进、瓜菜代度荒年等人为运动风雨满巷，但吹洗不走人类的童真，还有使君子棚下的童趣。你听，抽山楂、麦芽糖、炒米花的吆喝声在小巷悠悠飘过，声声入耳，令小伙伴们遐思无限。最动人的是"敲糖条哟——敲糖条——"的叫唤声，配以铁刀片"壳锵壳锵"的碰撞声，对孩子们具有强大的诱惑力。往往这时，就有一些孩子缠着大人拿碎铜烂铁牙膏皮出来换糖条，那"糖条"用麦芽糖和糯米粉做成，散发出一种天女花香，用铁刀片敲下后又甜又糯，是孩童们的最爱。

吹洗不走的，还有使君子棚下的童趣。暑假里，巷子里的一班小伙伴经常在那里玩耍，使君子成了就地取材的道具：玩"煮灶仔"，使君子叶和花儿是天然的菜肴。赌"滚铜钱"，使君果是当然的赌资。最是难忘玩"娶媳妇"，将使君花串成花环和花冠，"新郎官"脖围环"新媳妇"头戴冠，新郎官骑竹竿马引路，新媳妇坐手轿（由两小伙伴左右侧抬着）跟随，一班小顽皮吹吹打打嘻嘻哈哈好不热闹，笑闹声伴着使君花的香气填满了半条巷子……

又见使君花！她摇曳在我青春的梦境里。

那是上山下乡的岁月，由于社会动荡经济萧条，一代学子被赶到穷乡僻壤接受贫下中农再教育。在闽西连城客家异乡的凄风苦雨中，在艰辛的体力劳作后，在暗夜的彷徨无措里，我一次次梦绕家山，悠然神往老家小巷里的使君花，梦见那一簇簇微风中摇曳的仙子，犹如老祖母珍重的叮咛。

唉，梦里花开，那是一种古雅的怀旧，是对于曾经的、永不再回返的童年岁月的感伤！使君花开时节，正是东南沿海台风多发季节。梦里台风吹过，使君花真如天女散花般纷纷扬扬飘落，青石板巷道上满地缤纷。宋家老婶婆佝偻着腰，慢慢清扫大门前的落英。而她家院墙头迎风怒放的满棚使君花，不仅婀娜明丽不可方物，而且散发出一种沁人的馨香，使人想起了幽涧兰桂、曲水流香，想起水木清华、寒窗报国。

许是受到梦里使君花的启迪，在客家山乡的迷茫岁月中，我不自觉地遵循了莆阳老家的耕读传统，在拼求温饱的农作之余，千方百计搜求书籍以填补精神空虚。我和几位插队宣和公社的知青曾连续伏案几个夜晚，分头刻印手抄本小说《第二次握手》，结果被作为阶级斗争新动向受到公社革委会的调查。我还抄写了普希金的长篇诗体小说《欧根·奥涅金》，在知青之间暗地传阅。"文革"后期书禁渐开，连城新华书店开辟小说租借专柜，每星期我都要从打工的水泥厂翻越崎岖的罗坊岭前往租阅，一路上看到不知名的山花，我就会联想到古巷的使君花，就像山里村姑和小城碧玉……唉，那段浪荡山野的日子确是既凄楚又动人。

再见使君花！她美丽在我黄昏的棚架上。

离开闽西山乡后，我像一朵故乡的云游荡四方，生命的意义好像永远在路上，在报纸里，在电脑键盘前。一个闲暇之日，我抽空探访久违的童年古巷，令人惋惜的是，那棚百年长青的使君子不见了，古早时月色花影的依依韵致消失了，令人不禁生出春梦秋云的慨叹！儿时那种天真的味道，快乐的感触，只能在回忆中去寻找了。

有人说，爱怀旧，那么你就是老了。我却觉得，时常回望童年和青春，正是成熟的标志。有的人虽然年轻，却老气横秋，那是心儿老了。有的人虽然老了，却青春焕发，跳动着一颗年轻的心。还有的人则老得散淡自然，返璞归真，融入的是深巷柴门，清粥淡茶，鸡犬闲散。我追寻这种悠然境界，但道行不够，抑制不住萌生了使君花那般古典的心事，想望相逢一个使君花般结着秋香的"姑娘"。

为了这个想望，我在家乡八方搜求而不得使君子。仲夏深夜，我在云村小筑孤坐，仰望满天明灭的星光，幽远神秘得不可测度，顿觉天道迢遥，花事诚可遇而不可期也。后来赴榕城公干，得闲逛花鸟市场，发现一株花树叶儿似曾相识，一问果然是使君子，不禁大喜过望，如拾宝般捧回植于廊道旁花盆里。

秋去春来，一别经年。使君子藤随人意，袅袅娜娜爬上棚架，漫不经心地伸枝展叶，终于优雅地展露出转世的姿容，绽放出一簇簇靓丽的童真，既养眼又养神，半个世纪前的香气，隐隐约约飘了回来，轻易唤回了大半辈子的牵念。

春花秋月夏雨冬霜，流年似水匆匆漂去，像天上浮云抓都抓不住，像童年彩梦唤都唤不回，唤得回的只有这花棚上的问候，还有夏天的憧憬、秋天的感伤……花非花，雾非雾，来如春梦几多时？去似朝云无觅处。我不禁陷入沉思中。蓦然回首，有一对黛绿的蝴蝶前来造访，翩跹于花棚之下花簇之间，那是否当年飘飞的童心呢？

哦，又见使君花，恰似当时明月在，曾照彩云归。

2013.5.18

孟夏花事

鸡蕉花开了，孟夏来了！

穿过兰花盆列队的甬道，打开云村小筑的旧栅门，恍若跨进孟夏的门槛：呵呵，满目的青枝翠叶，满园的姹紫嫣红，好一片花花世界！

如果说，仲春是娇艳的花花小姐的话，那么，孟夏就是调皮的花花公子了。瞧，石榴红、牵牛紫、碗莲黄、仙掌橙，还有雪白的茉莉、紫红的芍药、金黄的旱金莲、五色的彩辣椒、绛红的竹节海棠，正你争我夺拉扯春之尾巴。最是独特鸡蕉花，宣誓般高举起坚强的手臂，又软软垂下了一挂挂美玉般的牵挂。

孟夏的牵挂该是少时的牵挂。那时虽然上小学，但校园学业是宽松的，没有如今那么多莫名其妙的课余作业，把孩子们折腾成垂头丧气的羔羊；更没有那么多音乐、绘画、外语等加码补习，补得学生们七荤八素。

因而，就有了真正的少年心性，海阔天空；就有了与野外野花亲近的日子。课余和假日，街巷和村头，郊野和果园，便成了小淘气们的乐园，滚铜钱、煮灶仔、车铁圈、打野战……呼朋引伴成群结队大呼小叫，可谓少年不识愁滋味，多么令人怀想和向往。

在岭之南和海之南，孟夏该已进入香甜的果季了，街市果摊上，不是已摆出绿中透红的荔枝和黄澄澄的芒果了吗！但在闽南之北闽中之南，在天马山麓的这片小园苑，花们还在接续与春天的约会：南国名荔"妃子笑"才绽出明绿的花穗；台湾芭乐则开出毛茸茸的白花；已挂果的百香果也不忘展示风情，推出了第二茬花骨朵儿，这种花，有吸盘状的花芯，周围团了一圈紫色和白色的丝缕，显得十分怪异，使人联想起阴暗角落诡秘的蛛网，联想到《西游记》里盘丝洞的蜘蛛精。

蜘蛛精自有蜘蛛精的道理。试想自然万物，相克相生又相辅相成，花既为植物生殖器，就要为果的孕育做好铺垫，香花美卉是为了招蜂惹蝶授粉受孕传宗接代，丑花臭卉则是为了规避天敌降低损害结出佳果。可别看百香果花儿形象欠佳，她的果实却是明黄紫红，香味四溢且酸甜爽口，诱你垂涎三尺没商量！

孟夏之季，虽然果们已初露端倪，但花事仍然纷繁，传递着季节的躁动。隐居云山野村，本为避开红尘世事，可避不开的是花的诱惑、花的撩拨、花的叩访、花的开示。暂且不说随处可见的三角梅、龙吐珠、千日红，在做着纯粹的花作业，就是杨桃花、丝瓜花、柠檬花，也正酝酿丰硕的果文章呢。更有不事张扬的释迦凤梨花，低调地趴在枝叶下，微微地张着嘴巴，仿佛在默念佛陀的经典，做着释家"跳出轮回"之禅梦！

沉浸季候，经略花事，所得良多。古语有云："不忘初心，方得始终。"亦指只有不忘花季梦想，方有果季收获！你看，那株松风岭龙眼已经吐穗，窗台上方朱藤蓄势待发，几束淡白浅红的使君花垂下棚架初展娇容，待到满棚天女散花时，逢着清晨或傍晚，就会弥漫开一种月桂和檀香混和的独特馨香，那是遥远童年的香味，也是老去故乡的味道。

孟夏花事，点染出一派童年故乡的回忆。难道不是，童年的故乡，就有我们美丽的初心，淹留着我们生命的本相，还决定了我们人生的走向。我们曾经从那里出发，一路上，那些过分的负载和过度的矫正，只会适得其反。

玄之又玄，众妙之门。诸花之玄，众果之门。是花，不管春天也好夏季也罢，就该让其顺应季候自由开放，结出令人回味无穷的果。人，又何尝不是如此呢！

2017.6.5

那年中秋

　　人生在世，杂事纷繁。说来也怪，许多事转眼便忘得一干二净，而有些故事历经多年却历历在目，更有些人事虽经岁月风雨淘洗已然忘怀，但在机缘触发下，却重新涌现；就像翻看旧影集，突然发现了一张泛黄的老照片，牵出了一串古旧的念想……

　　那年中秋，就是一张泛黄的老照片，隐藏在秋月下桂香中，凄美得令人心醉！

　　那年中秋，是在半个多世纪前很遥远的童年，是在闽中小城荔城东北角高吕巷那个偏僻的晓园，是在晓园里一株很老的桂花树下，是摆在桂花树下两桌很朴实的秋酒，酒香桂香酿秋月，酿出了记忆里的第一次月圆！

　　那时，神州大地有点发烧，正做着大跃进、总路线、人民公社"三面红旗"的狂热梦呓：土高炉炼出的铁疙瘩摆得一堆堆的，城乡到处可见；亩产万斤、肥猪成吨的农业"卫星"，放得一颗比一颗高大。那时，我的家庭有点倒霉，父亲因病驾鹤西游，母亲为维持生计去了深山里的一个小卫生院打工，困顿的家境要靠变卖一些老物件旧家俱才能勉强维持。

　　家庭的变故一下子夺走我童年的欢笑，也夺走了中秋美满的圆月。只有外婆——记忆里慈祥勤劳的外婆，像母鸡护佑小鸡般，牵携着少不更事的我和妹妹艰难度日！记得"三面红旗"后接踵而来的度荒时期，逢着中秋节，一块几分钱的米糠月饼，对节俭的外婆来说，佐以一大盆开水，就是一顿难得的午餐。

　　祖国的命运与百姓的命运紧密相连，在反右过后阶级斗争为纲的年代，由于我家祖上开过药店，家庭成分不好，难免殃及后代。外婆和母亲为我的前途担忧，思量再三，决定暑假里送我到有通家之好的高吕巷林晓临老先生家，免费习字、学打算盘，以备长大后有个糊口的手艺。

　　林晓临老先生是私塾培养出来的旧派书生，发灰白，腰微弯，文绉绉的，后脑勺长个标志性的肉瘤。他原供职涵江工商联，曾

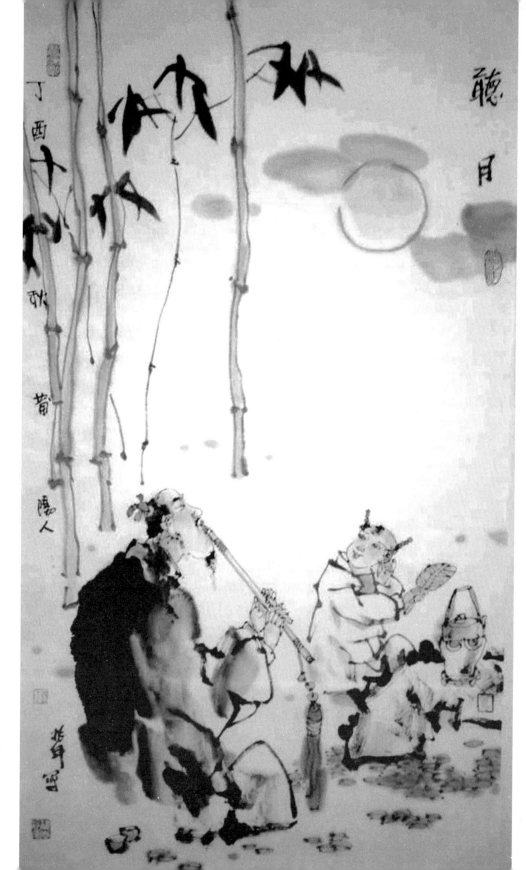

获晋江专区工商联系统书法比赛第一名和珠算比赛第二名。因病解职归田后潜心笔墨，侍弄花果，营造的晓园花鸟虫鱼满园，房前屋后过道旁养有数百盆兰花，后园围墙边种了成片芭蕉，颇有鲁迅先生百草园的况味。老先生就在园中搭了两间草庐式的客厅和书房，墙壁上挂着文人书画，桌案上摆着菠萝香柚等四时瓜果，往来多是游介园、陈唐彬等舞文弄墨种花养鸟之辈，过着隐逸而又风雅的生活。莆田知名学者宋湖民先生曾以"松门合是潜修地，菊径依然处士家"之句，赞赏晓园。

尽管世事错杂多变，神州风雨飘摇，但逢着中秋这样历代骚人墨客感慨万端的佳节，归隐林泉的林老先生岂甘平平淡淡地度过呢！于是便在中秋月圆之夜，以品花赏月之名，在小巷深深深几许的晓园摆下两桌薄酒，一桌款待同好，一桌邀请通家，加起来也才十几人。外婆与林老先生的老伴阿德婆是老闺密，也在受邀之列；赴席之时，当然要拖上我和妹妹两个"小油瓶"，趁机给落魄家境缺腥少荤的两个小不点加加油。

其夜，天气清明，明月在天，秋风微拂，花香满园。秋酒就摆在晓园小门后不远的老桂花树下，除了甬道边的秋兰外，还有两株盛开的散沫花，一簇簇小黄花开得满树都是。于是在金桂幽兰的芬芳中，阵阵清荷般的散沫花香也前来凑热闹。当时电灯可是奢侈品，在桂花树权上挂着的是两盏风灯，幽幽的光线盖不过透过花树的天灯月光，一派如梦似幻的朦胧景致。搔我心儿痒痒的是，就在树下花盆堆里，秋虫"叽叽叽"时断时续地弹唱着吟月小调，别有一番情趣。

月上树梢头，灯点黄昏后，来客们花间落座，品清茶尝月饼。正如老书生翁桂龄所吟："瓜秋几望绮宴开，济济衣冠高吕来。"同好桌上所叙多是琴棋书画，通家桌上所谈不外城南旧事。茶过三巡，便已上酒上菜。记得酒是土烧的地瓜酒，菜是焖豆腐、煮芋头、田鸡汤、炒兴化米粉等乡味。可那普通酒菜因了非常年代的反衬，因了清风明月和各类花香的加盟，就变得影影绰绰地美，清清爽爽地香，在我未经大阵仗的童稚脑海里，印象格外深刻！记得当晚，田鸡汤里那白花花的田鸡肉，让我联想起丑陋的蛇皮，心生畏惧不敢下匙！在外婆剥下外皮后的再三劝导下，我才心惊胆战地被喂了两口。过后，老想着青蛙会不会在肚子里蹦跶，说不定就会从喉咙里跳出来呢！

秋酒惹秋思，秋月酿秋香。尽管小不丁点的我刚上小学不久，审美意识尚在"褓襁"中，但处于那个季候那夜时光那种幽境，面对那些花月那些人物那些佳肴，就觉得难以言传的舒畅、形容不出的美好。及至成年后读到杜甫祖父杜审言《秋夜宴临津郑明府宅》之诗，联想当时吾家在"行止皆无地"的失路艰虞情况下，仍得"招寻独有君"的人间友情滋润，终得"坐携余兴往，还似未离群"的精神慰藉，不免对林老先生和阿德婆一家的情意有了更深悟解。所以那夜外婆难得高兴，难却主人雅意被一杯杯"地瓜烧"烧红了脸，就着月光携我们回家时脚步有点踉跄，踉跄成遥远的月下之梦！在我库存的记忆里，这是含辛茹苦的外婆唯一的醉意。

岁月路上满是风沙，红尘客栈多有牵挂。回想起来，我的童年、少年乃至青年，由于艰难时世所施的宿命，悬挂在人生天空的都是一轮残月，追不上顾不着也圆不了，而且常态化地被乌云遮蔽。唯有那年中秋，走进那年中秋的晓园，邂逅那年中秋的秋月秋香秋酒，使我收获了些许稀缺的幸运，也在我幼小的灵台安了一面开示之镜：自性清明，接引天地；人类与自然的晤谈，可以那样亲切；心灵与月亮的会合，可以如此风雅！即便在非常岁月，在人生逆旅中，也可温一壶月光下酒，温暖冻僵的心；而秋虫弹琴呢便是小菜，秋香盈桌呢该是冷盘，秋风秋思秋意秋情，则是一道道大餐了！

浮云一别后，流水半世间。"那年中秋"这张老照片，是在今年中秋临近，林晓临老先生的女儿——林荔英姨妈从深圳回乡探亲时从记忆里翻检出来的，明月香风，旧梦依依。感恩那年凄美的中秋，感恩艰难时世的那段老岁月，使我第一次真正发现了中秋节，可以过得那么有趣那么多情那么凄美。孱弱的我正是走过那段人生的阴晴圆缺，才得以逐渐成长和成熟的！

岁月深处，因那年中秋而流芳！

记忆深处，因那轮明月而温婉！

2015.9.26

好一盆茉莉花

　　七月盛夏，云村小筑，在"尼伯特"台风搅起的漫天风雨中，去冬扦插的重瓣茉莉终于绽放了，绽放在垂挂迎春藤的云墙旁，绽放在罗汉松叶荫下，绽放在疾风骤雨里，花枝摇曳，那隔别近30年的香气，又隐隐约约地飘来……那种香，透露了素蕊深处不为人见的美质！

　　岁月虽已远去，回忆依然清晰。记得童年小院的那盆重瓣茉莉，是外婆用心栽种的，她就摆放在老屋门前院落的青石板上，栽种在一个普通的破瓦盆里。其安身立命之所，颇合市井平民之家的身份。我想，把她称为平民之花，应不为过！

　　山河万里，众生芸芸。那是20世纪五六十年代，黎民百姓的生活虽然清贫，但也没有失缺希望；而花卉的萌芽和绽放，正是激活希望的媒介，追寻美好的寄托。有报道说第二次世界大战中，一位战地记者在英伦的阴暗防空洞里，看到用玻璃瓶养着的一株小花，发现了一个民族追求光明希望的执着信念！当年我家小院里，那用破盆烂罐栽种的十几种花花草草，也寄托着外婆小小的希望：她希望我母亲每月20多元的工资能涨上一点点，她希望物质贫乏的市场能够繁荣一点点，她更希望我和妹妹能快一点地成长起来……

　　就像所有花草都隐藏着向春的心情一样，正是抱着平头百姓深藏于心的希望，辛劳的外婆侍弄那些花草，牵携着我们一步一步蹒跚前行。她特别喜欢那株茉莉，夏秋之季盛开时，没有艳丽的色彩，没有风流的姿容，却有飘溢的芬芳，素洁、鲜灵、清纯、质朴得像贫家姑娘。她说茉莉花喜阳，于是把那个破花盆置于院中日照最长的石床上；又说茉莉花喜腥，于是逢上清洗便宜的小鱼虾，就用沾腥之水浇灌。茉莉花也颇懂人意，每逢花季，一茬接着一茬次第绽放，冰雪为容玉作胎，开得格外清爽、明洁、纯净、淡定。其香丰富多彩，兼具玫瑰之甜郁、梅花之芬馨、兰花之幽远、玉兰之清雅。

茉莉花语表示忠贞、尊敬、迷人等，花儿有单瓣和重瓣之分，重瓣的又有虎头、宝珠、菊花、狮头等多品。外婆当年栽种的重瓣茉莉该是宝珠茉莉，其独特处就是花蕾大，花瓣多，花期长，花香久；花朵有三四朵单瓣茉莉那么大，盛开时状若缩小版白玫瑰，这时就有清芳飘扬，沁人心脾；也有蜜蜂蝴蝶越墙来仪，绕花蹁跹。逢上传统节日，外婆会请来几朵茉莉，养在小瓷碟的清水里，摆上小厅案桌，正是"一卉能熏一室香，炎天犹觉玉肌凉"，这时，简陋的小厅里就荡开一股暗香，变成芝兰之室。每逢去做客，外婆还会摘下两朵，用簪子别在发髻旁，虽然身着洗得发白的旧布衣，但走街串巷，却踩出一路茉莉花香，走出一种清贫的芬芳！

流年不觉暗中偷换。从小学到初中，从"文革"到上山，又从山里到回城，那盆茉莉见证了我的成长，也见证了家中的诸多喜怒哀乐；我也看着那盆茉莉渐渐地壮大，进而老而弥坚，变成枝杆曲张、疣瘤突起的老茉莉。花树虽无言，但也可通灵，她吸纳天地之精、日月之华，依然岁岁抽发嫩芽，如期冒出新蕾，花季倾吐心香。她与外婆晨昏相伴，互亲相敬，成了一对暗通款曲、相濡以沫的红尘知己。而历经岁月的风风雨雨，外婆也渐渐老了，老人家拄起了枴杖，步履蹒跚，唯有对子孙后辈的爱，如重瓣茉莉般重重叠叠，叶儿绿得更加执着，花儿香得更加深沉！

1989年10月，年老的外婆终于走完了她的人生路，到没有苦难、没有清贫、没有折腾、没有病痛的世界去了！过后没多久，那盆老茉莉也凋了青叶，枯了枝条，追随外婆而去。她那绝世的芬芳，终于消散在滚滚红尘中，成为我一种奢侈的梦想！唉，传说中，书本里，报刊上，曾流传过不少动物与人生死相依的故事，主人去世了，所养动物也以身相殉。我想，动物若有情，花树亦有灵。那盆老茉莉不正如斯，与她相知的人走了，她便断然随行，无怨无悔。花犹如此，人何以堪！

　　这些年，从老家到单位，从旧房到新居，我换过几处居所，也种过不少花卉；有普通的、稀罕的，也有素雅的、艳丽的，都不如早年那盆茉莉入情入心。我也种过茉莉花，单瓣的，花骨朵儿小，也香；却都不如老家那盆魂牵梦绕！她开在艰难时世，开在难忘崖上，开在奈何桥边，开在记忆深处，远隔千山万水难以寻觅。每每回味她的芬芳，我就仿佛看到外婆含辛茹苦的身影，就有一种锲入心灵的感伤，一种不绝如缕的思念！

　　去年秋天，母亲在小区花园散步时，与几位老伙伴谈起了那种重瓣大茉莉花，引起了一番朴素的生活美学话题。到了冬下，一位老婆婆就把两枝茉莉枝条送上了门，说是从亲戚家剪来了，品种正是宝珠茉莉。我把她们分别栽植于两个小陶盆，一盆置于东南向阳台，精心呵护；一盆置于西南向云村小筑，疏于看顾。想不到，阳台那盆刚抽出新枝，小筑这盆就绽放在风雨中了，首批开了三朵，素靥盈盈，芳心瓣瓣，虽无蜂绕蝶舞，却也暗香盈袖。看来，平民之花更适宜开放在平凡的地方。

　　好一盆茉莉花！她终于跨过人世风雨，从长满苍苔的老屋小院穿越而来，重吐芳华。她开出一种童年的回味，开出一段生命的经历，开出一股亲情的芬芳，那种来自灵魂的香味也随之缥缈而来。而拄着拐杖的外婆呢？人依茉莉旧时影，香从清梦回时觉；她走得回儿孙梦，却穿不过生死界。也许，茉莉花悠远的香韵，就是老人家无言的牵挂哩！

　　天香开茉莉，梵树落菩提。亲亲外婆，茉莉花又开了，让我们在茉莉花香中，相约天国，相约来生！

2016.7.8

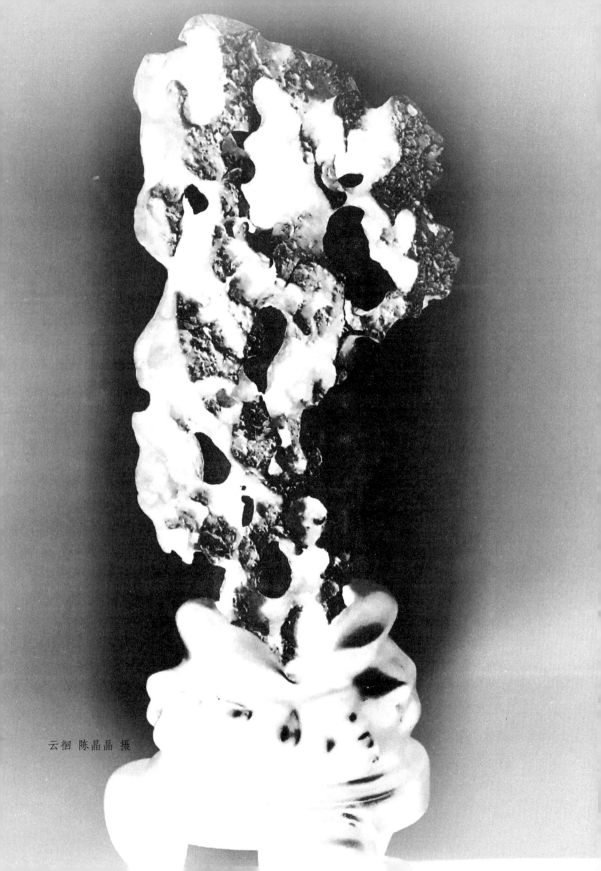

云徊　陈晶晶 摄

云 徊

敦煌飞天，飘举回旋，凌空跳的是霓裳羽衣舞，那是一种穿透时空的自由之舞，如云飞云驻，云徘云徊，浪漫且飘逸，自在复逍遥。

云彩悠游，风月无边。云徊，引少年风景，召青春旧梦，是一种离而难舍、往而复来的缠绵。云徊，鼓起舞燕翼，扬回天鹰迹，是一种悲喜交织、苦甘交融的相思。云徊，携连城往事，伴绕松清风，是一种情意相通、生死难舍的痴恋。

一情独往，万象为开；意入太玄，天机自动。云，高蹈于八荒之表，抗心乎千秋之间。云起时，氤氲弥漫，是一种境界；云在时，迷离恍惚，是另一种境界；云徊时，意象灵动，天光明灭，又是一种境界。

曾经沧海难为水，除却巫山不是云。云徊，依恋的是自由精神的无上妙谛。

遥远的山路

书房里的书籍，5 个书橱已安顿不下了，只好委屈她们藏身于桌柜之内衣橱之中客铺之上。但像个守书奴般坐拥"书城"，却是一种幸福。滋生幸福的地方已很遥远，它是记忆里那条弯弯的山路，那条连结过去与现在、蛮荒与文明、愚昧与智慧的山路。

沿着山路走回 23 年前的知青生涯，我在连城县罗坊水泥厂当临时工，整日与粉尘为伍，工作环境的粉尘密度竟超过国家劳保标准上百倍。困守寒山，萧条异乡，伤心千里，物质生活的贫乏无可奈何，精神生活的清寒更难忍受。于是尽量把业余时间交付与书，妄图以书守真，更冀望借书突围。

但所谓"伊人"，宛在梦中央，得到好书谈何容易！难得借来一本，就是领受一份贴心的信任和珍贵的友情啊！为安抚嗜书之苦，我曾把普希金的诗体小说《欧根·奥涅金》一字不漏抄了一遍，抄下了两大本凄绝的感叹！

可能是精诚所至，金石为开吧！有一天上连城县城关办事，竟意外地发现新华书店里新开了一个小小的租书专柜。当时的心情完全不亚于哥伦布发现新大陆。我大喜过望，以临时工作证为凭，花 4 分钱借了限定的两本，像捧着宝贝般喜滋滋赶回厂子连夜翻读。正是"一书一世界，一册一乾坤"，当晚，我迷失在书页中，不觉夜沉更深。

过了几天，书已读完。可工厂与县城间横亘着一座名叫屋背山的大山，绕山坐车进城换租书籍吧，往返车费需一元钱，可以租借 50 本书，而我当临时工每月的工资才 20 多元，可谓"生命中不能承受之重"。为难之余，想起"人到山前也有路"，便在星期天，邀约两个当地同事翻山进城，尽管要攀爬漫长的采樵小道，可缕缕书香，所思在前，并不以坎坷曲折为苦。往返 50 华里早出午归，虽然气喘吁吁大汗淋漓，但有触手犹烫的书册作伴，竟跋涉出了一种幸福。

从此以书为媒，在弯弯的山道上从春走到秋，又从冬走回夏，我与那条山道结下了不解之缘。春天山野燃烧的杜鹃燃着了我满腔的文思与诗意，秋日山坡盛开的野菊向我展示出不争芳春的风范与情操，夏季鸟兽蛙虫的吟啸歌哭为我合奏出满山清幽，冬时的樵夫猎人在我感觉里交汇出一身朴实和剽悍。携书跋涉于山间小道，闻一路山味听一路山响看一路山景，有闲情幽情，也有激情诗情。

"问余何意栖碧山，笑而不答心自闲。桃花流水杳然去，别有天地非人间。"诗仙放浪山水的情怀妙处难与君说，只有在怪崖松下才能深长体味，虽然溪涧中伴着流水的已不是千年前的桃花，而是金樱子和映山红。"白云在天，山岭自出。道里悠远，山川间之。将子无死，尚能复来。"穆王骑八骏巡行天下的壮游也只有在接天岭头方可领略。然而西王母和不死药都留不住长生的梦，随风驰去的将子再也不能复回。

怀卷行山，我就是古典的山人，渴了捧几口清泉，饥了采数只野果，忧愁时坐于路旁山石上读几段雪莱的《西风颂》，进山神庙痴对供台虔诚叩首神入幽微。得意时则上坡追扑急走的雉鸡感受畅快，长啸当歌笑傲烟霞，听空谷回音而放浪形骸。瞧，弯弯的山路上，走来了《三个火枪手》，开出了《幽谷百合》，笼罩着《百年孤独》，涌现出《荒凉山庄》……给我的异乡生涯带来了无尽风光。

无尽风光也在书中，通过与海涅对话，跟雨果晤谈，观赏巴尔扎克的人间喜剧，领受托尔斯泰的慈爱心肠，我结识了古今中外许多优秀的文魂诗魄，感知了他们心灵的艰难攀越。而在潜进"野火烧不尽"的坚韧、"千山鸟飞绝"的孤独、"鸟鸣山更幽"的忘机和"云深不知处"的神往后，我更倾心于先贤们流芳万世的灵心，意会到他们拥抱永恒的努力。永恒正是一条弯弯的山路，她勾连着过去，也延伸向未来。哈，于我来说，碧山是因书而活了！

光阴如箭，流年偷换。沿着当年那条弯弯的山路走到今天，走进物质不算贫困精神可算小康的书房，我虽不复当年那为两本书奔命的落魄知青了，但旧习难改，亲书爱书之心依然不死。

唉！忆往思来，莫不连理。当拥书而读时，总会想起"隔山采书香，山径多芳草"的以往，想起那条遥远的山路，她恍若仍在字里行间页中蜿蜒呢！

2001.5.20

阅读燕子

居所后边是操场。那是个百年老校的操场，因此，入口处就蹲着两只很有年纪的石狮，旁边还长了几棵长须拂地的老榕。老榕掩映的教学楼屋檐下，挂着一长溜燕窝。

也许是熏染文明教化的缘故，居住在那里的百多只燕子也变得讲文明守纪律起来：学生上课时，它们大都安安静静蹲在窝里"听课"；学生们做操时，它们也纷纷扬扬漫天飞舞，飞舞成那座校园的一道独特景观。

我是在秋日的清晨结识这些燕子的。晨曦初露太阳未出时，我来操场上跑步，而燕子们早已在操场上开"运动会"了，满天都是它们欢舞的倩影。看燕子们飞翔很有趣，它们快速扇动翅膀，呈波浪状前进，转弯时就像赛摩托车般打一个优美的弧形；有的起伏着爬高钻入云天，有的低旋着俯冲贴近地面；还不时发出"唧——唧唧唧——"的快乐笑语。

它们就像芭蕾舞演员，拍着富有弹性的翅膀跃动旋舞，把"生命在于运动"的证明活灵活现抒写在蓝天中。它们就像放浪形骸啸傲烟霞的高士，身心合一地挥洒着自由之诗。它们有理由感到高兴，因为它们拥有清新的空气、绚丽的朝霞、洁白的云朵。而飞舞着欢叫着进入新的一天，这是多么美好啊！

阅读飞舞的燕子，我情不自禁放飞自己的思想，让她翩跹在蓝天白云之间，尽情撷取发现的惊喜！我发现了运动能增强生命的韧度，奋飞能磨砺生命的意志，高度能开拓生命的胸襟，这些生活的浅显道理竟被燕子演绎得深邃起来。我也发现人类从漠视自然、破坏自然、逃避自然到珍惜自然、保护自然、回归自然的长足进步。

难道不是，人与燕子既然同为造化杰作，就该在地球上和谐共处，同演生命之舞，同抒生命之情，同享生命之乐。我还发现，人类比鸟类高明之处不但在于人的思想可以飞得更高更远，还在于人类能够读懂鸟类，理解鸟类，感悟鸟类，亲爱鸟类。

你看，与苍鹰君临天下的雍容大度不同，与天鹅优雅高贵的名士风采有异，也与鸽子潇洒悠然的君子气度迥别，燕子俨然是鸟类中的"小学生"，一群喜爱自由体操的小精灵。面对它们欢快的舞姿，你完全可以悟解那种成群而不结队的自由意志，独立而又团结的集体精神。你难道不能从它们的行为中读出生活的朴素辩证法，得到一些有益的启迪吗！

万物有灵，重在发现。我想，有燕子的天空是美丽的，有燕子的天空也是人类进行思维体操的运动场。

2002.6.12

燕舞 牧云摄

坐看云起时

　　夏至，一场豪雨清新了云村的花树草叶，却逗得西山云岚弥漫蒸腾，山头烟树更显迷蒙，不禁想起留存记忆深处的一行诗：行到水穷处，坐看云起时。

　　一千多年前，唐代诗人王维在辋川别墅坐拥南山，眺望山间雾涌云起自在缱绻，定然萌生出一种隐逸怡然的心境吧！在宦海风涛红尘烦扰中，那种"兴来每独往，胜事空自知"的意态，非看透人生世事的大智大悟而不可得，于是王维被称为"诗佛"。

　　更古老的周穆王时代，道里悠远的西北部族领袖西王母认为："白云在天，山陵自出。"山川之间，云生云起；青天之下，云走云飞；该是多么奇妙的境界，那也是隔断瑶池与人间的重重纱幕，给人以无穷的想象空间。

　　我没有西王母那样一语中的的睿智，也没有王维那种超然物外的境界，随云而起的只有变幻无方的人生记忆了。在烟云岁月中，印象较深的有云庄、云田和云山，犹如那年坐上飞往大西北的客机，吐出一屁股云花，奔向迢遥的云路。

　　云庄靠近海隅，大概因地土潮湿云雾流连而得名，是我母亲下村当赤脚医的村庄。当年暑假探母，我在村后山坡晨练跑步，眺望云起逍遥山、日出湄洲湾，心怀爽然。路边有个挑肥浇菜的大婶却迷惑不解，言道："后生子，有力气别乱使，还不如帮我挑两担大粪实在！"啊哈，云起云回，白云苍狗，一晃半世，如今每逢看到街边成群结队跳舞的大妈，我就想起当年的云庄，想起那位"实在"的大婶。

　　云田则是连城县宣和乡山角坑中烂泥田，距我上山插队的科南村两重山五里路，出工要翻越陡峭的上岗坪，山坑里常年冷泉流淌云雾缭绕，只能种植大冬糯。哎！别看那些梯田只有巴掌大，却浮着一层铁锈水，踩下去没腰深且蚂蟥横行，耕作时要踩准一个个老稻头才不至陷得太深。前段时日，我们云游闽西再见科南炊烟，对老房东端出的那盘大冬糯糍粑倍感香甜。朵朵白云般的糍粑，糅合了云雾山田的回味，也阐明了一个哲理：吃得山中苦，方知世上甜！

从云庄迈向云田，又从云田飘向云山，人生的行旅山重云复一派苍茫。在黄山天都峰、贵州万峰林、燕山古长城、青海日月山……我见过姿态各异的云起，皆因行色匆匆未品真味。及至种竹天马山麓云村小筑，得凤凰、天马、杨梅诸山环护，见惯云雾山岚弥漫，逐萌生了"天马牧云"的补偿心态。呵呵，"只在此山中，云深不知处"。云起，诠释着林隐高士无意显山露水的奥义。而背依天马，坐看云起，思接千载，情追万里，感受的是仙界佛国的烟火气。

遥对"云起"，不能不忆起山友学友兼文友的金松兄，这位"清风老人"生性孤傲命途多厄，历尽上山、走山、开山的人生坎坷，进而长年在古典的故纸堆中徘徊，只想写些东西"藏之名山"以俟云起，于是把自己的散文集名为《坐看云起时》。可惜云起之际，他竟随云去了！

提及"云起"，也绕不开状若弥勒的大荒老弟，莆田"云起香堂"之命名，正是他的"拈云微笑"，氤氲出"香云布起，满堂仙佛眉飞色舞"的大欢喜。他还钟情"龟山一段云"，隔三岔五前往龟山寺与憨头群僧"厮混"。平日里却酷爱搜寻奇形怪状枯木，居所"云在寮""阴云"布阵，"山魈木怪"张牙舞爪！

天马山麓诗山渠畔，林木翁郁山水清奇，居红尘云村，依太湖云巢，观西山云起，思沧浪云徊（"云巢"、"沧浪"、"云徊"均系云村供奉之太湖石），身心也化成了一片云。云伏时，掩藏了多少岁月沧桑；云起中，蒸腾起多少前尘往事。透过纷呈云相，探寻云起的内在本源，当是追寻天上人间的相濡以沫，演绎宇宙灵魂的和谐共舞。

庄子道：天地有大美而不言。云，抗心乎千秋之间，高蹈于八荒之表，自在纵横黄唐玄宗。而云起，未尝不是一种灵魂的破茧成蝶、心性的脱壳飞扬。静观云起，迷离恍惚，意入太玄，天机自动，方可洞觉大化万象妙然相通。

2018.6.30

小巷幽长

人生出发的小巷，留下许多难忘的记忆！

我生长于兴化古邑荔城后街罗弄里，它从宋季穿越明清跨过民国延伸而来，留下抗元的血、倭患的痛、望族的雅、女史的诗，隐藏着小城的文脉和气格。走在这条小巷，能触摸到久远的历史，感受到祖先古老而又熟悉的气息。

家乡小城多巷，巷道上写满故事，记忆里爬满青藤。较著名的有口口相传的"九头十八巷"。它们是城市的微细血管，隐藏着许多市井人家，装满了人间烟火。经过罗弄里巷墙垂下的那些使君子藤，从巷北绘有二十四孝图的土地庙左转，穿过宋家三进五间厢大厝下院，可抵达通往小西湖的左所营巷。这条巷因古时驻有营兵而得名，清末布衣诗人李雪髯曾寓居此巷，著有《莆田海疆志》《宋元明清大事记》等。而柳枝般瘦条的金桥巷就通往我的母校莆田九中，校园紧邻基督教莆田堂，九中前身曾是光绪十八年美以美会创办的"咸益女中"。在远年的记忆中，传递天主召唤的教堂钟声与清越的上课钟声遥相交响，一声声敲出特殊年代的印记。

循着人生的脚步，我走出家乡小巷，又走进许多异乡小巷，走向蛰伏梦想和收藏光阴的所在。我曾寓居连城县宣和乡科里村，那条数百米的村巷，西头通往村部东头通往墟场，我曾跟随村人和老牛，反反复复走了6年，洒落许多汗水留下不少凄惶。后来，我又走进5里外培田村古厝挟持的巷道，穿过卵石铺就的时光隧道，去触摸800年的客家沧桑，寻找走隐的背景走远的跫音。再后来，我走进云水谣老榕树下的那条巷道，那是条古驿道，响过马帮的铃铛，掠过赶夜的火把，印下不屈的跋涉意志和生存追求，通往远古的苍茫。

因地域之异，小巷在北京称胡同，在上海叫弄堂，是平头百姓生活的载体，留存着深邃的历史内涵。如今，随着老城改造浪潮，北京的胡同被"胡"去了不少，上海的弄堂也被"弄"掉了好多，"胡弄"掉的是找不回的记忆，唤不回的乡愁。正如作家冯骥才感慨："我担心将来中国人会在自己的城市里迷路，所有文化旧址、胡同、街道，都被房地产开发商的推土机铲平，造起来的楼盘，基本上都是一个样，原有的文化深层的魅力没有了，城市的记忆没有了，原有的城市个性和特点都消失了。"

我想，小巷就像人生的根脉，"根"决定基因与命运，也决定理想与去向。从小巷出发呢，可通往街市，通往城门，通往连接理想的驿道、通往软红千丈的都会。而走进小巷呢，就是走向内心，走向一种牵挂，牵挂先辈，牵挂童年，牵挂来路，牵挂曾经的遇见，牵挂唤不回的过往。小巷是生命的起点，心灵的解缆地；也是生命的皈依，灵魂的栖居所。

所幸江南还有许多小巷，走进它们，犹如穿行于幽长时光铺砌的胡同。杭州的小巷，涂满临安岁月的胎记，藏着许多避世的庭院；在一个下雨的夜晚，我曾跟着戴望舒，跟着他笔下那撑油纸伞的丁香姑娘，走进大塔儿巷，走进民国文人的心灵世界。徽州的小巷，深深延伸着市井元素和儒商风貌，在西递那粉墙黛瓦的青砖小巷，我曾折进一户百姓之家，欣赏翠花衣村姑制茶；袅袅的茶香，氤氲着地域的朴茂风情，传递着居家的生活际遇和情感体验。

绍兴的小巷，则通往古老的山阴和会稽，夜色迷蒙中，我坐着三轮车去探访遗落其间的名人故居。巷路幽幽，庭院深深，前观巷的青藤书屋、王衙弄的王阳明故居、都昌坊的三味书屋、笔飞弄的蔡元培故居……风雨磨洗的朱门轻掩，岁月斑驳的叹息满墙，再也难见旧时人物，但一代代文化大师的魂魄，仍在青石巷道上游荡！显然，小巷不乏历史的穿透力，也不乏文化的重量感。

如今，我虽搬进了熙熙攘攘的住宅小区，仍喜欢在迷离夜色中，作别灯火辉煌的红尘世界，走进小巷的深幽，走进童年的原点，走进文化的乡愁，走进心灵的沉思，走进生命的寂寞。小巷里，有真正的自我行走，从心出发，直抵灵魂。

2017.12.10

年 轮

又到年关，我们平凡的生命，又多了一圈记忆，又加了一圈年轮。

这圈记忆里，镌刻着老闻新事、老朋新友、老文新作、老想新思，镌刻着一种岁老年深的感慨。

这圈年轮里，有春花秋月，有酷暑严霜，有爱恨情仇，也有收成付出。她们，都成了值得回味的底片，成了生命的收藏。

生命很短，短到只有数十圈年轮，难画圆满。天涯很远，远到野阔山高水长，难觅圆通。年轮是一圈跋涉，提醒我们叶落梅开，冬去春来。年轮是一圈心情，点拨我们心有所依，情有所归。

年轮的刻画，是祖祠香火的添点；年轮的温暖，也是亲情友谊的加热。因为年轮的召唤，走远的游子懂得回头，因为年轮的提醒，迷失的亲情又会团聚。

年轮，是流年里的一帘幽梦，也是心湖里的一圈波光。我虽欠缺诗歌细胞，也曾记下：少时的年轮是一朵花，绽放在岁月的枝头；青春的年轮是一个梦，浮现在静夜的星空；壮年的年轮是一炉香，徘徊于怀乡的清夜；暮岁的年轮是一壶酒，氤氲在除夕的炉边。

仔细思忖，其实在童年、青年、壮年，撒娇、憧憬、奋斗尚来不及，哪有什么年轮概念！年轮，该是时间与阅历婚生的儿子，是岁月流逝的感叹，是迈入老境的专利。

呵呵，看够红尘风景，踏入人生暮色，年轮是命运草稿已然拟就，是感慨无常伤别流光，是前尘旧梦长满荒草，也是生命历程终将成殇！

不知怎的，一想到年轮，总会联想到水车。水车像极旋转的年轮，不紧不慢地旋转着一圈又一圈人世轮回。

早年，闽中家乡的水车是村野河畔的龙骨水车，需要人力踩踏抛洒热汗车水灌田，以便响应布谷鸟的叫唤，抓紧季节犁耙播种。后来，在闽西连城山村看到另一种水车，蜗居于山弯水口，利用水流的冲力，带动木轮春碓碾米，一下一下的，像是晒太阳的老农慢条斯理地磕着旱烟管的烟灰。

又后来，相继在丽江景区、云水谣溪畔、永定土楼前、培田古牌坊旁、坪盘村莲花田沟频频看到水车。这些水车更高大，更惹眼，更老旧，更圆滑，纯靠水流冲击的自然力驱动提水。当然，也有些是出于招揽游客的社会力摆谱。在光阴流水的推动下，它们一概不由自主地旋转，转者如斯不舍昼夜，旋转成一圈古老的风景，也旋转成年轮的象征意味。

由水车及人，芸芸众生春夏秋冬地忙乎旋转，年复一年地轮回老去，不也源于社会力和自然力的双重驱使吗！

有人说，成人是什么，是一个被红尘欲望吹涨的孩子。那么老人呢，就是一个被岁月之针捅漏的气球。年轮，是膨胀的遗痕，也是漏塌的缩影。

年轮 阿谷 摄

就寿数来说，年轮便是判官。无论帝王将相，还是山野草民，无论飞黄腾达，还是穷困潦倒，她都以每轮 12 个月的速度为你画圈，画人生章段的句号，最终画成满头白发，画进墓门。诚如杜牧所言："公道世间唯白发，贵人头上不曾饶。"

换种角度诠释，年轮也是岁月的圈定，更是人生的放大。一棵树，年轮越多，站位的海拔理应越高，愈加贴近高天流云、日月星辰。一个人，历练越久，胸襟的包容理应越广，越能聆听前贤的足音、远方的召唤。

当此年关蹒跚而来，再听蒙古族杭盖乐队演绎的歌曲《轮回》，就听出世代叠加的一派沧桑，听出年轮圈画的一派高旷："春夏秋冬四季轮回 / 生老病死命运轮回 / 年月更替兴衰轮回 / 宇宙永恒 / 青春却一去不回……"

在蒙古汉子如浩荡长风的歌咏中，岁月更迭，年轮流转，信仰坚贞，薪火相传。显然，在这些草原之子心目中，年轮，是远古的况味，是时光的脚步，是前辈的歌谣，是英雄的功业，是天上的太阳，是生命的荣光。在他们苍凉而又悲慨的歌声中，岁月就在《轮回》中放大，放大成一派苍茫。

烟云岁月，千古江山。苍茫，正是年轮的另一种解读，一派夕阳残照，苍山暮远的老到风景，一派"白发渔樵江渚上，青山依旧夕阳红"的人生浩叹，一派包容"上下四方、往古来今"的天地宇宙情怀。

2017.1.20

鹰 迹

大年初一，与一班友人往壶公山麓红山水库踏青。众心雀跃，像一群出笼的鸟儿掠过南洋平原飞向坡野水湄，一路领略"哔哔叭叭"的迎春鞭炮、穿红着绿的农嫂村姑、"咿咿呀呀"的闹春社戏……最可心的收获还是在水库坝头看到了几只老鹰，它们逍遥于壶山之巅，盘旋出一种怀旧的情调。

关于老鹰的印象早就封存在记忆里，寄托在电视屏幕中了。遥远的少时，"老鹰叼小鸡"的故事出自外婆的嘴巴。那时我念小学，脑子里塞满浪漫的想象，常在学校的操场和老家的阳台仰望老鹰，对这种高飞于天空的大鸟疑问百出：它们真是"鬼婆"养的吗？它们到底住在哪儿，以何为生呢？它们飞得那么高，真的能看清地上的一粒黄豆吗？

最使我羡慕不已的，倒不是鹰们能扶摇直上青天，以众鸟之王的雄姿君临天下；而是它们能自在地悬浮于虚空之中，任凭风吹雨打岿然不动，仅这一点就非得强悍的心志不可。鹰扬天下固然可取，可在风云变幻之际神色不动,那才是真豪杰啊！于是我想，要是自己能变成一只老鹰该多好啊！

可外婆却对老鹰印象不佳，把它们视为不祥之兆。每逢天上传来那"嘎——嘎——嘎——"的鹰啸时，她总是神情紧张地喃喃自语："天帝保佑，消灾灭祸！天帝保佑，消灾灭祸！"唯恐真的会有什么灾祸降临。也许是老鹰浑身褐毛长相不佳，也许是饿坏了的老鹰叼鸡扑兔太过凶悍，也许是那个物质精神双重贫困的年代天灾人祸太多太多，老辈人很自然地把它们归入该诅咒的丑陋之流，视之为天上的灾星。

可老鹰才不管人们的印象如何呢，它们该飞就飞该叫就叫该叼小鸡还叼小鸡，倒也活得有滋有味逍遥自在。更多的时候，它们是不慌不忙地扇动翅膀，逍遥自在地飞过天空飞越人们的视线，飞向不知所终的地方。

　　据说，老鹰之所以成为天空之王，是经历过一番惊心动魄的历练和锻造的。正如孟子所说："天将降大任于斯人也，必先苦其心志，劳其筋骨，饿其体肤，空乏其身，行拂乱其所为，所以动心忍行，增益其所不能。"老鹰何尝不是如此！

　　鹰巢，就筑在突兀的危崖上、纵横的幽壑中。小鹰初生不久，就要经受残酷的训练，母鹰断食饿它们，让它们相扑厮杀，从悬崖上推落它们，让其直面死亡奋发求生。经而常之，它们活着的自然反应便是搏击和飞翔；由此成长为真正的天上猛禽。我想，鹰的精神，是从苦难中被激发出来的。而只有历经大磨难，才得大逍遥啊！

　　细想起来，与老鹰相比，自诩为天之骄子的人类有时却显得更加凶狠更加丑陋哩！你看，大片森林的砍伐剥夺了动物的栖身之所，工厂冒出的黑烟污染了明朗的天空，成堆的垃圾恶化了美丽的环境，黄沙掩埋了绿洲，雾霾肆虐着城乡，于是老鹰也数量锐减远避城市了。如果连天之王者也弃人而去，那么，作为万物之灵的人还有什么骄傲可言呢？

　　因此，对老鹰的召唤便成了一种心灵的呼喊！作为城里人，更该为消逝的鹰迹喊魂！一次偶然的机会，我听到秘鲁名曲《老鹰之歌》，歌中唱道："我宁可要一座森林，也不愿是一条街道；我宁愿飞翔到远方，也不愿被束缚在地上……"其曲调的古朴、高远，旋律的神秘、深邃，一下子扼住了人的心。老鹰，那是飞翔于安第斯山天空的王者，也是徘徊于古印第安文化的神灵！老鹰，要和它思念的印加兄弟生活在一起，在马丘皮丘和怀纳皮丘上空翱翔！

　　于我来说，这么多年来，对老鹰的想望不仅仅是为了怀念那难以忘却的童年，还发酵成一种对美好生态环境的向往，升华为一种对自由精神的憧憬。你看，蓝天高远，白云飘飞，阳光灿烂……而广袤的天空，该是老鹰的牧场，放牧的是坚韧的精神和自由的意志。

　　唉，翱翔于壶公山麓的老鹰，它们哪时才能回归城市的天空，也回归我心灵的天空呢？

2004.2.15

河对岸的庄稼地

　　这是兴化平原上一条碧绿的小河，河的此岸是属于市区的荔枝公园，河的彼岸就是城郊的庄稼地了。此岸彼岸，是两块截然不同的天地，有不同的景观、不同的生活和不同的情调。

　　每日清晨，我都要到荔枝公园练拳，走过一套行云流水的陈式太极，就对着彼岸痴痴凝望，就像银河这边的牛郎凝望着银河那边的织女。

　　把两岸隔开的河名叫天九湾，系闽中木兰溪的支流，河床虽不宽阔，但有木船、鸭群、云影、竹桩（用来系渔网），偶尔还有一个捕鱼捉鳖的老头儿驾着一叶渔舟飘然而过，倒也别有一番情调。惹人喜爱的还有对岸的荔枝树，撑着一把把翠伞沿着河岸蜿蜒而去，诱人遐思；也给对岸庄稼地牵上了一道绿篱，使人难以一览无余地看到彼岸的庐山真面目。

　　我只能约略从荔枝树的叶缝里，去窥探河对岸的那些稻田菜园、瓜棚豆架、农人牧童和村舍炊烟。由于生长在市区，我从小对村野就有一种新奇的向往，向往那里的青青庄稼地、绿绿荔枝林，向往村野的悠闲自在和农人的无拘无束。后来，随着母亲下乡，多次探访一个名叫云庄的小村，那里也有青青的小河，河旁的庄稼地里栽满了地瓜和花生，村道旁的小河闸边盛开着一簇簇野菊，长满相思树的山坡上有牛羊在吃草。

　　最难忘的是顽皮的村童与我这位城里来的新伙伴投缘，把放牧的牛托付给树桩，带着我满山撒野，小伙伴们钻草丛打野战，掏石缝捉蟋蟀，比试谁捉的蟋蟀个头大，劲儿足，叫声响。我们昏天黑地玩饿了，打探周围没人，就像猴子般跳进庄稼地挖来几个地瓜，然后挑避风处用石块叠起小灶，生野火烤地瓜，来顿半生半糊风味独特的美餐……

　　云庄村名虽然充满诗意，但农人们过的并非闲云野鹤的神仙日子，除在庄稼地里春种秋收辛勤稼穑外，他们家家户户养猪，农闲还有许多人以打石、运货、烧砖瓦为副业，一年忙到头只能勉强维持温饱。令人感慨的是，他们既像庄稼地一样朴实淳厚，也像六月的荔枝果般热情豪爽，恨不得把家里最好的东西都拿出来待客。记得有年春节我首次探访云庄，村人相继端来14大碗盖满猪肉、花生、荷包蛋、炸豆腐的阳春面，铺满了整张桌面，那份发自内心的真情犹如家酿的"地瓜烧酒"般，洋溢浓郁的乡土味和人情味，使人醉入心头没齿难忘。

多少年过去了，对云庄的回忆早已长成了一棵盘根错节的荔枝树！可不是，年复一年长居城里，在纷繁的街市里挤来挤去，在豪华的商场中穿进穿出，在电脑的键盘间跳左跳右，心灵的空间日渐逼仄，精神也褪去了鲜艳的色彩。于是，河对岸的庄稼地，就变成一派奢侈的想念、一片悠远的抚慰，令人心驰神往。

面对那片庄稼地，定睛瞧去，黎明的霞光中，披着红衣裳的稻草人站在田埂上吓唬淘气的麻雀，挑肥浇菜的农人浇出一畦畦新绿，牧童牵着水牛沿河边踩出一幅诗意的出牧图，农舍上的炊烟高高举起手臂向你招摇。侧耳听来，此起彼伏的雄鸡啼鸣唤醒一轮朝阳，几声犬吠吠出农家的亲情，电喇叭断断续续送来莆仙"大鼓吹"的喜庆旋律，是哪户农家在庆贺新房落成，还是要办喜事娶媳妇哩？

千年前的盛唐时代，诗人孟浩然作客襄阳农家，曾以《过故人庄》为名，写下了"故人具鸡黍，邀我至田家。绿树村边合，青山郭外斜……"的名诗，以简淡的笔墨写活了田园生活的宁静温馨和朋友之间的真挚友情。河对岸的庄稼地，不同样给人一种村野生活的恬淡幽静，袒露出农人朋友的坦诚情怀吗！它可以荡涤尘世的俗虑和城市的繁嚣，予人超脱名利的洒脱胸襟。我想，我真该重新去拜访云庄，与那片庄稼地上的农友们"开轩面场圃，把酒话桑麻"。

唉，河对岸的庄稼地，我心灵中的故乡，我乡愁中的精神家园！

2002.11.25

大写的人

—— 送别井心先生

　　花圈列队，哀乐低回，烛光摇曳，白花如星。2003 年元月 18 日下午，默默肃立的人群挤满了莆田罗弄里林家大院，为井心先生送行。令人感慨不已的是，这位无官无职老人的离去，竟牵动了那么多凄恻的心。

　　沉浸在天人永隔的悲痛中，我不禁想起与井心先生交往的烟云岁月，想起他穿越世纪风雨的平凡一生，想起他为人师表的风范，诗家书家的风度，体坛前辈的风采……

　　先生家与我家分居前后院，算起来，先生还是我的族伯呢！在我童年的印象里，每逢井心先生从我家院子走过，看到他伟岸的身躯、威武的步态和凛然的气度，我幼小的心灵就感到一种庄严的昭示，情不自禁地联想到《三国演义》小人书中义薄云天的大将军关云长。

　　与中国老一辈有良知的知识分子一样，井心先生在 1957 年因忠言惹祸，受到长期不公正的对待。在人生的严冬中，先生孤芳自赏，教授弟子之余，他修习诗赋，参与在宋湖民先生家创立的民间诗社"壶碟会"，以诗言志，化解心中块垒。先生爱梅之高洁，其时多有咏梅诗出，如"一枝春早在山陬，玉骨冰肌冻不销"、"得傍一丘忠骨在，千秋碧血两斓斑"等句，折射出宁折不弯的文人风骨。

　　"文革"中，先生又因诗作而遭宵小陷害。1965 年冬月，先生作《梅花》诗："暗香今日又相随，斗雪欺冰正满枝。友到梅花身亦韵，呼来明月意犹痴。人间骨相寒如此，笔下文章枉费辞。便欲放怀追旷达，孤山却恨不时宜。"却被诬为对社会的不满之作，为之横遭批斗。直至"文革"后期拨乱反正时，仍有一些当权者

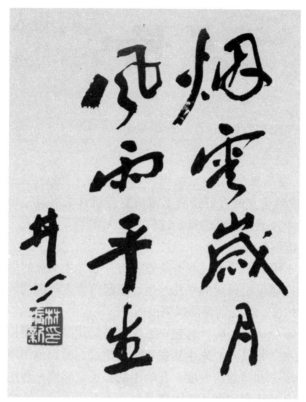

风云　井心　书

以此诗要挟先生，要他以一纸检讨来换取"平反"。然而屈服权势不是先生的品性。后来还是省领导出面干预，先生才得以洗脱罪名。

井心先生被誉为文武全才，除体坛、诗坛外，还以书法名世。其作品沉雄超迈，力透纸背，半个世纪前就名扬莆田，故而慕名登门求索墨宝者络绎不绝。先生不计亲疏贵贱，尽量予以满足。我常在先生家走动，对那管挂在天井边晾衣竿上的大毛笔记忆犹深，碰上先生伏案挥毫，总是趋前观赏。只见先生展纸提笔，凝神片刻，在胸中规划好整幅布局，随之将笔锋蘸满浓墨，悬肘落笔，以气运腕。于是，雪白的宣纸上，酣畅淋漓地冒出了一行行"井心体"。

文为心声，书为心迹，自成一体者，可谓凤毛麟角。纵观红尘世相，自诩书家者林林总总，不少书作初看端方得体，细观不过是法帖的摹仿，没有个体性的生命呈示，没有品格修养的正大气象，少了宝贵的灵魂；还有些书作柔婉媚俗，又压抑了思想张力，欠缺了人格气场，远非可流传后世的文化风景。用心体味井心先生书法，确是一种艺术享受，那极富骨力的铁划银钩，那老辣洒脱的撇捺点按，风神卓著，气韵宛然，不仅倾泻着风雨平生的坎坷际遇、烟云岁月的旷达胸襟、还凝聚着一种超凡脱俗的人格力量……

每逢年关，就是井心先生挥毫泼墨的"农忙"季节，不管亲朋好友、门生故旧或乡野农人登门求字求联，先生总是以礼相待，只要健康状况许可，一概允诺。有个年关，一乡老挟着一大扎红纸登门求联，从门联、房联、窗联一直写到柴间，畜栏联20多副，老迈之年的先生尽管写得腰酸背痛，也毫无怨言。

因是沾亲带故的近邻，我近水楼台先得月，常有新闻界、文艺界甚至政界朋友托我向先生求赐墨宝，前后竟达数十次之多，先生总是不厌其烦，有求必应，有时抱病而作，经常还要倒贴纸墨。记得我相求的《陋室铭》，整幅连同落款上百字，先生以老迈之躯，竟先后书写了三次，使我感慨系之！先生秉持中国传统文人的清高，不沾铜臭，不齿于以书谋名，以书射利；故而书画交易场中难见先生书作，偶尔有一两幅，也系他人辗转售出，绝非先生本意。

更使人敬佩的是，饱历人世沧桑的先生直至耄耋之年，仍然胸怀坦荡，正气凛然，爱国忧民，尤其对社会上存在的一些腐败歪风深恶痛绝。我常到先生家串门，由于职业的缘故，对时事民情比较关注，每每与先生交谈，总是受益匪浅。谈到深处，先生相继题写了"时平歌哭都无罪，道大行藏各有功""佳日不多聊取适，老年难遣是离群""报喜灯花红一夜，相思春水绿三年"等书作赠我。

平凡孕育伟大，朴实不掩崇高。在烟云岁月和风雨平生中，井心先生用他的诗、他的字、他的书生节操、他的人格魅力矗立了一座丰碑，激励了许多后学，他以坎坷的人生经历，用一位中国知识分子的良知，书下了大写的"人"字！

2003.1.20

最后的渔翁

这是秀丽的木兰溪，她孕育了富庶的南北洋平原，浇灌出绿色的荔子之城，也哺养了两岸勤劳的子民。

于是，有人唱道："一溪碧水，十里荔花，鸭涌银浪，蔗摇青纱，竹筏悠扬飘四季，鸬鹚戏鱼歌满仓……"唱出典型的莆田乡土情味。

尤使我难忘的是名登莆阳二十四景的"绶溪钓艇"。宋代古桥前，百年老榕荫，数叶竹筏，各载一尊渔翁和几只鸬鹚，那颈套红丝绳的捕鱼鸟临水瞪圆眼珠，发现鱼踪便"嗖"地纵身入水，不一会儿，便湿淋淋地叼出一条活蹦乱跳的鱼儿来，伸长脖颈献给竹筏上的渔翁。身临其境领略那情状，直如融入唐诗宋词中的江南水乡般美好！

可如今，由于人口剧增水质恶化，木兰溪的竹筏鸬鹚早已随流水漂去遥不可及，就连讨渔翁也无踪可寻了。中国摄影艺术节需要几只竹筏数位渔翁披蓑戴笠作摄影道具，寻找他们还颇费了一番周折呢！因此，在这个芳春之晨，邂逅从荔林深处荡出的这只渔舟时，我真像遇到久别故人，不禁大喜过望。

逆流望去，小渔舟头尖尾方，船板苔痕斑驳，显然久经风雨；舟上的老渔翁头戴斗笠，双鬓花白，着一身洗得灰白的旧中山装，舟上不过一篓一网双桨。只见他轻点左桨，操纵船儿近岸撒网。那网是银白色的鱼绫，很优美地在水中布了一个弧形陷阱。随后渔翁便摇船靠岸，燃着了一袋旱烟，悠然自乐地哼起莆仙小调来。

"大爷，你一天能捉多少鱼呢？"

"不多，少时五六斤，多时十来斤。"老渔翁抬起满是皱纹的脸，漫不经心地接着说："这溪现在太脏，鱼都快绝种喽，不像过去，随便一网就能网住七八条，我最多的一天，曾经捉过六十多斤呢！"

"这样风吹雨打太阳晒，挺辛苦的，捉一点儿鱼不划算啊！"

"我是不靠讨鱼生活，却要靠讨鱼过活。"老渔翁冲我神秘地眨巴着眼睛。

　　他的幽默挑起了我的好奇，于是打破砂锅问个究竟。原来，老人姓杨，年过古稀，家住木兰溪下游陂头村，一家子傍溪而居，从祖上就靠溪吃溪，以打鱼为生。老人在溪上摇船撒网已有数十年。他说，过去生计艰难，全靠在这条溪上打鱼摸龟捉蟹捕虾，才勉强维持一家子的温饱。如今日子好过了，可这溪却变小变窄变浊变脏了，但有了数十年的老交情，就是离不开她。

　　看我不解，老渔翁解释："如今儿孙都出社会了，我手头不缺钱，你等下瞧，我特制的绫网是宽眼的，不上四两的鱼我网开一面，让它们好生长大吧。呵哈，我这把老骨头浪荡惯了，在家里闲不住，还是出来吹吹溪风沾沾鱼腥，心里头舒坦！"

　　老渔翁是朴实的，他的逍遥使我想起了一首唐诗："千山鸟飞绝，万径人踪灭，孤舟蓑笠翁，独钓寒江雪。"那孤舟蓑笠翁钓的"江雪"，该是一种不迎合世俗污浊的高洁精神吧！木兰溪并非寒江，一年四季无雪，但我面前的这位孤舟笠翁，却长年以溪为家，卓尔不群，同样钓出了一种亲爱自然的人生意境。他不愧是木兰溪最后的老渔翁。

　　是啊，真理永恒，有时却十分朴素。俗话说，临渊羡鱼，不如退而结网。此话简单，却点明了幻想不如行动的人生哲理。老渔翁羡鱼不贪鱼，透露出一种人鱼相亲、人与自然相爱的发展眼光。试想，假如溪岸的渔人们过去都能有这种眼光，不一味地竭泽而渔，如今的木兰溪上，渔舟何至于几近绝迹呢？嘿，羡鱼而不贪鱼，展示出了一种人生的大气。

　　姜太公钓于渭水，宁在直中取，不往曲中求，非为锦鳞，只钓王侯，以江湖之远，钓庙堂之高，钓出了纵横天下的霸业。在世海喧嚣人欲膨胀的年代，老渔翁用宽眼绫捕鱼，钓溪涧之幽，钓的是一种做人的品格与境界，折射的是潇洒驾驭人生的襟怀与坦诚。正如唐代诗人岑参所作《观钓翁》诗："竿头钓丝长丈余，鼓木乘流无定居；世人哪得解深意，此翁取适非取鱼。"好一个取适非取鱼，何等空灵超脱啊！

　　老渔翁收网了，空网无鱼。但我的思想之网，却有沉甸甸的收获！

2003.6.3

清风绕松忆故人

时光荏苒，不觉与金松兄离别经年，但他那鲁迅式的傲骨嶙峋形象，还有那鲁迅式的耿介倔强脾性，依然深印脑海，每每夜阑梦醒，总是历历在目，友情文情加多年深情，思之往往不能自已！

虽然与金松兄同为上山连城的知青，但我们却初识于20世纪80年代中期，那是改革开放之初思想开放的岁月，也是青年学子意气风发的年代，抱着长期禁锢后对知识的渴望，我们相继报名参加福师大汉语言文学专业自学考试。记得我首次到他家清风岭西门巷13号拜访时，第一印象是他家园子里花树葱茏，充满野趣；而阴暗的屋子里书籍乱堆，颇有点"三味（书味、茶味、烟味）书屋"的况味！其时，他正与两位"同学"在园中那棵大龙眼树下争论自考命题，争辩得脸红脖子粗，一看就是性情中人。

此后，我与他便成了另类"同学"。大专阶段，因我刚从沿海调进城区，参加"自考"慢了半拍，所修学科多是金松考过的，于是他便向我提供用过的课本辅材，页里行间记有密密麻麻的读书笔记，不但使我省却一些买书钱，而且事半功倍获益良多。记得当年我天天跑步东岩山晨练，返回常拐到他家园子里聊天，在鸟语花香中交流学习心得、时事看法和人生理想，逐渐成了知交。五年后一个蝉声吟唱的日子，我们一起在闽都长安山通过论文答辩，成了全省首批"自考"本科毕业生。这21名毕业生里，莆田市只有3名。

真该感谢自学考试，那是一种工余苦读边学边用的难得经历，也是一种汲取知识修炼自身的艰辛搏击，更是一种学子文友相濡以沫的生命体验。在这场追补青春转变命运的人生考试中，我有幸结识了金松兄，他像一首诗，是真正意义上的耿介忠直一书生。

他与文学结缘，肇始于 20 世纪 70 年代之初的上山下乡期，得益于曹丕《典论论文》"盖文章，经国之大业，不朽之盛事。年寿有时而尽，荣乐止乎其身。二者必至而常期，未若文章之无穷"的影响。

此后，他便寄身于翰墨，着意于典籍，往往挑灯夜半深埋故纸堆中。多年修习，他的古文功底日见深厚，在登肇庆阅江楼时，他留诗："平生好壮游，难忘此登楼。南面沧浪阔，西江澎湃流。铁军凭崛起，端砚纪绸缪。一叶垂千古，云行雨未收。"历史的风云、先烈的业绩、报国的壮怀充填胸襟，真可谓百年诗酒，满怀乾坤。有次，我看到他刚写就的一篇古风，摊在桌上洋洋洒洒好几大页，不禁激赏他的古文功底，心生羡慕。

金松兄也像一阵风，他家居清风岭，自号"清风老人"，有正统儒生独特的清高脾性，也有传统士人难得的尚武精神。早前他家驻过部队连部，附近又有高炮阵地，从小的耳濡目染使他一度产生了从军报国之念，却因是独子加以父亲的历史问题（后平反）难以实现，反而阴差阳错捧起了笔墨饭碗。他家老园子遍植芒果、杨桃、橄榄、芭蕉、天竹、仙丹等，仲秋孟春晨光暮色里，他与园中澡雪精神的桂花作伴，幽播冷香的腊梅对话，可谓修心一肩明月，养性两袖清风。良朋好友谈诗论文，金松往往书生意气海阔天空，家国情怀溢于言表。自上山地连城回乡后，我在莆田县广播站当记者，他在渠桥二中当教师，星期天邀他一起去江口侨乡上后村采访，他欣然与我一起踩着破自行车前往，早出晚归骑出一身汗，合作采写了《上后村史三部曲》。暑假里，我又邀他一同采写莆田双拥模范城的报告文学，他更是兴致勃勃。我们一起进"三山"上海岛，入军营，访渔户，奔波半个多月，合作采写了 2 万多字的《湄洲湾畔鱼水情》。鱼水情，清风意，求索年代，舞文岁月，没齿难忘！

金松兄更像一棵树，他的病乃至他的辞世，与家园中那棵乾隆年间就有记载的老龙眼树有关，也与他家历代守护的晚唐九牧林墓园（即妈祖、林则徐及琉球册封使林麟昌的祖墓）有关。原来，十年前的荔城胜利北路延伸工程，由于开发商的觊觎（果园拆迁赔偿少，有利可图），竟扩展至离路百米外的林氏家园兼墓园遗址。这于金松家来说，不啻晴天霹雳！为此，他走上了艰难的抗争投诉之路……尽管上级相关部门作了多次批示，尽管市政协委员们递交了两次紧急提案，尽管新闻媒体作了报道，我还以党报记者名义写了内参……但世事难料，那棵活文物老龙眼树仍被截枝迁移了，林家守护了18代的墓园也毁于一旦。弄得金松心力交瘁，大病一场，靠呼吸机维护生命67天。出院我去接他时，仍要随身携带氧气袋！

有人说，金松的遭遇，是一个人与一棵树的悲剧，为了一棵树付出自己的一条命，太不值得！我却认为，正因为金松兄和那棵树所扎根的大地，是文献名邦深厚的传统文化土壤，故能生死相依，舍命相许。还有人说，金松以一介文弱书生抗争功利集团，是鸡蛋碰石头，难免头破血流。我却认为，对抗见利忘义的房地产开发商，为保文物而抵制某些基层权势人物的GDP冲动，明知结果头破血流，也不改本色初衷，这正是金松的难能可贵之处。支撑他的内在动力，是祖先的殷殷叮咛，是儒家忠孝节义的坚守，是为维护历代相传的文化血脉，是为留住难以割舍的乡愁！

我至今仍清晰地记得，就在拆迁前夜，我参与他与开发商的对话，开发商要他提拆迁条件，要套房要商铺好商量；他却要开发商提保树条件，愿尽量筹钱作补偿，并陈述此树此地可辟为小区公园的理由。他私下里对我说："若为眼前利益出卖祖业，出卖不可再生的几百岁古树，我今后怎有脸去地下见列祖列宗呢！再说，我和女儿从小就经常爬到龙眼树上读书，女儿高考作文能登全省鳌头，也有赖这棵古树的荫庇，其于林家功莫大焉！"

由此我认定，金松兄还有一个魂，虔诚地守望老园子老岁月老时光，那该是耕读传家的中国儒生之魂，是承接中华文化基因的守真之魂，是鲁迅式传统文人的孤高之魂！年轻时，他为改善家中窘境，曾在岭头尾拉过笨重的柴草车，曾肩挑百斤菜篮往返游洋走山。赴连城朋口公社天马大队上山时，饿得半夜睡不着觉，只能喝水疗饥成为他的最初印象。后来他和一班知青到"七一四"电站工地当民工搞爆破，曾两次遭遇山崩塌方，第一次摔下山崖被一棵倒伏的大树架住，第二次躲在山腰平台大树后侥幸逃生，两度与死神擦肩而过！他在自撰的散文集《坐看云起时》自序中坦言："当时，我已近乎'视死如归'，我的精神世界之所以不至于坍塌，靠的是文学的支撑。"

作为读书人，金松兄吃过苦上苦，故养成深厚的民生情怀，平日里真诚看待平民朋友，一成绩优秀的特困生上不了大学，他尽己所能掏出了5000元！而作为党报编辑、副刊部主任，他更是不遗余力提携晚生后进。多年前，他就把"文章千古事，得失寸心知"题写于书房墙壁，以便时时告诫自己。家园被毁后，有一次，市委书记出席政协座谈会，特地问他有什么需要帮忙的，作为市政协委员的他羞于启齿自家被拆未得补偿，所提要求竟是报社印刷厂基建土地未批，请领导多加关照。他回家安慰妻子："咱家被拆是私人的事，报社建设是公家的事，公事在先，这是最起码的！"重公轻私，公私分明，这就是金松之魂，正宗的儒生之魄。为此，许多同仁文友对他逝世深感惋惜，莆风诗社先后两次举行悼念和研讨诗会，为他的人品诗品喊魂！

哲者说，人生是一场独自的修行，漫漫旅途中会遇到各种人各种事，可最有价值的遇见，是在某一瞬间遇见了自己，那一刻你才会懂，走遍世界，也不过是为了找回一条走回内心的路。还有人说，有的路，用脚去走；有的路，用心去走；放弃好走的坦途，走好艰难的心路，才能拥有真正的自己。从某种意义上说，金松兄正是选择了他的心路，尽管艰难曲折，代价高昂，但无愧于心！

斯人已去，音容宛在，谨以此文遥寄金松兄在天之灵！

2014.6.25

流浪的自由

文人敏感，对萧瑟深秋自有一种特别的感伤。过去，我对咏吟深秋的诗句"万类霜天竞自由"不甚了然，但自从在深秋，在荔城天九湾公园见到那个流浪汉后，对自由的含义有了一番别样的悟解。

这个流浪的年轻人是在晨练时认识的。有天清晨，我在公园的老榕树下走太极，发现有个小青年在我身后跟着比比画画，弯腰曲背像只大虾姑，动作滑稽可笑；由于跟得很近，快碰到我时又缩了回去。看他行为举止不太正常，我不禁神经一紧，会不会碰上了精神病人呢？于是侧目观察他的眼神和表情，发现那双眼睛里闪烁着快乐的光芒，满脸透露出调皮的神情，显然是个正常人。

这个小青年只有十七八岁。问他是哪里人，他操着含糊难懂的语言说来自贵州。问他来这边干什么，他兴味盎然地说："这里好，来玩儿！"问他晚上住哪儿，他呶嘴指了指公园草坪。显然，这是个远方来的流浪汉，居无定所，晚上就住在公园里。他的生存境况和快乐心境，构成了巨大反差。

按照一般的思维方式，衣食足而知荣辱，人只有解决基本的生存问题后，才有可能活得潇洒自在。而这个流浪的年轻人没有工作，远离家乡和亲人，还可能三餐不继，温饱无着。可他为啥还活得这么无拘无束，自由自在呢？我不禁想起欧洲那个著名的乞丐的故事：

在古希腊一个美好的春日里，一个乞丐躺在公园里晒太阳，衣着褴褛，面黄肌瘦。这时，一位哲人经过，不禁动了恻隐之心。他走上前同情地问乞丐："先生，我能帮你做些什么吗？"答案却令人意想不到："谢谢，请您站到一边去，别挡住我的阳光！"

这个故事令人怦然心动，从生活上来说，那个乞丐是穷人，连起码的衣食住行都陷入困境；可他的灵魂却充满了自尊，没有被生存困境所困扰，也没被俗世的物欲所迷惑，而是用全身心去迎接生命的太阳，让更多的阳光照射进自由的心灵。

滚滚红尘，芸芸众生，生存状况千姿百态。从乞丐到流浪青年，我不禁想起了人生自由的命题。《清代皇帝秘史》记述，乾隆帝下江南时，曾游历江苏镇江金山寺，看到山脚下大江东去，百舸争流，不禁兴致大发，随口问面江而立的老和尚："你在这里住了几十年，可知道每天来来往往有多少船只？"老和尚合什回答："阿弥陀佛，我只看到两只船；一只为名，一只为利。"

此所谓"天下熙熙，皆为名来；天下攘攘，皆为利往"。纵观世间许多人，衣食无忧，事业顺达，却活得十分拘谨窝囊，或倦心疲体、或伤心劳神，或勾心斗角、或提心吊胆。难道不是，漫漫人生路，有太多的禁锢和羁绊，皆来自身投尘欲"劫"，心登名利"船"。而中外公园里古时的乞丐和今朝的流浪汉，他们能享受春日的阳光和秋日的自由，活得那么逍遥自在，全赖于舍弃斗逐场，淡泊名利榜。看来，万类霜天竞自由，无过于内在心灵的自由。

转眼过了几个月，一个春雨淅沥的夜晚，在这座闽中小城的步行街上，我又碰到那个年轻的流浪汉；他手臂搂着一把黄雨伞，像个幽灵般吹着口哨哼着小曲子。只见他轻快地走到街旁清洁箱前，把一个垃圾袋一拨拉，抓起了个可乐瓶。随之乐不可支地撑着雨伞转了两个优美的弧形步，犹若在街头跳起拉丁舞。他边哼边舞，快乐地飘向另一个垃圾箱，又捡起了一个易拉罐，脸上写满得意的神情。我问他："捡来干什么？"他挤眉弄眼地回答："卖钱换饭吃！"不但没有丝毫难为情，还骄傲得像个王子。其言行再次颠覆了我世俗的认知！

雨夜的街灯下，那个流浪汉仍哼着跳着，在垃圾箱前"舞蹈"，只有我打着雨伞踽踽而行，一任嘀嘀答答的雨声敲打夜的寂静。夜雨呵夜雨，洗却了旧年的尘垢，浇绿了思绪的春芽！我不禁想道：物质的富翁往往与金钱的奴仆同行，心灵的富翁则与自由的灵魂相伴；自性逍遥，人生无忧，人类的快乐源于无羁的心性！

2007.11.3

南闽穿越

　　阔别闽南十多秋，仍剪不断对她的牵念！闽南是一串香蕉、一叶帆影、一座土楼,闽南也是一壶老酒、一杯清茶、一片花田……

　　传统印象中，闽南应是厦、漳、泉统称。但心目中的闽南，却在闽南之南，即最闽南的漳州，俗称南闽。记得小时，孩子顽皮哭闹，大人烦了气了，总吓唬说："你再哭，再哭就送去南闽！"南闽，即下闽南漳州。其实南闽水土肥沃，物产丰饶，传说"插根扁担都会长出芽来"！相比连地瓜都无法果腹的上闽南泉州与闽中莆田，起码可以搏个温饱。

　　正因只要勤快，温饱无愁，所以南闽就少了一份斤斤计较的小气，也少了一些"爱拼才会赢"的牛气，还少了一些见钱不要命的戾气，更少了鹭岛那种精致的娇气。南闽养育了一群独特的子民，豪爽义气、肝胆相照，有江湖侠义精神。

　　记得第一次到龙海，接待的几位同行就炫耀："我们老大是条下水道！"何也？原来此君喝酒有绝招，仰首直灌喉结不动，可谓"飞流直下三千尺"。果然，一餐下来轻快灌下十几瓶，真乃"下水道"也！如此快意人生，正是南闽风格。另一次到南靖，主人大碗酒大块肉，直嚷嚷先交你这条汉子，来个一醉方休，写稿的事不急，以后再说！那血性那豪情，直烫得人心潮澎湃！

　　还有次到六鳌半岛，推杯换盏之间，主人笑谈：前不久渔汛动，渔船出海满舱归，一渔户高兴，拉回一手扶拖拉机啤酒，堆酒当桌，叠箱作椅，再摆上一大簸箕下酒鱼干，招朋唤友同饮"庆功"，每人喝酒论箱，喝完一箱换一箱，醉者扔炕上躺去。最后，主客同醉，主人全家连同看门狗也一起放倒。那种人狗俱醉的豪情激情浓情，印象特深。

　　这就是南闽，赤热的阳光照耀蓬蓬生长的庄稼，赤热的酒精烧滚烫人的热血。这种血性，浓得化不开，需茶来解。

　　茶树青青，都在田垄。提及南闽之茶，一时白芽奇兰茶香盈室。南闽人好茶，源于炎热气候之需，出自消闲解渴传统。南闽流行"功夫茶"，茶具精致，茶浓杯小，茶人用"功"细斟轻啜，或与江流明月为伴，或与松涛竹韵为友，透露出道家"避世无为"精神、佛家"无求即乐"境界。相比酒友畅怀豪饮，可谓一张一弛，动静相辅。

因此，南闽既是酒乡，也是茶国，诏安八仙茶、长泰黄金桂、华安铁观音、南靖丹桂茶等名茶，可排出一长溜，尤是平和白芽奇兰茶，叶似竹叶兰草，兰香清醇悠长，可解酒消滞，可提神生津，可加持情谊，可修盟结亲，百盏千杯不嫌多。南闽民俗流行"茶礼"：订婚，男家向女家送"茶礼"；结婚，新娘奉茶敬公婆；烧香敬神祭祀祖先，也供茶表虔输诚。

当年，我寄寓漳州，傍晚常赴九龙江游泳。江畔错落的小木屋与铁皮房，便是各民间泳队茶寮，中置茶炉茶具，清晨傍晚，泳友们各带好茶，下水前上岸后，围江边老树头煮茶品茗，谈天说地，茶韵依依，无上闲适；直至夜幕沉降，方才懒步散去。足见品茶文化，根深蒂固地扎进这方乡土，泡出深浅浓淡的百姓生涯。

由之，南闽成了茶人乐土。那方茶土培养的一颗茶心，可以很小，小到塞进一个茶壶，斟上一杯香茗即可满足；也可以很大，大到可以泡香山野，披盖天下。印象颇深的是天福茶庄，台胞庄主李瑞河，祖籍漳浦盘陀，身上浸透了茶基因。有夜我驻"天福"，与之促膝长谈，其三句不离茶经，且构思奇妙，令人叹为观止，活脱脱一大茶王。

为打"天福"品牌，茶王别出心裁，在国道旁茶庄边，建起天坛形厕所，以新厕置办完工酒。随之，在国道两旁树起别致告示牌："全世界唯一办过酒席的厕所！"此计大妙。好奇司机纷至沓来。既上厕所，便逛茶庄，看美女演茶道，喝杯免费茶，顺带买点茶。出庄后，又可在茶庄油站加油，进茶庄酒楼就餐。继而，茶王又在茶庄旁建开放式茶点厂，透明化幕墙，不锈钢生产线，员工白衣帽胶手套，外人可透幕墙观看生产全程；工厂开竣工仪式，均表演正宗茶道。经茶王捣鼓摆弄，一杯茶引出了一条产业链，盘富了整个盘陀镇。

　　茶王的能耐何止于此，加拿大承办十六届亚太经合会，其提前运作，以"天福"茶为专用礼品，十八国元首均获赠茶礼。这下可好，"863茶王"变身"元首茶"，价格翻了一番。就这样，茶王以茶为饵诱虎钓龙：上千家"天福茗茶"分销店燎原神州，多个茶主题高速路服务景区开张，世界最大的（天福）茶博物院亮相，天福茶学院培养出一批批茶业专才。

南国　牧云　摄

妙哉，南闽一壶茶，茶韵悠长！不仅泡出柴门轻掩、土楼鸡啼的田园风味，还泡出独善其身，兼济天下的地理性格。

这种性格，岂可无花添色兴致。故尔，南闽除了酒香茶香，还飘荡花香，荡开这方乡土的多情多味，多姿多彩。

拨开龙江碧流，凌波仙子款款而来。水仙"本生武当山谷间"，明中叶移居南闽。龙江畔圆山称水仙名山，龙海市九湖即水仙名苑，所育水仙球大、形美、花多、味香、期长，无愧贺春清品。我虽离别南闽多年，当地友人仍岁岁寄送，花开跨年，仙姿盈盈且风致楚楚，切切至情，香透人间。

香熏南闽的，还有南靖幽兰。兰花幽香深远，既可静心，亦可逸致，深得文人高士推崇，雅称兰友。南靖古称"兰陵"，山多林密，气候温润，山中多藏野兰，佳株频出。记得当年，有种叶梢水晶嘴的下山兰，一经发现便成神品，每株动辄值数万金，仍难得。想是得益于南闽兰田的熏染吧，我亦附庸风雅，于云村植兰十数盆，虽然均非佳品，也可余生添香。

人间的花，可以开进心灵，妆扮情怀。心灵的花，亦可开遍人间，传扬美意。于是南闽之花越养越多，越开越艳，越绽越香，成就了百花村，成长了东南花都，成片了十万亩花海，成龙了百里花果带、鹤望兰、勋章菊、蓝铃花、蝴蝶兰、秋火莲、曼陀罗、杜樱花、烈焰红唇等奇花异卉，丰盈了南闽花般的心事，加持了漳州花样的风采。正可谓，一畦花，香艳了一片审美风土，盛放出一派文化风情。

我曾留连南闽两春双秋，追昔忆往，那片乡土如诗如画又如歌，特别是穿越岁月的闽南歌，腔韵独特，情真意切，既倾注沸血般的激情，又浸透化不开的苍凉。那种激情，如虎啸巍峨大山，需酒去冲，需茶去洗，需花去引。那种苍凉，似鹤吟寂寥长天，需酒来温，需茶来泡，需花来解。于是，南闽理所当然，洋溢浓郁酒香，流淌清醇茶香，飘荡芬芳花香。

穿越南闽酒茶花，也是一场心灵的穿越！

2016.9.30

回望青春

——莆田知青上山下乡岁月之祭

青春客栈 黄美真 摄

历史，是一条流淌的河，带走了许多记忆，却带不走青春的惦记与回望！

对于当年上山连城的1800多名莆田知青来说，尽管韶华已老，青春不再，但我们仍然难忘那段激情澎湃的岁月，难忘那片贫瘠而深情的红土地，难忘当年的选择与勇气、苦难与梦想。

岁月之忆

那里有巍峨的冠豸山，那里有悠悠的文川河；

那里有憨厚的老房东,那里有温馨的知青点;

那里有山村袅娜的炊烟,那里有霜晨激越的鸡鸣;

那里有挥洒汗水的劳作,那里有思念家乡的长夜……

往事依稀,并不如烟。我们曾从充满憧憬的童年出发,穿越少年时代的美好理想,高举红色年代的造反火把,走进满目凄迷的莽莽群山。

也许是历史的戏谑与嘲弄吧,全国近 1800 万知青,与新中国年龄相仿,经历相当,曾被称作长在红旗下、浸在蜜糖里的共和国长子,却被无情地抛弃到冷落的边荒野村,在"广阔天地"里"修理地球",终被冠以"老三届"的统称。

错位的年代,错位的运动,错位的虔诚,错位的抉择,必然付出沉重的代价。在向往英雄的年代,狗熊,却在深山老林里出没。

连城山民大都是客家人,他们的远祖为躲避中原战乱,千里迁徙,窝居深山。而被时世抛弃的一代知青,却是"文革"遗祸的承受者,我们天涯孤旅,漂泊异乡,说是"大有作为",实则衣食无着,成了穷乡僻壤新一代"客家人"。

青春之艰

青涩年华,苍凉岁月,我们在云遮雾罩的荒山野岭跋涉:领受彷徨的命运,压抑的心灵,黛色的孤独,苍白的青春……

粗糙的生活,就像风化了的砂岩,磨砺着一颗颗柔软的灵魂。残酷的命运,犹如马戏团的小丑,向我们挤眉弄眼做着鬼脸。

当年,有一首《知青之歌》暗地传唱,慷慨悲凉,咏叹着知青卑微的命运。

可不是,初春的水田冰冰冷冷,盛夏的谷场炎炎热热;插秧的梯田层层叠叠,挑柴的山路曲曲弯弯!还有,广阔天地的荒野萧萧瑟瑟,修理地球的劳作辛辛苦苦,怀乡的夜晚幽幽长长,思亲的眼泪滴滴行行……

青春蹉跎,心田荒芜。苦寒的土地里,梦想的种子开不出灿烂的花,只嘲笑了轮回的春夏秋冬。食不果腹,衣不遮寒,似乎是一代知识青年的宿命。如果说山民们活得像一只牛，那么我们活得就像一根草，一根离离原上、可有可无的野草！

我们风里来啊雨里去，一把锄头一个筐，一袭蓑衣一个笠。生活的艰难自不待说，更可怕的是精神的荒芜、心灵的困顿！

为谋稻粱，为维温饱，有的人不得不沦陷于残酷的现实，有的人不得不玩笑命运游戏人生，有的人不得不低下了高贵的头颅。当然，大部分知青仍痴迷地仰望星空，抹去泪水，蹒跚前行……

在欠缺笑容的年代，在风雨如磐的寒夜，我们仍用心点亮一豆油灯，探寻着暗淡的前程，呵护着遥远的梦想。

为牵系漂泊无依、难以安住的灵魂，我们选择了读书，走村串户，探师访友，四方搜求可以找得到的书籍，为营养不良的精神加餐。碰上被禁名著，往往如获至宝，甚至挑灯伏案，抄写了厚厚的一大沓，作为精神"补品"暗地传阅。

知青之思

山乡岁月，插队生涯，浸透了失落、躁动、困惑、游移、暗斗、寻觅、友爱、求知、坚韧和奋起，也诠释了搏击艰辛、驾驭命运的真谛。那段岁月，注定要打上记忆的烙印，凝成回望的底片。

是啊，苦难，就是一本大书。社会，也是一所大学。念社会大学，读苦难大书，我们理解了相濡以沫的真义，贴近了贫下中农的心田，参透了人生深奥的哲理。出工的钟声、祠堂的炊烟、墟日的朋伙、客家的酒香、工余的作乐、深夜的书香，格外亲切且余韵悠长。

山中的步履深深浅浅，相处的日子长长短短。就在物质贫乏、精神贫穷的宿命里，不少插友校准了人生的目标，锤打了坚强的信念，走出了异乡的彷徨，积淀了生命的深沉。

得益于改革开放的滚滚春雷、文明进步的历史趋势，如今，大部分莆田知青已回归故里，事业有成，退隐江湖。有些战友，老骥伏枥，志在千里，仍创业奋斗神州大地。还有些人深水潜流，锐意精进，终于抵达生命的高地，成为各行业的佼佼者。

当然，还有一部分战友，命运多舛，或下岗或抱病，饱尝人生的艰辛。更有上百位插友因身体变故，过早地告别了人间。

但作为一代知青的缩影，中国知青群体万分之一的标本，我们对于那段连城知青生涯，对那些金色年华的磨难，对那片洒下无数汗水和热泪的土地，仍然难以忘怀。

生命之甜

唉！流年不觉，暗中偷换。我们一次次回山，一次次探亲第二故乡，正在于回望青春，忆往思来，给人生加油，汲取奔跑的力量。

只是，回得到久违的土地，却唤不回旧日的时光。当年的房东已然老去，山中轻掩的柴门结上了蛛网，知青点的祠堂爬满了青藤……在岁月拉长的背景里，我们终于深切意识到：连城山水，价值连城！

是上山下乡的烟云岁月，丰富了我们的生活阅历。是接受再教育的风雨人生，深刻了我们的社会认知。坎坷使人坚强，苦难催人奋进，曲折教人觉悟，艰辛促人成熟。对"知识青年"这个中国现代史独特的名词，我们怀有一种宗教式的虔诚与感恩。

今天，阳光灿烂；今天，旧朋满堂；今天，800多名上山连城的知青战友风云际会，既是青春的祭典，也是回忆的狂欢！

让我们端出祝福，用招呼、握手、拥抱，纪念40多年前的上山下乡岁月，纪念难忘而又光荣的知青生涯，纪念遥远青春的酸甜苦辣梦想憧憬……

让我们斟满美酒，用歌声、舞姿、笑脸，祈祷在座和不在座的所有莆田知青，华枝春满，天心月圆，在人生的晚秋，踏出一条幸福康宁的坦途。

2014.2.5

跫音 牧云 摄

跫 音

　　有人说，人生就是一场命定的远足。跫音铿锵，行者无疆，穿过山高水远，直至海角天涯。

　　跫音，敲打着庐山的花径、凤凰的水韵，回响在寂寞的万峰湖和野性的马岭峡，传递着跋涉的愉悦和发现的惊喜。

　　跫音，来自那些思想的散步，哲理的沉思。跫音踏入时光深处，通往心灵秘境；那里涌动着西湖烟云，飘扬着江南酒旗，隐匿着兰亭雅思，氤氲着花径芬芳……

　　跫音，敲响云水歌谣的古远驿道，敲进中国文化的风荷曲院，是精神的突围和灵魂的放大……

　　哲人说，世界上最宽阔的东西是海洋，比海洋更宽阔的是天空，比天空更宽阔的是人的心灵。心有多大，天地就有多广，哪怕远隔千山万水、百代千秋，跫音都可抵达。

　　生命不止，跫音不息……

云水深处是原乡

云在流连，水在散步，心灵在歌唱……这就是云水谣，传唱七百年的古村歌谣！

邂逅"歌谣"是在秋天，在闽西南云高天阔、水瘦山远的清秋。穿越随风摇曳的香蕉林，跨越嘉果累累的蜜柚园，转山远望，山坡上蜿蜒的黛绿色茶园，一级级天梯般直搭上了青天……云水谣光是序曲，就使人心仪。

猛然，公路旁出现了一座土楼，方的。又一座，圆的。哈！方得端正，圆得丰满。方得像君子，圆得像美人。路旁电杆上也适时跳出"土楼红美人"的广告牌，红红的，一块接一块，恍若进行曲的音符排成了欢迎队列，使人想起剪彩庆典上那队捧着大红绸花的礼仪小姐。"土楼红美人"有点乡里乡味，就像土楼里着红衣的新嫁娘般，散发出故乡泥土的芬芳。

故乡，藏在云水深处。云，是山的披肩；水，是村的花边。云水谣的主旋律，就是奔流不息的长教溪了，溪水从深山白云中飘飘而来，又往九龙江悠悠而去，咏唱了千年的水云调。瞧，老牛牵着乡老从溪桥踱过，白鹅伸着长颈在溪里悠游，不经意间便成了一道风景。最是浪漫处，该是横溪的石蹬，扑卧在古老的溪陂上，扑卧成一轴溪山逍遥图轴。轻轻踏蹬而过，在过陂浪花欢快的伴唱中，观两岸青山，一溪碧水，老榕巍峨，古村依旧，还有老屋上招摇的炊烟，恍如童年的黄昏，老祖母伸着手臂，拉长苍老的腔调在呼唤顽皮的孩童回家，心中不禁生出了一种皈依感，仿佛回到千年前的心灵原乡。

心灵原乡是慈母的摇篮曲，也是外婆的针线盒。心灵原乡就藏在纯真的童年，也藏在撒野的少年；被木兰溪蜿蜒的荔枝林带牵扯着，通往水云深处。小时，我启蒙的幼儿园前，就有一条浅浅的小溪，清流犹如碧琉璃，淙淙铮铮唱着乡间小调。溪石草叶下有游鱼、螃蟹和小虾，流溢野趣。溪岸长着几株荔枝树和不知名的野花,有青蛙在敲鼓、小羊在撒欢,还有蜂吟蝶舞,是孩童们的伊甸园。春秋佳日,我总爱拉着前来接学的外婆,到溪汀留连,看鱼浮浅水,鸭戏清波,羊儿打架。

唉!尽管儿时的云水已然飘远,可在云水谣,你仍可拾回人生之春的几段音符,也可用心灵解读返璞归真的意义。在这座古韵悠然的村落里,水车,是最原始的生活图腾;土楼,是最朴素的生存城堡。沿溪独行,开放灵觉,还能隐约聆听到心中的云水歌谣:青山漫漫,白云飘飘,小溪悠悠,古桥座座,老屋幢幢,炊烟袅袅,菜园翠翠,茶坡青青……全然就是一曲村野小调,一曲田园牧歌。

云水歌谣中,土楼巍然屹立,屹立成岁月的深沉。日子如水车般旋转,春夏秋冬周而复始。十几棵活化石样的老榕树,沿溪点缀着世事的沧桑和生命的顽强。村头一片榕荫下,摆着十几张竹桌竹椅,游客们不妨就在这里歇歇吧,品尝云水深处的悠闲生活。而旧圩尾的百年老街,一字排开20多家板壁小店,叫卖着村民自产自采的山货野物,有药草、野蜜、柿饼、溪石等,叫卖着大异于城乡市集的纯朴生存状态。我们就在溪边榕荫下小摊上,买了几个村人栽种的百香果,破开紫红果皮,金黄的肉汁酸甜可口,品咂后唇齿留香,经久不散,使我回味起前尘往事,回味起难以忘怀的乡野生涯。

云水谣即乡土谣,数百年历史风雨的鼓吹打磨,为这首歌谣注入了浓郁的沧桑感。云水谣有条古驿道,当地又称古幽道,是古早从汀州府通向漳州府的官道,它通往苍茫的云水之间。溯道漫步,历史深处的跫音隐约可闻!谁也说不清,这条驿道走过了多少奔波的客商、赶考的儒子、上任的官员,也走过多少挑着行李牵着孩童的难民,他们为了卑微的梦想,为了更好地生存,硬是用官靴和脚底板,磨光了古道上的一颗颗卵石。

村庄的灵魂是人,云水谣的子民是客家人。从时光纵深来说,客家人的家园是漂泊的,为躲避一次次逐鹿中原的战乱,客家族群拜别了祖先的墓茔,扶老携幼离乡背井。他们穿越黄河岸的断垣残壁,跨越烟波万顷的云梦泽,横渡波涛滚滚的大江,披荆斩棘跋山涉水,云水迢遥漂泊无定。这些河洛郎经皖山、鄂水、赣林,辗转来到烟瘴笼罩的蛮荒闽地，迁徙的足迹，重重叠叠印在厚重的史册中。

在艰辛的流徙中，客家部落北望中原，涕泪交流。他们找到一方溪山几株老树，开发出一片田园饲养起几只耕牛，便是安身立命之所，到处非家又到处是家。因为他们随身携带发黄的族谱，崇仰先人开拓兴家的功业，虔诚遵循耕读传家的古训，在命定的漂泊和寻觅中，安家的歌谣代代传唱，祭祖的香火年年点燃，怀乡的明月夜夜在望，家啊家，就在云水深处，就在漂泊者心中。

无疑，云水谣就是客家追寻的乐土。700多年前，客家简姓先人就迁徙到这偏僻之地，依山植树，傍溪作田，修桥铺路，稼穑畜牧，耕读传家，耕耘出一片安逸的世外桃源。如果说流徙是客家人开拓的放歌的话，那么土楼又是客家人保守的低吟。也许是怕了在陌生环境漂泊无定的命运，也许是怕了兵荒马乱官匪盗贼，简姓族群在这山高水远之地筑起了土木城堡，可谓"躲进土楼成一统，安度冬夏与春秋"。或许可以这样说，是土楼，让客家的"云水谣"变成了"摇篮曲"。

云水谣周边俨然土楼博物馆，53座圆楼、方楼、吊脚楼、竹竿楼、府第楼争奇斗异，五音杂弹。而旋律最高者，当属列入世遗的圆形双环楼——怀远楼和最高方形楼——和贵楼了。怀远楼望山面田，抱温饱之思，怀云水之远，是漂泊南洋的简姓华侨兴建的。门联"怀以德敦以仁籍此修齐遒祖训，远而山近而水凭兹灵秀育人文"，透露出土楼子民慎终追远的情感寄托。据说，有年中秋楼里演戏，担任楼下水道清道夫的三只百年老龟还爬出听戏呢，令人啧啧称奇！清雍正年间诞生的和贵楼楼高五层有房百廿间，这座庞然大物建于沼泽之上，竟巍然屹立了近300年，足见客家先民的聪明才智。而楼中相隔8米的两口阴阳井，井水一清一浑，因由连专家也说不清道不明。

云水谣最激动人心的乐章，当属立于南华岩脚长教溪畔的时德楼了。她像固化的音符，以残墙断壁记载着云水谣的风雨沧桑，被誉为土楼"活化石"。乡老传说，该楼1864年被"长毛番"焚烧，后来重新修缮，劫后重生。可到1930年，再次被大火焚毁，其时烈焰冲天，墙体被烧得通红，景象奇诡瑰丽，如云水部落的

原乡 牧云 摄

盛大祭典。烽火中，楼体终于像火砖石笋般硬化，成为不屈土楼的精神雕像。

如今，时德楼残墙断壁旁杂树生花，野草漫长，生机勃勃地簇拥着这个涅槃的风火老人，以强烈的对比震撼观者的灵魂！我在土楼里买了一块奇石，石面坑坑洼洼的像是华安玉，一个个凹洞仿佛合唱队的无数个歌喉，在传唱着历史的苍茫云水，传唱着云水谣的前世今生，传唱着风雨土楼的故事，传唱着土楼居家的生存状态，传唱着心灵老家的回归。

云水深处是原乡。走遍天下，心中永远有一个老家。回家探亲，即是又一次上山下乡，即是抹除欲望，安顿心灵，返璞归真。返回老家，就唱着古老的歌谣，沿着古驿道走回去吧！穿越旧时的园圃，穿越古老的小桥，穿越不老的溪山，慢悠悠地走过横溪石蹬道，就在溪边老家的古榕树下，再摆一张竹椅吧，舀一瓢溪野之水，泡一壶云山之茶，茶香袅袅中，让心情在云水间留连。

2013.10.10

梦里水乡

　　不知从哪时起，周庄这个名字便在世人口中流传开来，流传进我古老的梦乡。梦里有青石古巷，有百年老厝，有迎风招摇的酒旗，也有适合演《聊斋》故事的迷楼……当然，最使我魂牵梦萦的，还是陈逸飞先生去国离乡中回忆的故园，故乡的艺术理念，竟以双桥的形象凝固在联合国首日封的封面上，恬淡、宁馨、深沉，赢得了五洲四海的认同；那桥下流水，幽幽地流淌出一种绵延不绝的乡恋……

在水一方　牧云　摄

　　正是带着这种剪不断理还乱的乡恋，我在秋风未起的七月，像梦游者般游进了周庄。周庄离苏州不过两小时车程，领略了一路苏南村野夏日热烈的风景画，多水而又多桥的周庄就像一碗仙草蜜，抚慰着成群旅人奔波的渴望。

　　瞧，天光云影和粉墙黛瓦倒映水街，柳荫下菱船悠悠，桨声欸乃，周庄犹若一位眼波流盼的江南少女，显得那么小巧玲珑，那么水灵清秀。使人不禁想起诗经的《蒹葭》：蒹葭苍苍，白雾为霜，所谓伊人，在水一方……难怪有人说，周庄是躺在水上的美人。

　　想不到这位美人竟有900多岁了呢！坐进摇摇晃晃的小菱船，"咿呀咿呀"地摇进井字形的河港，穿过贞丰桥、富安桥、钥匙桥的拱形桥洞，一扇扇时光的门扉次第打开，一段段历史的画卷相继浮现：沿河列队排开的古石埠，无言地诉说着昔日"夜半橹声到商船"的惊喜；河旁老旧的骑楼边，岁月的流水冲不走古董铺和丝绸庄；堤岸高大的柳树下，袅袅柳丝系住了古老的市集。

　　最有趣的是枕河人家的明代木雕楼窗中，冷不丁会垂下一只精巧的描花小桶，"扑通"一声在河里翻个跟斗装了水，又晃晃悠悠地提了上去。是要沏一壶素淡清香的阿婆茶，听老人讲那江南第一豪富"沈万三修金陵城"的故事吧！从某个角度来说，周庄像个古典美人，但她古典得不像杭州那样清丽，也古典得不似苏州那样娴雅，她是古典的小家碧玉，浑身散发着江南传统的民情乡风。

　　正是这种民情乡风，每天都吸引数千上万名游客前来观光体验，她的磁场到底何在呢？是杏花、春雨、江南的小桥、流水、人家？是撑腰糕、兰花豆、万三蹄、腌菜苋的独特风味？还是牌坊上的"贞丰泽国"、酒社里的"丝弦宣卷"、摇船娘口中的软语吴歌？还是下船登岸去求解吧！走进"迷楼"和"三毛茶楼"，聆听了许多脍炙人口的历史片段，我终于找到了答案：周庄的魅力不但在于她具有浓郁的江南水乡情韵，还在于她积淀着我们民族丰厚的文化内涵。

据说，"迷楼"原名德记酒家，曾是 90 年前柳亚子等南社诸子雅集之地，有一次趁着酒酣耳热，柳亚子问诸友："隋朝有个迷楼，隋炀帝终日沉醉其间，那是迷于色；而今我等也入了迷楼，我们迷于什么呢？"众说纷纭中，柳亚子举杯长吟——买醉迷楼原寄托，水心多事骂春妍。原来这迷楼正是南社诸子秘密创办《蜆江声》，张扬革命文学大纛的见证呀！

而"三毛茶楼"却未接纳过三毛，浪迹天涯的三毛到过两次周庄，流了三次眼泪，为了周庄的故国风味，为了先人的道德文章，也为了这里的浓郁乡情。她在寄给当地文人张寄寒的信中，希望再来周庄时能在一个安静的小客栈中住上三五日。三毛是想把自己心灵的风筝牵系在这个江南水乡，细细品味这座古镇的历史脉搏，与她的深邃灵魂对话吧！却终因突然以"传奇"方式结束生命未能成行。然而，朴实的周庄人没有忘记三毛，于是，以新开张的"三毛茶楼"作深情追忆，周庄又增添了一道文化风景！

是呀，故人风采、故园风物、故乡风情、故国风味，如诗如梦般只可意会不可言传；她们的血脉基因，永远根植于人们的精神家园。我想，每个人不但有自己生活原型的故乡，还都有心中梦中的故乡。

故乡的表征可能是一株老榕树、一座妈祖庙，也可能是一方老戏台、一弯古石桥。老榕树扎下悠远的传统之根，妈祖庙留下了祖祖辈辈的祈求，老戏台上演过人世间的悲欢离合，古石桥跋涉过一代代的人生之旅。而被誉为"中国第一水乡"的周庄呢，她那幽幽水街弯弯古桥，不但通向江南人心中的故乡，也通向北国人梦里的故乡，还可能通向外国人心灵中的故乡！

蒹葭苍苍，白露为霜，所谓伊人，在水一方。

2001.7.20

兰亭雅思

　　兰亭是一座丰碑,耸立在中国文化艺术的高峰。兰亭是一方圣地,吸引着历代络绎不绝的朝拜者。谁能想到,东晋永和九年暮春,一个文人乘着酒兴所作的那篇文那幅字,竟给了兰亭如许的声名呢?

　　那篇文那幅字就挂在我的客厅中明窗旁,当然不是王羲之用鼠须笔写在蚕茧纸上的那幅了,但她依然穿透历史烟云,氤氲着浓郁的书韵墨香。这书韵墨香又诱使我在1600多年后的盛夏,驱车浙江绍兴造访兰亭,追怀那春日修禊、名士雅集、曲水流觞的遥远盛会。这个历史盛会同样因了《兰亭集序》,成为流芳千古的佳话。

　　在景区一家旅游品商店询问兰亭旧事,一位题扇乡老相告,晋穆帝永和九年农历三月初三,时任会稽内史的王羲之借江南民俗"修禊"(春花三月,兰蕙送香,采集花草,洗澡洁身,祭神欢宴,以避灾祸),邀请诗书家谢安、辞赋家孙绰、高僧支道林等41位名流高士,在这兰渚山阴的兰亭流觞曲水,得诗37首。

　　为汇诗集,众公推德高望重的王右军作序,记载本次雅集。王羲之乘酒兴提笔蘸墨即席挥洒,心怡神畅地写下被后人誉为"天下第一行书"的《兰亭集序》。是文不但文采灿烂、字字珠玑,而且通篇书法潇洒飘逸、浑然天成,达到中华书法艺术的巅峰。

　　此后,《兰亭集序》引发了许许多多故事,历代书家争相模仿,从中汲取艺术营养。唐宋以降,名家之迹汇成了相当规模的碑林。传说一代英主唐太宗李世民,因对此帖爱不释手,竟令把其随葬,以至真迹下落成为历史谜案。兰亭也引发了许多诗坛、书坛盛事。历代文人纷至沓来,题咏追思永和雅事。清朝康、乾祖孙两帝,先后前来游览,摹写题诗,勒石立碑,表达仰慕之情。如今,这里更成了游览胜地,海内外游客如蜂绕蝶舞。《兰亭集序》的文彩墨意,被搬上册页、纸帖、伞衣、扇面、镇纸,成为带有文化

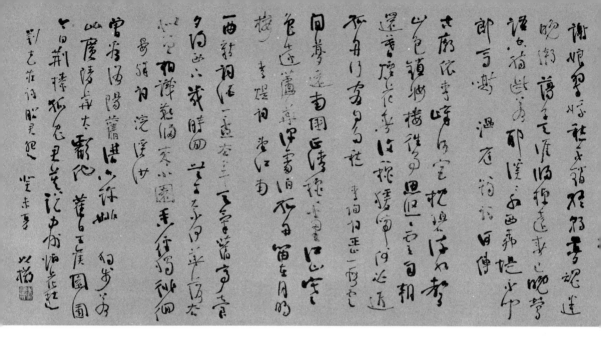

唐宋词章　朱以撒　书

韵味的旅游工艺品。

　　因为那篇文那幅字，兰亭有福了，被尊崇为中国书法艺术的圣地。因为那篇文那幅字，绍兴人有福了，拥有了一座子孙万代取之不竭的的旅游金矿。也因为那篇文那幅字，如今的兰亭每年都举办"书法节"，韩国、新加坡、欧美不断有人跨越千山万水前来拜谒，扶桑居然也流传"兰亭集会"的传统……在曲径通幽的鹅池旁，在莲花吐艳的流觞亭前，在王右军祠内的墨华亭中，我边游览边思索，兰亭的深远文化效应，恐怕还得溯着历史长河去寻根探源。

　　两晋时期，社会动荡；"天下名士，少有全者"！于是，有的谈玄论道，晤言一室之内；有的归隐山林，放浪形骸之外。从某种意义上说，兰亭雅集，正是对当时上层社会奢侈腐化风气的冲撞，也是文人与大自然的亲和交融。试想，在惠风和畅的春日，一群雅士欢聚于茂林修竹、清流激湍的牧野，仰观宇宙之大，俯察品类之盛，流觞曲水，畅叙幽情，实在是人生的极致啊！

　　然而，王羲之却在这特定环境中，乐极悲来，感慨岁月流逝，青春不再，而功业无成，老之将至，发出了"修短随化，终期于尽"的长叹！进而在对人生的深刻观照中，写下了"一死生为虚诞，齐彭殇为妄作"，表达出抗拒人生虚幻的执着努力。其书法艺术的卓越成就，就隐藏着他人生的那份执着和挚爱。

美学家宗白华赞叹晋人之美，写道："晋人向外发现了自然，向内发现了自己的深情。"兰亭雅会恰恰是他们内外一体，把生活激情投射美好自然的天真流露。请看，"携笔落云藻，微言剖纤毫"（孙绰）、"临川欣投钓，得意岂在鱼"（王彬之）、"萧散肆情志，酣觞豁滞忧"（王玄之）这些修禊诗句的关节点，便是对生命深沉的爱。特别是王羲之的《兰亭集序》，其之所发流芳百代，除了高超的文学和书法造诣外，还生动地传达了自然美和精神美。

流水依然，晋墨留香。人类文明如曲水流觞蜿蜒推进，但无论世事如何变幻，人类对生命本质的体验却是一致的。与曹孟德吟咏"人生几何，对酒当歌，譬如朝露，去日苦多"有异曲同工之妙，正因为王羲之道出了有志之士的"千古同悲"和"万载同叹"，才予人一种深沉的情感撞击。正因为《兰亭集序》倾注着一个古典文人对生命的深刻体验和理性思考，其文韵墨痕才流溢如此绚丽的人文精神。这种精神的根和髓，早已深植于中国文人的文化血缘里、生命基因中。

漫步兰亭幽径，觉得古时的兰亭可能不像今天这么园林化，留下许多人工刻意修饰的痕迹。她应该有空蒙的山色、荡漾的波光、长吟的虫鸟、种兰的野老，有隔绝红尘的清寂静气，有啸傲烟霞的荡然胸臆，有曲水流觞的酣畅淋漓……是天时、地利、事理、人格、墨意的相通，才造就了当年出神入化的鸿文雅篇，也才吸引了当今朝圣般的不绝游人。由此我不禁想到，深层次的旅游应是一种文化寻根，对古人情性品格的探寻，对华夏人文精神的挖掘，自会助你攀上人类的精神高原，去领略那壮丽的风光。

"此地似曾游，想当年列坐流觞未尝无我；仙缘难逆料，问异日重来修禊能否逢君。"真该感谢兰亭，让我思想的脚步横度时空，与古人有了一番跨越千年的心灵握手。

2005.5.10

咸亨酒店

　　时在辛巳年仲夏，浙江绍兴市鲁迅中路咸亨酒店门外，蓬头垢脸的"孔乙己"站在正午的毒日下，脏兮兮的左手捏着一颗茴香豆在招揽顾客。只见"咸亨"的三开门面前车水马龙，偌大的店堂中酒客曝满，这爿"中华老字号"生意的热度，似乎擦根火柴就可点燃！

　　多么熟悉的场景，多么传统的格调：曲尺形的大老柜，柜上青龙牌直书"太白遗风"四个大字；用小沙袋盖着的彩瓷酒缸酒香袭人，缸旁搁着酒吊、漏斗、窜筒等旧式舀酒、温酒用具；横柜栅栏内摆着糟鸭、扎肉、卤花生、臭豆腐、爆狮螺等"过酒坯"，店伙计"五加皮半斤、玫瑰烧一斤"的长声吆喝此起彼伏；加上厅堂中悬挂的名人墨宝："上大人，孔乙己，高朋满座；化三千，士七十，玉壶生春。"走进咸亨酒店，当真走进了鲁迅先生作品中的鲁镇风情。

　　光阴流转，百年兴衰。在这21世纪的第一个夏天，咸亨酒店中的食宾酒客，早已不是先生笔下站着喝酒的"短衣帮"了，这里成了远方旅游者"朝拜"的圣地，只见前堂后庭，绿衣红裳，南腔北调，其中不乏身份尊荣的达官显贵，叱咤风云的商界豪雄。他们奔波千里，纡尊降贵，来此不仅仅是为了喝碗绍兴酒，就几碟"过酒坯"吧！询问从某高校前来凑热闹的卢耿耿先生，卢先生正摇头晃脑地就着臭豆腐喝花雕酒，他笑着一语道破天机："在有灵感的地方，喝有灵感的酒，感觉就是不一样！"

　　这种不一样的感觉是什么呢？是一种传统的追寻，是一种文化的品味，还是一种精神的感受？为了仔细咀嚼这种感受，我们也排出一张大钞，温了4碗花雕，要了几碟茴香豆、豆腐干、卤鸡爪，外加一盆腌菜汤。瞅空在酒店后院天井中挤占了一方宝地。端起酒碗左顾右盼，只见挥汗如雨的酒客们或歪着或靠着或坐着，只有大门外的孔乙己（雕像），仍是站着喝酒而穿长衫的唯一的人；所不同的是，如今围着他的，已不是当年垂涎茴香豆的孩子们了，而是追星族般争着和他合影的行者食客。

时光抹去一切，却抹不去传统文化之根。记得小时在课本中读《孔乙己》，印象最深的是这么一段："有几回，邻居孩子听得笑声，也赶热闹，围住了孔乙己。他便给他们茴香豆吃，一人一颗。孩子吃完豆，仍然不散，眼睛都望着碟子。孔乙己着了慌，伸开五指将碟子罩住，弯腰下去说道，'不多了，我已经不多了。'直起身又看一看豆，自己摇头说，'不多不多，多乎哉？不多也。'于是这一群孩子都在笑声里走散了。"这个旧时代中国落魄知识分子的形象，便活灵活现地烙在了记忆中。

如今身临"咸亨"其境，感受这个典型人物活动的典型环境，孔乙己的形象就更鲜明了。据端菜的伙计介绍，早年来这儿喝酒的，确有一位特别的"长衫主顾"，人称"孟夫子"，他是鲁迅家的邻居，屡试不第，穷愁潦倒，嗜酒如命，曾在新台门周氏私塾里帮忙抄写文牍。浑身是刺的鲁迅当年就是以"孟夫子"为生活原型，塑造了"孔乙己"这一艺术形象。

小店名气大，老酒醉人多。其实，"咸亨"的花雕跟别处一样，孔乙己的茴香豆也很普通，然而它们渗透了鲁迅先生的艺术观照，经过了文化的发酵和提炼，就被赋予一种独特的审美酒香，所以才显得风味格外醇厚。就像崔颢倾注愁绪的七律《黄鹤楼》使名楼流芳千古，陈逸飞眷恋故土的画作《故乡的回忆》把周庄推向世界一样，从某种意义上说，咸亨爆满的"酒客"也是冲着鲁迅犀利深沉的文笔而来，他们是在喝一盅绍兴风情，吃一碗精粹文化，求一种人生阅历，留一段难忘回味。

令人难忘的回味举目皆是，瞧，天井上方搭着古式遮阳篷，通往店堂的月洞门上写着"不醉无归"的横批，右边回廊墙根横堆着几排朴拙的陶酒坛，墙上则是一大幅青灰色的绍兴老城壁画：鳞次栉比的青瓦屋被石板街分割，绕城而转的河上有乌篷船摆渡……令人不禁回忆起鲁迅笔下的孔乙己年代。天井后是红灯高挂、酒旗飘扬的咸亨楼。抬脚上楼，环楼的木靠回廊旁次第摆开小天堂、女儿春、三杯软、大雅堂等包厢，其间不乏名人墨迹，其中一幅题有《群仙会》的书法作品写着：辛未年十月十七日，全国电影艺术家来绍兴参加谢晋电影回顾展，聚于咸亨，杯觥交错，不知老之将至，是为记。落款是孔乙己同乡谢晋及李准、汪洋、鲁彦周、李存葆、祝希娟等。

"咸亨"两字最早见于《易经·坤卦》"品物咸亨"句中，意为"万事吉利，财运亨通"，然而百年前由于时背运厄，这家由鲁迅族叔主持店务的酒店只开张数年便告关门大吉。如今，因为有了民族之魂鲁迅先生的情感注入和品牌效应，这爿酒店才名符其实地吉利亨通、大红大紫起来，不仅在旁边搭建起三星级的上万平方米新楼，还在北京、南京等地开设分号，成为融名城、名士、名酒风情于一体的江南名店，并在10多个国家注册了品牌商标。

一个作家，一部作品，可以刻画一个时代，影响几代读者，创造著名品牌，氤氲文化醇香。这就是我在"咸亨"喝花雕酒吃茴香豆的深长回味。

2001.8.5

咸亨　牧云　摄

花径芬芳

一首传诵千年的唐七绝，成就了一个美丽的景点！当我于季春来到江西庐山花径时，只见群英争艳的山道上，游客如欢快奔流的山溪，心中不由涌出了那首《大林寺桃花》："人间四月芳菲尽，山寺桃花始盛开；长恨春归无觅处，不知转入此中来。"

不知是美丽的景致激发了诗人的灵思，还是诗人的才情造就了如画的诗境？反正《大林寺桃花》传出后，前来追寻白司马游踪和诗兴的迁客骚人络绎不绝，于是花径上落下历朝历代重重叠叠的履痕。诗人不死，精魂犹在。穿越历史烟云，我也小心翼翼地把追思的脚印轻轻落在花径上，用心灵聆听千年前的吟咏，体味岁月风雨洗不褪的芬芳。

想一想唐元和十二年的那个春日吧，在大林寺僧人引导下，这条山路上走来了一拨羽扇纶巾的文人。时值晚春，庐山下长江边的江洲（今九江市）已是绿肥红瘦；而这山道上的数百株桃花却正灿烂怒放，艳若朝霞。因朝政倾轧被谪贬江洲任司马的白居易睹此迷人景致，不禁抹去笼罩在心头的阴云，琅琅吟出那首脍炙人口的诗篇。诗中既有留春的惋叹，也有发现的惊奇，更有再见的喜悦。"芳菲之春"，或可解读为诗人祈望的政治清明；妙就妙在"恨"字，使人不禁联想到诗人的宦海际遇，寓意深远。

花径山门古树为伞，浓荫蔽日，两旁石门柱刻着"花开山寺，咏留诗人"8个明黄大字。花径两旁除桃树外，盛开的杜鹃花、千日红、黄月季姹紫嫣红，争奇斗艳，山间弥漫着淡淡的香气。穿径而行，走过题有"白居易花径"的怪石，便抵石园，只见石中有花，花中布石，草木飘香呈秀，奇石参差林立。

循"赏桃亭"拾级而下，一条曲径逶迤通幽，尽头便是罩着伞盖顶的"花径亭"了，亭内横卧一石，上刻"花径"二字，字体遒劲，相传为白居易手迹。亭左婆娑绿树中，还掩映着一座方形五彩石亭，名"景白亭"，当是取自"景仰白司马"之意。想来，这大概就是当年白居易赏桃咏诗之地了！

遗憾的是，过去白司马偕文友所游的大林寺，早已隐入历史帷幕，化为如琴湖上的迷茫烟波，了无踪迹可寻。据说，古时芳春之季，大林寺周围桃花烂漫，落英缤纷，鸟语呢喃，碧流潺湲，人立溪边，如处画图。清超渊《大林寺看花·次雪壑法师韵》称："红雨林间寺，青黛画里人，幽禽啼不住，留客作花邻。"呵呵，与花为邻，芳菲作伴，处幽境而忘机，怎能不令人神往。

使人颇感安慰的是，淹没大林寺旧址的如琴湖，已变成另一片清灵灵的美景。此湖形如一把提琴而得名，因其依傍花径，又称"花径湖"。只见周遭山峦起伏，绿树环绕。湖心岛上苍松古柏堆涌，远望如浮出水面的翡翠；上有九曲桥与湖岸相连。岛上还点缀有忆琴亭、钓月榭等。漫步湖岸，但见波光粼粼，亭榭雅立，阵阵山风吹来庐山云雾，在湖面上飘流缠绕，如梦似幻，使人仿佛面对美妙的童话世界。

穿过深幽的花径，转山可见景秀花明的"白居易草堂"。据说白居易贬官江洲，郁郁不得志的他难免愁绪满怀，以至在浔阳江头送客遇见长安歌妓琵琶女时，禁不住泪湿青衫，发出"同是天涯沦落人，相逢何必曾相识"的感叹！是"奇秀甲天下的匡庐"这片有情山水，洗却了诗人的伤感，使他萌生了筑堂隐居之兴；并在堂成之日，挥毫写下情真意切的《庐山草堂记》，留下了一股文化的芬芳。

文中云："堂中设木榻四，素屏二，漆琴一张，儒、道、佛书各三两卷。乐天既来为主，仰观山，俯听泉，旁睨竹树云石，自辰及酉，应接不暇。俄而物诱气随，外适内和。一宿体宁，再宿心恬，三宿后颓然嗒然，不知其然而然。"在这里，诗人的精神随着山中景致潜移默化，达到了物我两忘，跟自然万物融合无间的境界，甚至动了庐山终老的念头："待予异时，弟妹婚嫁毕，司马岁秩满，出处行止，得以自遂，则必左手引妻子，右手抱琴书，终老于斯,以成就我平生之志。"看来,他是把这里留作自己的精神栖息地了。

当然,胸怀济世之志的白司马毕竟没有归隐。后来,他调任忠州、杭州、苏州等地为官,尔后调回京城长安任职,庐山花径和草堂,只能在他的梦中萦绕了。然而,宦海沉浮并不妨碍他走出一条人生的"花径"。杭州刺史任上,他在西湖留下了一条脍炙人口的白公堤,其绿意和芬菲至今仍在造福后人。洛阳龙门石窟旁,他又留下了一座香山寺,留下了与诗友元稹生死以之的深情厚谊。在铺满鲜花的文学创作道路上,他更是留下了近4000首芬芳四溢的诗文作品,踏出了一条万紫千红的花径。

庐山草堂毁于唐末的大动荡。如今,设于花径深处的"白居易草堂"系按当年描写重建而成,堂前平台植花铺草,台南掘有一池潭,池边点缀山竹、野花,潭里长满白莲,游荡红鲤。堂后古松、老杉、篁竹交错挺立,时有山雾入庐穿堂,大约也是迷醉于诗人的才华吧,缠缠绵绵地不愿离去。堂左还站着一尊白司马捋须吟哦的石雕。不少游人仰慕诗人风采,纷纷在雕像前驻足留影,以祈沾染一些文思灵气。

一千多年来,山中花开花落,香气飘去飘来,本为自然规律。然而,它们一旦与人类的灵思相会,与诗人的才情碰撞,就被赋予了全新的生命,散发出诗意的芬芳,这种芬芳可跨越时空,直抵人类心灵深处,引起一种只可意会不可言传的感动,进而诱导你重新审视生活,提升自我,回归纯真,追寻幸福,这便是我漫步花径的觉悟。

我想,花径不仅仅散发着花草的芬芳,更重要的是还散发着文化的芬芳,只有充满诗意的人生,才能留名百代、扬芳千古啊!

2005.5.8

龙峡飞瀑 牧云 摄

野性马岭峡

　　时在晚夏，群山如涛的云贵高原满目青翠。在黔西南马岭河大桥俯视，呈现在眼前的奇景夺人心魄：只见脚底下蜿蜒着一条深达数百米的峡谷，从乌蒙山奔腾而来的激流如怒龙般在峡谷里冲突，两侧悬崖绝壁上飞扬着的数十条瀑布，如白练般激起阵阵水雾，随风飘来瀑流冲击峭壁的沉隐雷音，犹如万马腾跃的战场……只有在这里，你才能领略到什么叫作狂野的气势，什么叫作野性的神威。

　　这就是地球一道美丽的伤痕，中国最大的地缝——"天下第一缝"马岭河峡谷。这条峡谷是 7000 万年前地壳运动拉开的裂缝，由于地处黔西南喀斯特发育丰富的峰林区，发源于乌蒙山系白果岭的马岭河下切功能强大，经激流千万年来对地缝的顽强切割，竟然剖削出长达 75 公里的深邃峡谷；而两岸众多支流因下切速度滞后于主流，自然形成了近百条高逾百米的瀑布，洋洋洒洒地坠入深谷之中；峡谷平均宽度 200 米，平均深度 400 米，最窄处仅 50 米，最深处达 500 多米，如此之窄，如此之深，瀑流又如此之多，只能感叹天公的鬼斧神工了！

峡流——激荡野性的力量

　　我们沿陡峭的山道下谷，越下越见幽深。从谷顶俯瞰，峡谷是一道地缝。由谷下仰望，峡顶又变成了一线天沟。而只有深入峡谷面对激流，游人才能真正领略到野性的力量：冲进峡谷的马岭河水，你争我夺地在狭窄的石河床上挤成一团，就像开锅的沸腾滚水；遇到挡道的峡岩，愤怒拍击，浪花四溅。峡岩底部，水滴石穿，形成了一个个坑洞，岩上则长满苍苔和灌木。马岭峡从入口到出口落差近千米，可以想见，如刀兵剑将的激流，穿过漫长的岁月，将继续把峡谷下切得更深邃更险峻。

峡谷里，翠竹芭蕉丛生，古树藤萝交缠，在一处形似天井的河滩旁，十几名身着桔黄色救生衣的年轻人正全副武装，兴致勃勃地把自己绑在橡皮舟上，准备体验惊险的漂流！据了解，充满野性的漂程有18滩20湾30潭上百瀑，漂者要冲越飞瀑险滩，在河流的跌宕起伏中领略车榔温泉、五彩长廊、天星画廊以及赵家渡等野景野趣。看着橡皮舟乘波踏浪奔跃而去，我不禁想到，天地万象未有穷尽，人类作为万物之灵，寻幽探秘该是遗传的天性；漂流正是为了寻找发现，以哲人的眼光来看，寻找的过程才是有意义的，在野性的峡流中逐浪驱驰，也是生命活泼泼的体验。

危岩——宣示野性的美丽

马岭峡主景区两侧，峡谷两壁保留着遥远年代开凿的茶马古栈道，峡中还有被山洪冲毁的半座古桥。沿着栈道穿行，仿佛走进了沉淀千年的古迹，踏上无数马帮演绎的古老故事。栈道上下，奇形怪状的悬壁危岩宣示着野性的美丽，有的似张牙舞爪的虎豹、有的似摇头晃脑的海狮、有的若下山吸水的老蟒……石无言但有灵，你看，栈道经过的崖洞海狮厅里，蹲立着3只形神毕肖的海狮，正憨态可掬地仰首张口，在向行者讨好呢！古栈道沿峡起伏弯转，前面看似有石将军挡道，穿转而过却别有洞天，有道索桥飞跃峡河勾连对岸山壁。置身摇摇晃晃的索桥，在瀑雾飘扬的清凉气息中，可欣赏对岸石崖的彩图画幅。仰头望去，崖壁上附着一道道橘红、浅棕、绛紫、灰黄的彩色线条，这些线条粗细长短不一，搭配上黛绿的崖树和鲜碧的苔藓，形成彩虹般的长卷画轴。原来，这段峡谷就称彩崖峡，让游人们不由自主地沉迷。

"水奇石更奇，奇绝画难比。写奇唯有诗，诗在空山里。"的确，马岭峡危岩便是空山里的一首诗。在天星瀑附近，可见悬壁上长满了一堆堆灰色的石松冠，令人惊叹不已。凝神细观，这些千万年形成的"古松"是石钟乳般凝结的水钙华。这些钙华体层层叠叠、延绵数里,面积达数十万平方米。正是"千泉归壑,溪水溶蚀"的作用,造就了这片稀世奇观,犹如大自然强有力的抒情诗!

飞瀑——张扬野性的气魄

行神如空,行气如虹;巫峡千寻,走云连风。马岭峡最引人注目的,当属分布于谷中林林总总的飞瀑了,其中上百米高的近百条,有的既宽且长,气势恢宏;相形之下,"飞流直下三千尺,疑是银河落九天"的庐山瀑布变成了小儿科。这些飞瀑,是由两岸众多的支流、地下河、泉水,从上百米高的陡崖上坠入主谷而成,其成因在于这里独特的地质地貌,由于两岸的白云岩和灰岩中有多层泥质岩,透水性较弱,不利于雨水向地下深部渗透;而周边山体又是舒展的向斜构造,地表水和地下水沿层面向轴部的峡谷流动;加以马岭河主流和支流河床高低悬殊,于是便形成众瀑挂峡的绝妙风景。

沿峡而行,瀑群凌空而降,飞珠溅玉,化雾成云,在峡顶阳光的照射下幻化出道道彩虹,与深谷幽境相映,营构出一种入梦登仙的意境,使人仿佛进入世外洞天,不知人间何年。峡谷中心天星岩景区内,不规则罗列了珍珠瀑、五叠瀑、面纱瀑、捞月瀑、洗心瀑、路帘瀑、飞厅瀑等30多道不同的瀑布,有的壮如银河缺口,野味十足地向谷底倾泄;有的柔若婀娜仙子,逍遥自在从九天降临;有的宽如银幕水帘,雍容华贵地悬垂于崖壁之间;有的犹如自然主义作品,洋溢着洒脱疏朗的风格……一见难忘的是"万马咆哮瀑",从高176米的山崖上轰鸣而降,激射出千万枝水箭和团团水雾,惊心动魄地张扬着野性的气魄。我们撑着雨伞想从崖壁栈道强行穿越,未到50米处就被瀑流冲击波带起的阵阵强风掀翻了雨伞,全身更被水箭淋了个透湿,只好无功而返。据介绍,在前方未被开发的峡谷深处,还有高达280米的巨瀑呢!

心灵——感悟野性的呼唤

峡谷古野，造化大美。飞流的群瀑，倒挂的老松，峥嵘的危岩，急湍的峡河，把马岭河峡谷野性的气魄、野性的美丽、野性的力量、野性的韵致表现得淋漓尽致。深谷、峭壁和峰顶上，还分布着古庙、古桥、古寨、古石碑、古营盘、古战场、古驿道以及"猫猫洞""张口洞"诸古人类活动遗址等人文景观。野趣与古迹相得益彰，精神向度由此而生。据说，峡谷周边出土的"贵州龙"化石群，源自距今二亿四千万年中生代三叠纪时期，比恐龙蛋化石还早了一亿年。我不由感叹，这条气象万千的峡谷，不也是深藏于神州西南十万大山里的一条龙吗？

体味野性，感悟悠长。试想，人类自从告别茹毛饮血的蒙昧，逐渐进步到现代文明，得到了许多，也失落了不少；最悲哀的是退化了无羁的天真，禁锢了自由的天性，就像集约化养鸡场的鸡群，为一把米糠而啄来啄去。而摆脱市井斗室的围城，告别堵塞的车河，投身于造化大象，用心灵品读马岭河峡谷，聆听它野性的呼唤，放浪放任放纵疲惫的身心，寻找逍遥之心和自在之神，可说是一种生存的反拨，一种更高意义的回归。

马岭峡啊马岭峡，在生命的那个季节里，我庆幸自己邂逅了这条野性的峡谷。

2012.10.3

风来栖云

数度赴栖云谷，陪黄、郑两老友领略瑶台清境，意在沾染几丝仙风道骨。

这座瑶台就是莆田金字塔壶公山，它像一扇蔚蓝色屏风，耸立于荔城南方，被尊称为家乡的父亲山。栖云谷隐于山南，三面坡地环绕，谷口可窥南洋平原，远眺东甲海湾。得益于海洋性气候的滋补，谷里冬暖夏凉，春夏云雾缭绕，流连不去，"栖云"之名由此而来，形成著名的"壶公致雨"胜景。

谷主阿弥已在此"清修"多年，其"功课"是"不问红尘事，只管山中茶"。原来，阿弥出身市郊，从戎回乡后，恰逢改革开放潮涌，近城田地逐渐被城市化蚕食，于是与村人们外出包山，栽果种茶。山中无历日，寒尽不知年。一晃20多年过去了，外出村人陆续返乡念起生意经，只有他仍坚守山中"修炼"，侍弄上百亩云雾老茶。为消磨日月，他还挖了个鱼塘，喂鱼养鸭兼放羊种菜，山中柴门轻掩，房旁葫芦垂挂，院里桂花飘香，时有蜂蝶往返，还有辣椒红和韭菜香，小日子过得还算滋润。

凤凰山公园黄先生是睿智长者，改革开放之初创办福建首家外资企业，曾任莆田市商会会长，在烦嚣俗世打滚了大半辈子，既善经营又懂生活，因心广体胖不耐暑热，就想修个山中别院避暑消闲。近年来，他踏遍周遭九华、龟山、天马诸山，探访了诸多山场、寺门、农屋、柴舍，初秋登临壶峰之巅，饱览南北洋平原参差十万人家，探究"壶公山下千钟粟，延寿桥头万卷书"的历史遗痕，又从壶峰电视差转台沿清净寺而下，绕过古木幽草，终于在凌云殿后山，相中栖云谷里阿弥茶园的三层管理房。来者意在寻求清幽，迎者乐于排遣寂寞，两人志趣互补相见恨晚，一拍而合结下山中交情。

十月正值秋老虎发威，山下城中气温居高不退，居家连日空调制冷，海拔 500 米的栖云谷却清风拂扇，树影摇纱，很是清凉。黄老每天上山，迫不及待指挥工人扮客厅、改厨房、漆地板、粉墙壁、安窗帘、搬床具。浑身憨朴之气的阿弥也赖黄老支持，新盖起茶叶制作坊，清理房前屋后垃圾杂物，自个搬往三楼，二楼让与黄老。两相合力，仅十余日，拙朴的野居焕然一新，客厅卧室窗明几净，变身山中别墅"凤来居"。栖云谷有凤来居，取自古语"有凤来仪"，也喻凤凰园主前来修身，正是"福祥"佳兆。

智者乐水，仁者乐山。黄老弄妥"凤来居"，志得意满，颇有经略"壶中日月"意涵，于是隔三差五，邀约贴心好友老郑一起，上山赴谷煮茶论道，栖云修身，品味"山僧不解数甲子，一叶落知天下秋"的清福。福至心灵，静处思友，他不愿独享，又数度在瑶台幽谷摆开"凤凰宴"，从凤凰山公园拉来厨师，从山下菜市精挑食材，以"美食家"的资历，亲自点拨创制"凤窝""云片"诸菜谱，分批邀来"三老"（老干部、老朋友、老同事）共享。月明星稀之夜，山清谷静之际，菜香酒醇，言笑晏晏，乐声袅袅，舞姿翩翩，诚人间乐事也。

余与黄、郑两老友言谈无忌，年久交深，也受邀数度赴栖云谷，入"凤来居"茶叙清谈，新闻旧事，古今中外，天南地北，逸兴遄飞，心神俱畅。茶余饭后，山中野游，寻找古"十八洞三十六岩"，涉足"三云寺"（栖云、灵云、白云）遗址，可谓：悠然瑶台行，漫步柴径深，意随清风去，心到白云边。是啊，远离尘俗的幽谷，应是寄托心灵的栖居；超脱凡间的高地，该是精神世界的殿堂。只是，汉时壶洞修道的胡公已飘然远去，唐时结庐供佛的妙应也不知所终，只有南宋硕儒朱熹"莆人物之盛，皆兹山之秀所钟也"的评赏，以及明代状元柯潜"见壶公山聪明花开"的传奇，仍在山下流转，传递着这方水土"地灵人杰，聪慧好学"的地域基因和人文气质。

栖云谷中，有青竹耸翠、野花探头，也有菜铺绿毯、鸭戏清波，还有几声鸡啼狗吠，尽可切身体味茶源庄户的淡泊生涯。栖云谷

外，有凌云殿亭台层叠，清净寺通达玉虚，更可用心投注，宗教信仰的超凡脱俗。若有兴致，登临壶公之巅，领会父亲山的浑朴、坚刚、亮烈、高峻、大气，当可透视其所标榜的莆田族群性格：拼搏传家、苦读报国、忠孝节义、大爱风流。而俯仰阔原青霄，追思烟云前尘，遥想往古来今，更可放怀驰神，仰天长啸，拥抱宇宙大造，感应白云苍狗、地老天荒。

　　栖云来凤，追寻的是心气的旷达。

　　凤来栖云，栖居的是暮年的逍遥。

2018.7.5

北望长江

又一次感受澎湃、浩荡、恢宏的长江，又一次领略大江风涛的洗礼！

时值农历戊戌年仲秋，应邀参加长三角的一个调研任务，我贴近了这条史诗级的大江——中华民族母亲江。驻足南岸北望，江流滔滔龙鳌隐隐，满江的神奇故事英雄传说……我的心绪如苍鹰一般在江天飞扬。

江阴、张家港、常熟、太仓、上海……这是江南临近出海口的一串明珠城市。得益于江海千万年的互荡与滋养，也得益于打开海门接纳滚滚开放大潮，长江金三角成为中国最肥沃最富足的一片土地。如今，江岸边码头列阵，吊机林立，油罐群如天上星座；北望辽阔的江面，庞然巨轮和各式船舶往返穿梭，一派闹猛气象。

长江长城，黄山黄河，历来是中华民族的象征。我的长江启蒙源自苏东坡的那首《赤壁怀古》，那是很遥远的少年时代，在老师辅导下摇头晃脑地念诵"大江东去"，于是，对那条"淘尽千古风流人物"的大江油然而生敬意，随之萌发了挥剑作风云的"英雄梦"，梦想着自己哪时也羽扇纶巾扬名立万，让大江给"淘一淘"。

显然，长江是一串传说，一部寓言，一叠诗书，一卷青史。自青藏高原沱沱河到通天河又到金沙江，它出千峡纳万川，流不尽华夏文明古国的血脉，其间裹挟无尽的苍生泪和英雄血：吴王跨江争霸、运河横江北上、宋金南北对峙、天国安庆之战、古渡瓜州沉沦、辛亥武昌起义……它曾涌动"连舫楼船、刀山戟林"的肃杀风云，也铺排"舳舻相接、帆樯栉比"的繁忙景象。正是文明与野蛮的碰撞洗礼、战争与和平的交互撕扯，推动了人类历史的滚滚进程。

长江，不仅是江南与江北的地域分界，也是具有独特意义的地理概念。与黄河固守的黄土地文明不同，大江与蓝海密切连通，江门一经拓开，吹送的便是荡荡洋流猎猎长风，疏通的更是海丝之路的物流互惠与文化交融。地处长江口的苏州市太仓刘家港，是永乐三年郑和首次下西洋启航地。其时，江港樯橹如林千帆联翩，带着扬威海外沟通外洋的初心远翔。而在我们民族苦难深重的19世纪，江海交汇下，南岸的上海也从蒲草荒滩上悄然崛起。五洲财货争奇斗胜，万国衣冠各竞风流，终于造就东方明珠的灼灼光华。

历史长河流注新时代，江海风涛激活了华夏古国的雄健体魄，也点燃黎民百姓的向往激情，长三角经历了一场前所未有的嬗变，展露出一种雄视神州的宏大格局。不论是张家港还是太仓和常熟，还有离长江不远的昆山，都隶属于风华绝代的苏州，一个被誉为"天堂"的江左都市。"天堂"出产英雄和美女，也青睐文化和产业，这种青睐，是优质宜居的创业环境。正应了李白豪吟的"但使主人能醉客，不知何处是他乡"，这里聚集了成千上万莆田儿女，仅木业商帮就达6万之众。

莆田乡亲以超前的眼光和胆略打量江南良港，瞄准临江城市张家港和太仓，演绎出"买世界，卖世界"的乾坤大挪移。在京都创业多年（见惯京都政治风云）的王玉荣，悄然移师张家港创立"中蓬贸易"，随之飞往加蓬拥抱山林，组建原木运输车队和抓木机队，办起木材加工厂，把非洲山林的粗犷叙事与张家港的深情演绎，通过"海丝"之路联结在一起。秋天正是收获的季节，太仓港"创秋木业"工地一派繁忙，历经五载春风秋雨，青年才俊戴玉聪，已拓展江边黄金宝地上百亩，组建起千人木业军团，打造出融进出口贸易、烘干厂、拼板厂、木片厂、包装厂等于一体化的产业链条。

飞驰江南江北，往返苏通大桥，用历史的目光捧读大江，看江流入海，赏东海日出，观长河落日，听归舟晚唱，自会萌生一种豪迈意态和阔大气度，这是速度与激情的交响乐，是江流、江轮、江风、江云，江海的混成曲。长江北望是烟云迢遥的中原老家，是千年前祖先衣冠南渡的出发地。长江南望是梦里故乡，云水深处是闽中莆田，是北上游子们的根据地。北望也好南望也罢，那上穷碧落的冲天桥塔，就是绝妙的交汇点。我的脚步定格在大桥上，我的视野横跨大江纵驰古今，因为天涯游子心中永远有一条母亲江。

长江奔流，阐释着民族的生命意志和文化性格。数千年农业文明，铸就了脚踏实地的坚守和耕耘，而前方蔚蓝色的大海，则撩拨着漂泊天涯的豪迈和浪漫。两种性格交融互补，正是莆田商帮勤劳、坚忍、精明、忠孝的底色。他们继承祖祖辈辈富裕的梦想闯荡江湖，旋转地球仪的经纬落脚江南；他们用超卓的商业眼光扼住隐伏商机，用智慧和汗水哺育出瞩目的财富。

江南行脚，仰赖曾鹏飞风雨兼程深情陪伴。这位年仅而立的忘年新交仅用十载岁月，就从一介身无分文的高中生跃进木材市场总经理。青春展翅好高翔，他一路风尘业界求教，自信地坦言："像我们这样年入7位数的小企业，只能算是小后生；那些年入千万级的才算老板，而年进9位数的才叫企业家；我要更加努力，不断修习提升，做大做强。"长江后浪推前浪，他不负长江的自信，就是富含精神张力的创业宣言，透露了一个莆商鹏飞万里的远大抱负。

自南通返回太仓，又一次北望长江，跨越时空的苏通大桥如长虹高峙，矗立起人类连接穷通、贯穿富贵的向往；大江洪流浩荡向海，张扬着富含生命力的撞击和交融，那是更辉煌的前程，更浩瀚的所在，更阔大的境界。

2018.9.21

寻找玉女峰

寄宿武夷幔亭山房，一夜溪声入梦清；梦里的九曲溪仿佛一壶美酒，点点滴滴淌入心底；梦里的玉女峰恍若绝色山姑，云鬟雾鬓缀满群星……

穿过梦境是清晨，武夷群峰腾云驾雾将醒未醒，周遭山色烟纱轻笼隐约迷离，万年宫的草坪、三清殿的园林流溢着清冷的山气，飘浮着淡淡的花香。凡俗之身浸润于这纯净而又美妙的空气中，心头不觉就浮上了超尘拔俗之想：想起了云海深处缥缈的仙山，想起了山中流传百代的神话，想起了神话里的瑶池玉女。

从游览图中得知，三清殿靠近九曲溪之一曲，与二曲的玉女峰仅相隔数里，而玉女峰则是武夷的灵魂和名片，沐浴于晨雾中的玉女又是最迷人的，于是勃然动了游兴。循水声西去，行百数步，道旁有山石一方，上刻"万春园"3字。刚入园，就见一手持木杖的白色塑像举步于茵茵芳草中，原来是迷恋武夷山水而五度入闽的徐霞客留连于此。

园中有翠竹的倩影，菊圃的缤纷，弯曲的石径，古老的遗庵。流目四顾，数只黄蝶正飞进花苑，在怒放的千日红上翩翩起舞；一对五彩雉鸡从山崖上斜飞而下，大大咧咧地停驻于溪岸供游客休憩的石靠背椅上，一只拖着斑斓长尾在椅脊上探身俯视，一只在椅座上转首仰嘴，全然是一对热恋的情侣。而一个古铜色脸庞的花农则携锄踽踽穿过竹篱进入溪园，在秋葵畦中蹲伏拔草。溪声、山色、鸟蝶、花匠如此和睦共处于这方水土，不禁使人感动。难怪万春园四时花事繁盛，八节春光不老，被称为人间乐土。

沿溪寻找玉女，有洁净的水泥小道蜿蜒而去，道旁秀竹成片，嘉木欣荣。一曲流水像一群调皮的少女，在溪床中婉转歌喉，跳跃嬉闹，簇拥着当年陆游的筏影朱熹的棹歌。溪畔绿彩鲜明的草地则是生长田园牧歌的净土，有虫琴在草中唧唧而弹，正宜放牧云般的思绪霞样的灵感。谁能说清，这片风景吸引过多少文心哲思，生长过多少诗情画意呢！就连那个横扫倭寇的一代名将戚继光，也在这溪边水光石上留下了"一剑横空星斗寒，甫随平虏复征蛮；他年觅取封侯印，愿向君王换此山"的仰慕之情。从某种意义上说，正是历朝历代英魂才气的投注，才使这方山水融汇东方的历史、文化、美学、哲思，进而使后人对她生发出一种宗教式的向往。

环着水湾溯流西行，两侧溪山逐渐合拢，石板幽径取代了水泥小路，清丽疏朗的画图变成了荫郁深邃的美景。夹溪而立的禅岩山和狮子峰古木苍然，绿意自葳，深绿的流水变得娴静而端庄，洗出了一派碧绿的心境。溪涧宜生幽兰，丹崖应长百合。幽兰和百合却长进我的心田，如烟的山岚也飘进了脑海；呢喃的水声正诉说着出世的深静，那是来自天河的神曲，是创世纪的启示录啊！置身于这世外桃源，尘俗的一切仿佛都远去了，飘逝了，只剩下人与自然的神投意合，我从肉身直到灵魂一股脑儿都溶化在这纯粹的自然之中。

"鱼就——鱼就就——"溪林的鸟声唤醒我的沉迷，也唤醒我奇丽的发现。转过溪畔山脚，只觉眼前蓦然一亮，前方现出一座秀挺的奇峰：她如笋拔起，直标天际；她独立水湄，亭亭玉立。飘摇的云雾像她的纱巾，半隐着她羞涩的娇颜；碧静的溪湾如她的镜台，映现她婀娜的倒影。不禁使人凝神静息，心驰神往。顺曲径下到溪边青石平台望去，武夷玉女更清晰也更迷离了，但觉她全尊岩体冰清玉洁，像少女秀润的肌肤；圆形峰头绿围翠绕，如山姑葱茏的美发。这时雾纱正在散去，曙光初照峰顶，玉女犹如刚出浴般披上了五彩霞衣，变得灵秀而又清丽。天地有情，岁月不老，竟塑造出了这样一尊遗世独立的仙女！我记忆中的所有奇峰怪石都在她面前黯然失色，她名列武夷第一奇峰当之无愧。

不信你看，与"玉女"相近的凌霄、镜台、小藏、隐屏诸峰皆倾倒在她的绝世容颜下，玉女峰前浴香潭的一泓翠波正为她的天生丽质春心荡漾，云雾为她缠绵，日月为她点灯，花树为她美容……在玉女面前，我又一次证明了：世上幸福的极致莫过于美的发现，美可以澄清人的思想，净化人的心灵，丰富人的情操，升华人的境界啊！

玉女晨妆　阿谷 摄

　　直到红日为玉女披上鲜艳夺目的裙袍，我才依依不舍循着溪畔曲径回返，途中不由想到：人类应该崇拜自然，皈依自然，自然不但是人类的母亲，也是人类思想和精神的家园。

1997.4.18

西湖烟云

"水光潋滟晴方好，山色空蒙雨亦奇。欲把西湖比西子，淡妆浓抹总相宜。"想不到生性豪放的一代文豪苏东坡，面对杭州西湖时，竟萌生出如许柔情，给了一个那么女性化的名字——西子湖。

为了探究能把英雄豪气化作儿女柔情的销魂魅力，我以生命中的一个夏日清晨，与西湖相约！

由于历代美文的渲染，我脑子里的西湖印象，早塞满了苏堤春晓、柳浪闻莺、雷峰夕照、三潭印月的风雅。湖上有映日斗艳的莲花、断桥遇仙的传说，也有撑出柳荫的画船、长夜不歇的笙歌……

一句话，西湖像匹娇柔的杭绸，飘逸着浓浓脂粉气、淡淡荷花香。可当我以晨练者的姿态跑上白堤时，展现在眼前的却是另一番景象：天空乱云飞渡，湖面波澜起伏，长堤人流涌动，多达数千人的跑步者中，男女老少都有，间杂着些"金发碧眼"。稍微不同的是，不少晨练者携有雨具和水壶。迈进新一天的古典西湖，蓬勃着追求健美的热力。

有人说，西湖是中国历史的一面镜子。此话颇为精当。如果你融入满湖历史烟云，就会发现这里除了秀美湖山和文采风流，还有英雄故事和神奇传说！沿白堤往苏堤一路慢跑，千年的沧桑感和时代的进行曲相互交融，次第涌现。

以"残雪"闻名的断桥旁不见了多情的白娘子，跑过的多是杭州姑娘矫健的身姿；古老的柳荫也隐去了"郡亭枕上看潮头"的白香山，代之以三三两两的摄影者，他们把支架上的相机镜头对准近岸荷花，如守候鱼儿的钓翁般凝神静息，是为了趁这风雨来临之前的难得时机，捕捉光影色形幻化的最佳瞬间吧！

在"平湖秋月"亭前,几位老者对云低欲雨的湖天处变不惊,悠然自得地以平展展的柏油路作纸,用特制扫把为笔,手提小塑料桶,"扑通"一声从湖中打上一桶水作墨,心旷神怡地退步练字。

我来到一行湿漉漉的巨字前,看到所写的是白居易的《钱塘湖春行》:"孤山寺北贾亭西,水面初平云脚低。几处早莺争暖树,谁家新燕啄春泥。乱花渐欲迷人眼,浅草才能没马蹄。最爱湖东行不足,绿杨阴里白沙堤。"

长久以来,我一直以为白堤系唐代白居易任杭州刺史时所筑,然身临其境品究其诗,才明白西湖原名钱塘湖,白沙堤当筑于白居易之前,杭人以白公堤名之,想是为了纪念他疏湖治水的功劳吧!可见黎民百姓,不会忘记为他们谋福利者。不知来自各地的父母官漫步在这湖堤上时,又当作何感想?

西湖以苏白两堤为界,北为内湖,南为外湖。时值盛夏,内湖千亩莲田花事正好,时有湖鸟从堤岸柳丛中乍然飞起,没入其间,望而使人神清目爽。外湖却是烟波浩淼,灰色青山隐隐约约,如一长轴中国淡墨山水。与之很不相衬的倒是湖东的杭城,镀着晨曦的一长溜高楼在烟云中明灭不定,如奇怪的西洋木刻剪影,"剪"得人心里疑疑惑惑的,觉得古典与现代的冲突极其怪异。

直至跑到孤山公园,在绿树环护的草坪上看到一群悠然走太极的长者,才又静下心来。孤山曾是宋时隐士林逋种梅放鹤之所,"梅妻"的冷香、"鹤子"的逍遥已遥不可及。唯见山阳坐着一尊铜雕鲁迅,凌厉的目光透射出一股斗士的倔强,为女性化的西湖增添了一份骨力。

西湖是奇特的,她盛满了才子佳人的春花秋月,盛满了豪杰侠客的神奇故事,因而飘荡着脂粉香,也洋溢着英雄气,还收藏了道禅魂。一如碧玉般的杭州城亮出个"武林广场",也藏了个灵隐寺一样。跑过闻名天下的"楼外楼",有秋瑾塑像持剑而立;举头仰望,当年的鉴湖女侠英姿勃发,仿佛要杀尽封建余孽。隔西泠印社不远,则有古柏森森的岳王庙;"江山也要伟人扶",抗金英雄长与湖山相依相伴,生前历尽坎坷,身后却赢得无限景仰！

沿着岁月的河流溯源而上，西湖无疑是有幸的，在此留下才情豪气的，不但有李贺、王安石、杨万里、袁枚等文人雅士，还有陆游、辛弃疾、于谦、张煌言等一代英豪，为此湖山添彩壮色。沿着情感的脉络顺流而下，西湖当然也是有福的，当人们从唐诗宋词的字里行间，从工笔写意的山水花鸟里，从真草隶篆的铁划银勾中感受西湖时，她分明超脱于季节之外，存活于青史之中。如果说苏杭是"人间天堂"，那么西湖就是"红尘瑶池"，她的长青魅力，正在于天然灵秀和人类情怀的妙然交融！

置身"瑶池"，领略历代英雄美人、艺坛精英、方外高士的情感投注，我不禁想到：人类是灵性的，人类对真善美的感受既一脉相通，又千姿百态。然而，面对西湖的风华绝代，纵然是折尽了苏堤杨柳、舀干了十里烟波，也难以将这片湖光山色的底蕴参透！

名列唐宋八大家的王安石，曾在湖岸留下"游览须知此地佳，纷纷人物敌京华"的赞叹。被贬来杭州任通判的苏东坡，则留下"我本无家更安住，故乡无此好湖山"的感慨！画家林风眠则说："杭州西湖之寺观林立，正是杭州西湖比别的地方更为富于天然美的证明。"是湖光山色、英雄豪杰、才子佳人、佛殿印社、水墨丹青、诗词歌赋，为西湖累积了无敌灵气。

归途中遇雨，满湖烟云化作朦胧雾纱，把湖山笼罩在过去与未来、现实与幻想之间。遥望湖心小瀛洲，恍若雾里仙洲、梦里蓬莱。烟柳夹岸的白堤上，流淌开一条彩伞的河流，如一条花蛇般游过断桥，流向杭城……

2001.7.8

丽江之约

与你相约，经过千年的期待；与你相约，经过梦想的轮回；因而当我走进你的怀抱时，便有似曾相识的稔熟，便有前世相知的亲密，便有震撼心灵的感应。

人间四月芳菲尽，原来转入丽江来，薄暮中来到这座镶嵌于横断山脉与云贵高原间的古城，只见满城青瓦屋掩映在依依杨柳中，虽不见了茶马古道上的马帮，却踏上了马帮磨光的彩石路，听到了商铺所卖马铃的"叮咚"声，见到了傍水的街市和错落的古桥……唉，如果不是成千上万摩肩接踵的游客，时光真的仿佛倒流回远古。

与你相约，便是与安然的古街巷相约，与自在的玉河水相约；也是与神秘的东巴文化相约，与悠然飘荡的纳西古乐相约。你可能想不到，这里竟戴着三顶世界级桂冠，除古城是世界文化遗产外，附近的"三江并流"是世界自然遗产，东巴典籍文献则是世界记忆遗产。

海拔 2400 米的丽江古城始建于宋，居滇、川、藏交通要冲，自古就是汉、藏、白、纳西等族文化、经济交往的枢纽，是南方丝绸之路和"茶马古道"的重镇。长期的民族交融、多元文化的交汇、悠久的历史积淀，形成了以纳西文化为代表的民族文化。

古城入口广场边，立着一堵红色花岗岩雕刻的纳西风情画，颇有印第安雕刻的原始韵味。下方的"巴格图"，是纳西先民根据五行学说创造的，东巴祭司常用它来定方位和占卜。旁边耸立着两架标志性的子母水车，旋转着历史的年轮，犹如坚忍的守望者，守望着这片古意苍然的家园。

穿行于清清粼粼的水街深巷，你会发现这里既古老又充满灵性。玉龙雪山孕育的玉河水从城北玉龙桥一分为三，如血脉般曲曲弯弯绕遍全城。聪明的丽江人临河建街、顺水筑房，形成家家

孤舟入梦　云心道人　画

流水、户户垂柳的独特景致，鲜明地体现出人与自然的和谐相处。

因此，这里又被称为"高原姑苏""东方威尼斯"。特别是河边石板古街上，罗列着数千幢青瓦老屋，其中有临河的酒肆商铺、有纳西人三房一照壁的四合院，还有别致的手工艺作坊和雕梁画栋的陈年旅舍，都长年浸润在岁月流水中，散发着迷人的芬芳。想想看，日夜与潺潺清流作伴的丽江人，怎能不心性清丽鲜活灵动呢！

上善若水，丽江在未被世界发现的时候，十分清幽静谧，是人们心灵的恬园。说来令人感叹，这座古城横空出世为外人所知，竟是 1996 年的那场大地震！当时，联合国救灾专家面对着震后的断垣残壁，也不禁发出"啧啧"赞叹，这座古城竟然在大震后，还有一股沁入人们灵魂的美丽！

这种美丽在域外一传十，十传百，断断续续吸引来不少热衷旅游休闲的老外。商铺小店较集中的东河畔新华路，出现了三三两两的洋人，在临河的花台畔木桌旁喝茶玩牌听音乐打发时光，于是这条街便被称为"洋人街"。这些年国人腰包鼓了，也掀起了旅游潮，于是洋人街变成了国人街，追求原始自然生态的洋人呢，据说大部分又被挤到人迹罕至尚未开发的怒江大峡谷去了。

虽说众多游人打破了丽江的幽静，但她依然不失为一座纯朴和迷人的古城。沿河顺街漫步，但见河水潺潺，垂柳依依；一座座酒楼饭店装饰得颇具民族风味，葫芦丝吹奏出欢快的"柳摇金"，担任服务员的金花、卓玛和胖金妹们列队在店门前，或热情奔放或含情脉脉地载歌载舞，以歌喉舞姿招揽顾客。

酒楼上，酒醋肉饱的游客们或扯开嗓子，与河对岸酒楼上的食客对歌；或齐声用从香格里拉学来的藏语呼喊："亚西——亚西——亚亚西"（真棒——真棒——太棒了），声音沿河传扬，撩拨着游人们的兴致。一位梳着时髦发型身披纱巾的妙龄女子沿街款款而行，优雅地展示了古典与现代的完美融合，风度翩翩地走出了一道古城的亮丽风景。

优雅的风景，少不了文化的滋润。这种文化因生发于高原古城而独具魅力，就像东巴文化熏陶印染的一幅画卷。丽江的最大特色是水秀桥密，据说古城的各种桥梁密度远大于姑苏城；大石桥、百岁坊、万子桥等多座桥梁承载着丰富的文化内涵。尤使我难忘的，是入夜古桥下满河的红灯笼，以及点着蜡烛顺水漂流的荷花灯。

红灯笼一串串地悬挂于各家酒楼商铺的檐下门旁，倒映于清澈的河水中，犹若江南古镇的茶招酒旗，古色古香地映红了满河雅兴。在河边石椅上小坐，可见荷花型河灯曲曲弯弯顺流而下，彩纸剪成的荷花中闪烁着朵朵烛火，顺着潺潺流水缓缓漂流，漂流成古城夜色中最别致的风景。

河灯顺水漂流，它们到底承载着怎样的希望和祈愿呢，只有放灯者心里明白。我只觉得水面的灯花和水里的灯影重重叠叠，如在仙境中似真似幻，既柔美又朦胧；还有被流水扯长的水草和游鱼儿，也都若隐若现。心随河灯游，游进民俗历史深处，直教人不知今夕何夕，身处何方！

丽江之约，不能不拜会闻名茶马古道的四方街，这里又是另一番热闹景象。只见街场中燃着一堆熊熊的篝火，数十位纳西族老妇身着红袄蓝裙，满脸喜气地围成一个圆圈，自如地伴着音乐节奏踢踢踏踏地跳民族舞。围观的游人或驻足观赏，或频频揿动相机快门，有些游人也兴致勃勃跳进了舞圈。于是舞圈越来越大，又散成了几个小圈，游客舞者高兴地笑着叫着，纳西老妇的脸上则流溢着单纯的幸福。是啊，真正的幸福不需要理由，她源自纯净的心境和自在的意境。

有人说，丽江是一个梦，丽江的时光是柔软的。还有人说，丽江使人有一种想留下来的冲动，离开时才明白了什么叫叹惜！我也要说，丽江之约，是生命的自由散步，是心灵的脱壳解放；丽江之约，使我懂得了，人间也有收藏梦想的地方，而且还有紫月亮般的梦境。

2006.4.20

时光深处的徽州

蝉声悠扬的夏天，走进黄山脚下的古徽州，恍若走进幽邃神秘的时光深处，走进宋、元、明、清的历史底片！

时光深处的徽州，是一尊千年风雨打磨的老牌坊，是一座门旁蹲着老狮的旧祠堂，是一片粉壁青瓦马头墙的古民居……自秦置郡县，徽州之梦已做了2300多年，悠久的历史、灿烂的人文，孕育了独树一帜的徽州文化，成就了徽派建筑、徽墨歙砚、徽商徽剧、徽菜徽风、新安画派以及雕刻、盆景、金石等独特的地域文化体系。单说人口20多万的休宁县，历史上竟出了19位状元，名列全国之冠。而徽学甚至与藏学、敦煌学，并称为中国三大地方学呢！

徽州风光奇美，文物汇聚。集天下名山之大成的黄山名列世界文化与自然遗产；著名古村落西递、宏村名登世界文化遗产。呈坎、老屋阁、绿绕亭、渔梁坝、潜口民宅、罗东舒祠、许国石坊、棠樾牌坊群等全国文保单位，可谓信手拈来，林林总总。徽山徽水间还散落着南屏、关麓、龙川、万安、雄村、理坑等古意盎然的村落，激发八方游人的思古幽情。我想，李安的电影《卧虎藏龙》能斩获奥斯卡最佳外语片、最佳摄影等奖项，其拍摄地宏村的古老风物及所蕴含的人文气息也是一种推力。

仲夏的徽州是绿色的世界，山水树木的绿意给人带来绿色的心情。福建劳模参访团驻地的"屯溪"青山绾结，绿水环城。据《三国志·吴志》记载，东吴孙权派威武中郎将贺齐率兵平定山越人，曾屯兵于此间溪畔，此地故取名"屯溪"。我们入驻的花溪宾馆距老城不远，逛老街自然成了大家的第一选择。老街宽仅两三丈，长约三华里，主街及两侧众多小巷呈"鱼骨架"状，上千家经营山货、古董、绸布、中药、酱园、百货、书画、文房四宝的商号鳞次栉比；其浓郁的商业气息，古旧的文化氛围，折射出徽商的儒雅风范，赢得了"活着的清明上河图"之称。

我们入"富隆庄"、逛"步云轩"、进"万粹楼"，留连于"艺林阁""醉墨山房""砚雕世家""三百砚斋"；恍若踏入明清两季徽商叱咤风云称雄神州的老岁月。同行的书法家黄志农先生更是如鱼得水，高兴得摇头晃脑。徽州倘佯两日，他是三顾老街，抱回了一大堆沉甸甸的徽墨歙砚宣纸湖笔，以至于连旅行包也提得掉了耳；返程时，只好像抱新娘般小心翼翼地把旅行包抱上了车。

徽州山野里，散落着数千幢古民居，徽州先人依山造屋，聚族而居，组成了一个个皖南古村，尤以西递和宏村闻名遐迩。源于北宋的西递因古时设有传邮驿站得名，村里古民居和祠堂众多，街巷纵横，布局奇妙，许多小巷宽仅容一人，仰面观天如线，外人入内常不辨西东。许多民居雕梁画栋，且配有庭院，如东园、西园、百可园等，花树奇石配置精妙，反映出主人拥抱山水融合自然的高雅情趣。村里最精彩的看点，要算以"敬爱堂"为代表的古祠堂，被誉为旧中国宗法社会的标本。拨开历史烟云，可以隐约洞见在祭祀列祖列宗的宗祠里，定期举行的读谱、敬祖、修谱、祭谱等活动仪式，儒冠汉服的徽州老祖宗，就坐在太师椅上，年复一年接受后辈的膜拜。在古徽州，最能体现故园意义的即宗族；维系这层血缘关系的主要纽带，则是卷帙繁多的家谱。诚如《寄园寄所寄》中记载："千年之冢，不动一抔，千丁之族，未尝散处，千载谱系，丝毫不紊。"祠堂和宗谱，正是一个宗族的圣殿和圣经！

始建于南宋的宏村依山傍水，已历800多个春秋。这是一座奇特的仿生牛形古村落，体现了徽人在农业社会对图腾"牛"的崇敬。村前的南湖波光潋滟，水木清华。面湖的南湖书院气势宏伟，门洞深幽，无愧宏村的文脉。村民们引山溪之水入村，家家清泉绕墙基，可就便淘米洗菜浣衣，平添了几许灵动与纯朴。许多古宅精美华丽，有"民间故宫"之称的承志堂，有民国总理的故居振绮堂，有汪氏宗祠乐叙堂……

在宏村游览线上，分布着不少竹刻店、制茶坊。竹刻多以当地山水建筑风景为主题，吸引不少游人选购。茶坊里，身着蓝花布衣的徽女当场用古法炒制茶叶，招来许多游客观赏、品味、摄影，成为老村一道迷人的风景。我们探徽风民俗，观木刻砖雕，问徽墨歙砚，品毛峰猴魁，购徽果徽饼，赏竹编漆器，人自悠然复泰然。

徽州还有中华八卦村——呈坎，整个村巧借山水形势，按《易经》阴阳统一、天人合一的理论布局，古朴而神秘。而位于黄山紫霞峰麓的潜口，则集中了明清两代最典型的徽州古民居、古祠堂、古牌坊、古桥和古亭，配以古树、古井、古匾，是研究中国古代建筑史和建筑学的珍贵实例，当得起"明清民间建筑艺术的活专著"……难怪有人评说，徽州古村落是"古民居大观园"，小巷、园林、庭院、厅堂、天井、家具、器物、雕刻、彩绘，展现出一个个历史时期徽州的时代背景和生活图像。

也有人描绘，徽州古村是"白云深处仙境，桃花源里人家"，村人们日出而作，日落而息，过着乐天知命、随遇而安的田园牧歌式生活。还有人考证，陶翁的《桃花源记》就是以徽州的自然村落为蓝本，黟县还发现了陶氏的宗谱和后人，《桃花源记》里"土地平旷，屋舍俨然，有良田美池桑竹之属；阡陌交通，鸡犬相闻，其中往来种作，男女衣着，悉如外人，黄发垂髫，并怡然自乐"，所指正是隐在山水间的徽州古村。

行到水穷处，坐看云起时。在徽州的老街古村中徜徉，我一直纳闷，到底是什么力量造就了徽州的迷人魅力，支撑着徽州的历史辉煌呢？在一座老宅大门旁，镌刻着这样一副对联："几百年人家无非积善，第一等好事只是读书。"从这对富有家训意味的对联中，从清军机大臣曹振镛为《西递明经胡氏壬派宗谱》所写的"山川清淑，风气淳古，弦诵之声，比舍问答，其人类无凉薄之心，而有士君子之行"的序句里，我隐约找到了答案：时光深处的徽州，是浸透这片神奇土地的人文积淀！时光深处的徽州，是耕读传家、贾而好儒的儒家情怀！

据说明清两朝，徽州光书院就有54所。所谓"十户之村不废诵读""远山深谷，居民之处，无不有师有学"的向学风尚，给徽州带来了厚重的文化积淀，于是田园牧歌般的生活便有了中华儒学的精神底气。难怪这片土地会培养出朱熹、戴震、吴鲁衡、程大位、胡适、陶行知等贤才俊杰，而厚实的人文力量理所当然成为徽州的地域灵魂。

徽州人说道："要了解皇家生活，请到北京去，要体味民间生活，请到徽州来！"这话儿仅仅停留于浅表。我还认为，乡野中的徽州，是中华古文化的博物院；书桌上的徽州，是一方收藏了千年的歙砚；徽派文化，就是一碇古韵深藏的徽墨；流芬千年的墨香，就散发在青山绿水粉墙青瓦间，散发在古桥旧坝和老街的石板路上，散发在一座座苔痕斑驳的老书院中，散发在潜口"明园"和"清园"的雕梁画栋里，氤氲在徽州人的心灵深处……

2009.8.15

徽州古韵　阿谷　摄

寂寞万峰湖

夏天的万峰湖，一泓清波，一片寂寞……

从贵州省兴义市往南驱车 30 公里，便来到这个藏身于云贵高原深处的湖泊，这里地处黔、滇、桂三省区交界，由于基础设施滞后，加以宣推不够，游客寥寥无几，寂寞便在所难免了。

万峰湖因依傍万峰林而得名，湖面达 816 平方公里，相当于 3 个大理洱海，上百个杭州西湖。虽说享有"万峰之湖，西南之最，南国风光，山水画卷"等美誉，可当乡亲黄国良先生带我来到湖西北安龙县芭结镇红椿码头时，看到的是十几条游船横七竖八地泊在那里，湖面烟波浩淼，静悄悄的。

乘黔西南客 002 游船入湖，船头犁开一片潋滟的波光。近观远望，偌大一片湖面只有我们一叶"飘萍"，使人不禁生出"孤舟蓑笠翁，独钓寒江雪"的孤独意趣。船主查兰通系湖边土生土长的布依人。他边驾船边自豪相告，这里是一湖连三省，高 178 米的大坝把南盘江拦腰截断，曾被誉为亚洲第一高坝，这头是贵州安龙县，那头是广西隆林县，游船行 16 个小时，还可抵达云南罗平县。问及湖上独特景观，他推荐吉隆堡、小三峡以及水库大坝。

孤舟独闯平湖，寂寞如影随形。我想，寂寞自有寂寞的好处。万峰湖虽说名登中国淡水湖老五，少见游船则显露出她远离世俗的繁嚣，印证着她的自然生态未受破坏。难道不是，有些行者，生来是自然的知音，追寻天然的韵致，寻找寂寞的所在。20 世纪 80 年代，丽江古城在地震中被发现后，最先涌来的是一些洋人，三三两两地在她的原生态中品味古典，品味寂寞，于是古城有了酒吧一条街——洋人街，有了熨贴心灵的柔暖时光。待到众多国人也填满洋人街后，这些追寻寂寞的异国游者，就被逼往附近更偏僻的束河。束河也游人为患后，这些洋人又投向未被开发的怒江流域，往蛮荒之地寻找新的寂寞去了。国学大师南怀瑾认为，寂寞就是古人所谓的"空山夜雨，万籁无声"，是一种很空灵的享受，这就叫"智能"、叫"般若"了。

美景深藏，行者孤独。我们的游船踽踽独行，投向吉隆堡。这座欧洲古堡式建筑，寂寞地挺立在湖中岛山上，是座建于悬崖上的度假村，远看犹如水上仙山宫阙，与湖岸仅靠一座悬索吊桥相连，别具风韵。度假者可在堡上不受打扰地欣赏湖光山色，领略晨曦晚月，体味独处的静谧与安恬；由此可见选址者的匠心。然而也许是地处偏僻顾客稀少，也许是运营不善难以为继，该堡已吊桥毁坏，关门大吉。湖岸有陡峭石级直通高崖，可泊船攀登，登堡的陡峭踏级也野草丛生、藤蔓疯长，完全交付给湖神与寂寞了。

寂寞更便于游人寻幽探胜，我们的船儿不敢惊扰湖鱼飞鸟，悠悠地投向小三峡，未到峡口就被牵住了目光。但见这片湖岸石林丛立，奇峰罗列，有的如布列的军阵，有的如奇门八卦图，有的状若蹲伏的狮子，有的形如盛开的莲花，簇拥在水湄汀洲，使人目不暇接，感叹不已。船行入峡，阴凉更甚，景色更幽。夹岸虽无惊涛拍岸，却有乱石穿空，令人眼花缭乱。在弯弯的水峡深处，奇峰夹岸，磊石横陈，亿万斯年形成的石笋壁立、悬崖上倒悬着的石钟乳怪里怪气地向你装扮各种形相，水边堆卧着的苔藓石绿生生地惹人眼目……

山重水复疑无路，船转石明又一景。也许是深入寂寞的天人感应吧，我们与船夫不约而同地在峡谷深处崖壁坍塌、石钟乳断裂的水边泊船，攀爬崖岸，在零乱的石堆中寻拾奇石。数百斤的奇石无力搬运，退而求其小，也状相各异，别有乾坤：有的如张开的兽嘴、出土的笋尖、微缩的山峰、大象的眼睛，有的布满青色苔藓，有的带有裂缝小洞，煞是有趣。我们自在地融入湖山的怀抱，仿佛寻回了久违的童心，雀跃挑拣，弯腰俯拾，颇有所得，不觉日已近午，只得登船续行。途中把玩所得，用心体味石形石状，静气品读石言石语，寂寞千万年的奇石自成一个个奇异世界，昭示着大自然的鬼斧神工！

从小三峡往天生桥大坝约有一个小时船程，但见环湖万峰倒映，云贵高原景色奇佳。湖岸山坡近水处，可见零零星星的少数民族寨子。贵州少数民族多，较大的民族有苗族、布依族等。据了解，钟情山林的苗族多选择山坡建寨，喜好清洁的布依族多选择濒水作村。万峰湖畔多散落布依族村寨，从湖上望去，布依寨子傍湖依山，粉墙黛瓦，十分悦目。布依族没有文字，族中故事口口相传，寨民也过端午、中秋、春节，此外还有三月三祭拜节、六月六庆功节等。

除布依寨外，湖边隐蔽处有一方方渔屋，那是钓者的圣地。万峰湖地处深僻，水美鱼肥，主要有草鱼、鲤鱼、罗非鱼、老鳗等，大的近百斤，最著名的盘江鱼味道鲜美，是市场上的抢手货。故而该湖被誉为"野钓者的乐园"，在海内外有较高知名度，黔西南洲还一年一度在湖上举办中国万峰湖野钓大奖赛呢。这些鱼屋，是由布依人开辟出租给钓者的，许多钓者就在这片奇峰老寨幽谷深湖的桃源仙境中享受垂钓之乐，追求散淡的鱼趣和安逸的心境。寂寞钓者，钓的是否姜太公心中的王侯呢？我想，以大自然的法则来说，每个人都是思想的主宰，心中都有王侯的潜质，放大心怀，拥抱自然，你就是精神上的王侯哩！

寂寞湖山，放浪心灵；御风蓬叶，泛彼无垠；该是一种人生的高致吧！从某种意义上说，寂寞，是中国士大夫的一种心境，也契合了中国文人"雪满山中高士卧"的孤傲品性，他们不见容于煌煌庙堂，厌倦世俗烦嚣，作为反拨，便向往遗世独立的净土，苦心孤诣地寻找达摩面壁的那块石头，以便入静、冥思、禅悟，把之作为高尚的历练，从这点上说，万峰湖远离尘寰，游人稀少，确是个不错的去所。

孤船独行，满载寂寞。远远望去，1137米长的天生桥高坝如巨龙横卧，锁住了奔流腾挪的南盘江。坝后就是雷公滩峡谷，通往下游红水河，通往珠江流域的滚滚红尘、人间百态。而逆湖而上的南盘江源头，则是云贵高原云南曲靖的马雄山山脉，是云深不知处的大寂寞。

行者无疆，意在寂寞。这就是万峰湖给我的深沉启示。

2012.9.15

凤凰水韵

　　幽幽的沱江静水深流，环抱着神奇的凤凰古城。丙戌年秋夜，当我来到江边时，只见江岸城楼上的一排排彩灯、吊脚楼旁的一串串红灯笼，以及江心一盏盏漂流着的荷花灯，全都倒映在江中，给人一种迷迷离离的梦幻感。这种感觉，罩着一种湿漉漉的水韵。

　　江因城而美，城因江而灵。虽说夏秋湘西大旱，碧绿的沱江水依然流淌，抚摸着江边老气横秋的吊脚楼。江岸褚红色的古城墙依然挺立，站成一派历史的深厚度。横跨沱江河床的跳岩依然晃晃悠悠，摇晃着神奇的故事和传说。难怪新西兰人路易·艾黎曾称：湘西凤凰和闽西汀州是中国两座最美丽的小城。我想，凤凰之美，美在她的原始深僻，美在她的神秘古气，美在她的灵动水韵。

　　据说，这座古城得名于一种古时的神鸟。相传天方国（古印度）神鸟"菲尼克司"满五百岁后，集香木自焚涅槃；复从死灰中重生，鲜美异常，永生不再死。此即中国百鸟之王——凤凰。古城西南有一山酷似展翅欲飞的凤凰，古城因山得名。这里地处湘黔边界，是土家人、苗人和汉人杂居之地，历史上，土家文化、苗族文化孕育的奇风异俗，犹如一颗颗回味无穷的槟榔，诱人细咀慢嚼。难以想象，这里的深山老寨野林古洞中，曾有过令人毛骨悚然的赶尸、神秘莫测的放蛊，也有过穴居不嫁的落洞女、延续八百年的土司制……一个个使人心旌摇荡的传奇，顺着川流不息的沱江传扬。

　　溯古老的沱江而上，把追思之船摇回遥远的唐代垂拱三年（687），这块与黔北、川东交界的边隅初设渭阳县。宋时又设土司。明代设凤凰营。清朝改凤凰厅。民国改厅为凤凰县。也许是汉文化、苗族文化、土家文化长期的碰撞与融合，这块蛮夷之地、匪盗之窝逐渐衍化为一个人杰地灵的世外桃源。当夜，我寄宿江边不远的临水旅舍"小桥流水人家"，挑灯翻看刚买的《走进沈从文的故乡》，仔细品读古城的历史，凤凰可谓俊彩星驰，从中华民国第一任内阁总理熊希龄，到一代文豪沈从文，再到画坛鬼才黄永玉……不禁思想，沱江是一条生长神秘传奇的江，也是一条哺育文采风流的江，在这样的地方做梦，连梦都会是湿漉漉的！

梦中，我从海上女神妈祖的故乡，飘进沈从文笔下遥远的《边城》。体味连通湘、黔、渝的古驿道、纯朴憨拙的乡风民俗、溪山竹篁中的野渡口、温婉恬静的撑船女翠翠、以及流水带不走的凄绝爱情故事。次日，我特地去参观古城中营街的沈从文故居，这是一栋青砖黛瓦的小四合院，书房摆有沈先生各个时期的著作，显得古朴而典雅。据介绍，沈从文的骨灰，部分撒于沱江中，部分葬在江边听涛山上，山上墓碑上刻着先生的遗句：照我思索，能理解我；照我思索，可以识人。碑后有其妻妹张充和教授的评价："不折不从，亦慈亦让，星斗其文，赤子其人。"准确地勾勒出这位文学大师的情怀和精神。

泛舟沱江，眼前是一派清灵灵的水色；两岸古意盎然的美景，展示着凤凰的沉沉岁月。俯察清澈的江底，可见顺水漂摇的水草，摇得人心旷神怡。依依倒映于江中的土家吊脚楼，像一只只临水羡鱼的长腿仙鹤，成群结队地伫立水边不忍飞去。江边不少"翠翠"正用木槌捣衣，声声如磬的捣衣声，捶打出悠闲自在的生活情调。横跨于江岸的风雨楼——虹桥，古色古香地站立成历史的沧桑，使人过目难忘。江畔竹筏架就的船亭上，还有土家妹旋舞击鼓放歌，船夫乐呵呵地怂恿乘客："你们可以和土家妹子对歌，如果唱得好，说不定我们的妹子还会看上你呢！"

天开画图，人出凤凰。在人文氛围浓郁的古城，土家人黄永玉是依然绽放的风景。他与表叔沈从文一样，少年时顺着沱江沿着沅江奔向烟波浩渺的洞庭，去翻阅人生这部大书。历经数十年社会大学的漂泊浮沉，沈从文以敏感而睿智的心，把自己的爱和悲悯化成了文字。而黄永玉则把其化成了灵气逼人的图画。他画的荷叶莲花如水中女神，超凡出尘，于是有人称他为"荷痴"。

沱江游船上，还听到如下故事：湘泉酒业出产的佳酿，因包装平淡无奇，市场业绩平平；怀着对故土的一腔深情，黄永玉采用土陶工艺为其设计出异类包装，瓶形是扎口的麻袋造型，一侧印上充满东方式幽默的酒鬼背酒画图，瓶标为红底黑字狂草体"酒鬼"，大方古朴充溢酒趣。此设计初始受到乡人责难，可"酒鬼"闯进酒市，却深受酒客喜爱，经营连翻筋斗云，声名远播海内外。黄永玉的别墅"夺翠楼"面对沱江，如果说，他灵感中的"酒鬼"是从江边湿漉漉爬上岸的，那么沱江流淌的就是一江美酒。

沱江孕育的凤凰古城，也流淌着丰厚的历史内涵。城中有准提庵、妈祖庙、大成殿等历史陈迹。被时光潮水梳洗过无数次的老街古巷，窄窄的青石板路面光可鉴人，这里曾走过定海总兵郑国鸿、末代苗王龙云飞、南社诗人田星六、湘西王陈渠珍……路旁富有民族韵味的店铺一家挨着一家，有土家和苗家的扎染、蜡染、纸扎、玻璃吹画、印花布店、银饰作坊，更多的是姜糖店，江氏、刘氏、毛家、李家的各擅胜场，商家现做现卖，价格便宜，幽深的古街飘荡着一股甜辣的姜糖香。

在店铺列队的老街中，一座古老的妈祖庙突然映入眼帘，不禁使我像发现新大陆般双眼一亮，想不到家乡的海上女神也分灵到这偏僻边城。沈先生在《边城》中写道："城外河边湾泊小小篷船，船下行时运桐油、青盐、染色的五味子，上行则运棉花、布匹、杂货及海味，河街人家一半着陆，一半在水，那些房子莫不设有吊脚楼。河中涨了春水，到水脚进街后，河街上人家便各用长长的梯子，一端搭在自家屋檐口，一端搭在城墙上，人人带了包袱、铺盖、米缸，从梯子上进城去；等待水退时，方又从城门口出城。"我想，妈祖既为总领江河湖海的女神，她不仅可以保佑水上商船的安全，也可庇护水边人家的泰吉呢！凤凰天后宫，也是古城映在水中的一面镜子。

映在水中寄托人们祝福的，当然是放河灯了。河灯大多为荷花形，又称荷灯；小者如碟，只置一烛；大者如盆，可分层点数十烛；夜里在横跨沱江的石墩桥上点亮后，驮着美好的愿望轻放入江，让心儿跟着它们顺水漂流，流向不知所终处，确实别有一番情趣。我一口气点了大小六盏河灯，看着五颜六色闪耀的莲花映着江水融入夜色，心中默默祈祷：但愿华夏民族繁荣昌盛，但愿炎黄子孙吉祥幸福！

　　夜色渐深，江边冥想，古城如梦……湿漉漉的岁月、暗沉沉的城垣、明晃晃的荷灯、清灵灵的女神、水粼粼的印象、幻化成一派空灵的禅境……

　　所谓凤凰，宛在水中央！

2006.6.28

凤凰水街　牧云　摄

乡关 牧云 摄

乡 关

　　"日暮乡关何处是？烟波江上使人愁。"一座牵扯崔颢心魂的黄鹤楼，激起多少文人骚客的惆怅意绪！

　　乡关在山河暮霭里，乡愁在烟云岁月中，乡关是冬至一盘丸，乡关是元宵一盏灯，乡关是绥溪一棵荔，乡关是祖庙一炷香……

　　乡关跨地域而越古今，她不仅是一种地理概念，还是一片人生背景，更是一方心灵草庐，是一种潜隐在血脉里的基因。

　　这就是为什么我们身处他乡，那么留恋生于斯长于斯的家山，对其景物风情和文化传承引以为豪！这就是为什么我们身处故乡，仍然难以忘怀远去的童年，那么怀念永不回返的青春！这就是为什么我们在年节中，在静夜里，魂牵梦绕已然逝去的前辈亲人、曾经肝胆相照的兄弟朋友！

　　我们是故乡的儿子，心里永远有一个难以割舍的"乡关"。

乡愁，是一缕炊烟

上山下乡已历半世，近编知青画册《连城记忆》，心中无来由升腾起一缕炊烟，在苍凉的心头萦绕不去！那缕炊烟，摇曳在闽西那遥远的小山村，是飘逝的青春，也是老去的岁月。

民以食为天，家以炊为暖。炊烟，是艰难时世的锅碗瓢盆，外婆家里的粗茶淡饭。炊烟，是挂在童年记忆的亲情，藏在时光深处的乡愁。炊烟，自有一种生活张力和人间气韵，招摇着祖祖辈辈安宁富足的梦想。

从人类学意义上说，炊烟和灯火是最人间的，如果说万家灯火属于商埠市集，那么家山炊烟就属于乡野村庄，晋末陶渊明所写"暧暧远人村，依依墟里烟"，温馨地点明炊烟是村庄景、农家情、田园居，它是从锄头下，从泥土中，从灶台里，从母亲召唤贪玩孩童回家吃饭的长调中萌发生长的。

在中国语境中，炊烟古来就是农耕部落的图腾。翻看浩如烟海的华夏卷帙，从《诗经》《楚辞》到明清话本，代代炊烟在散发着草秸气味的古老农舍上消消停停，那是一个延续数千年的小农世界，一派鸡啼狗吠的乡村牧歌，日出而作，日落而息，男耕女织，稻谷飘香。晨昏正午，那村寨屋顶四起的炊烟，就是一支周而复始的田园散曲，昭示着恬静平和的黄土地文明。

炊烟，摇曳着一种远古的悠然，也摇曳着一个关于向往、奋发、升腾、漂泊和乡愁的话题。它飘出自给自足相互守望的村寨，融入天上的飞云流霞，呼吸到了万水千山的澎湃气息。于是，漫延成"地瘦栽松柏，家贫子诗书"的地域记忆。一些农家子弟通过寒灯苦读，走向科举仕途，迈进煌煌庙堂。而在商业化浪潮冲击下，更多农家后代则告别父老乡亲，闯关东，走中原，赴塞外，下南洋……

坚守与憧憬，安逸与奋斗、忘怀与牵挂、出走与回归，从来就是人生的双刃剑。对那些羁旅书生、戍边将士、流寓官宦、风尘商贾来说，炊烟就是一道温情的牵挂，是家的方向，终将演绎成那片"故乡的云"。不管他们官职多高，功勋多大，生意多好，离家多远，故乡烟囱冒出的炊烟，总像一条扯不断的针线，丝丝缕缕编织着他们的乡愁。

炊烟飘扬在山野海隅，也飘扬在记忆深处。对于那些饱历宦海风波参透人生穷达之士来说，炊烟就是心灵的栖居，灵魂的归宿。他们在人生角斗场争强斗胜、权谋机变、出人头地、失意落魄，累了，烦了，败了，久了，就想望剪一缕炊烟，铺成回家的路，归田园居做林泉梦，与烟波共激滟，伴云花共逍遥。

呵呵，平生塞北江南，归来华发苍颜。身心疲惫之年，看淡世事之际，守几间古屋寄晚景，伴一缕炊烟出林梢，让牧童的箫音和樵者的山歌缓缓浸透灵府，排遣酸心透骨的失意与落魄，冲淡地老天荒的孤独与寂寞，未尝不是一种补偿，更是一种乐道安命的处世哲学。

江山社稷，黎民百姓。飘扬于历史天空的炊烟，绕不开民族传统文化心理的加持。崔颢望断的"日暮乡关，烟波江上"、刘克庄眼前的"宣和宫殿，冷烟衰草"，自会使人愁绪顿生，萌发"逝者如斯夫"的浩叹。而王维远眺的"大漠孤烟，长河落日"，则勾画出黄沙万里的寂寥，更会催生"岁月须臾，大梦谁觉"的感喟。置身斯境，命运的沉浮，人生的况味，心灵的悸动，深长的乡愁，都会被炊烟裹挟，萦绕不开。

眺望炊烟，眺望它的袅娜升腾飘摇消逝，自可进入一种难得的归真境界。你会在滚滚红尘中宁静下来，走向自我，走向内心，走向淡泊，走向清澈，心平气和地梳理自己的感情，与世无争地感受脚踏实地的耕耘，是那样美好；感受布衣草鞋的素朴，是如此宁馨。

苍天厚土一缕烟。我命定的炊烟飘摇在沧桑年代、风雨平生，它留连于灵川云庄，连城墟集，闽南花田；流连于天马清秋，听月楼头，断鸿声里。蒸腾着初心的质朴，生涯的奔突，宿命的苍黄，云村的守望，是心灵故乡高扬的旗帜，也是灵魂深处永远的收藏。

如果说，乡愁是一缕炊烟。那么，就在翻检上山图片之际，回味绿野风烟之时，共剪岁月一缕炊烟，与君同醉无尽乡愁！

2018.9.18

雨敲残荷一池秋

寒露刚过，雨洗暑热，真正入秋。

秋风秋雨，秋荷秋月，惹人秋思。尤是雨敲残荷，拨动凄清秋情，最难排解，心头秋意。

回首望夏，骄阳荷塘，莲苞怒突，荷花盛放，一派碧绿明黄桃红浅白，如开莲花国会，好个热闹景象。

水月秋风　阿谷　摄

可转眼间，莲花落，莲蓬收，残叶零落。犹如酒尽曲终的喜宴厅，宴罢人散，一片狼藉。此情此景，正应了"人间没有不散的宴席"。

想来，人生百味不也如斯：有登场的惊奇，有高潮的得意，也有迟暮的凄凉。想不透时是青年，没空去想是壮年，想得透时是晚年。想透了，秋已凉。正如眼前云村，雨敲残荷，满池秋情。

前几天，看了幅《残荷图》，一枝枯莲垂头，两张破叶零落，无尽凄凉，但供于书案，却有非凡之美。因其浓缩了无邪的童稚，芳华的青春，得意的成熟，惨淡的晚境。这个过程，五味杂陈，最终凝成悲剧之大美！

我很享受这种过程，其中该有许多故事，有初见莲苞的惊喜，有怒放时的招蜂惹蝶，有采莲女清脆的笑声，也有秋风中的萧瑟，秋雨中的沉思。沉思深处，可能品透人生况味，参悟天地玄机？

我居"听月山房"，近段，微信新识文友"听雪"，由之打趣："听春宜听雨，可进听雨轩；听夏宜听莲，应入听莲亭；听秋宜听月，当登听月台；听冬宜听雪，可趋听雪斋。"于今想来，"听秋"，还是该听"雨敲残荷"，更有深味，雨打芭蕉是伤春，雨敲残荷是病秋！

细思量，自难忘。多年前，我曾赴西安，造访华清池，唐皇御汤称"莲花汤"，望京门前"莲花池"，莲叶田田，兴衰千年。当此凉秋，秋雨飘摇，秋思悠长，古长安的残荷，该更破败了吧！

那些残荷，浴过秦汉雄风，历过大唐气象，终逃不过命运谋算，在秋天的感伤中零落。她们垂着破帽烂裳，是否，在怀念秦朝的春天，关中铁骑意纵横？是否，在怀念唐朝的夏天，霓裳羽衣韵低回？

唉，雨敲残荷，梦回华清，长相思，在长安。

秋风吹，秋气凉；秋雨飘，秋意浓；雨敲残荷一池秋！

2016.8.28

古衙

北国正是千里冰封、雪花飘舞的腊月，然而南方似乎没有冬天，不信你看，这座有数百岁高龄的古衙依然花树葱茏、衙院里满目青翠，在幽深中透出几分秀气。

这座古县衙就座落在闽中小城，约有二三十亩面积。进入古朴的衙门，便是宽大的衙院，占据衙院中心的是座雄伟高大的双层红砖建筑，单檐歇山顶，云纹大石门，四角墙脚和屋檐上下雕饰城垛状的云纹图案，显得朴拙而又厚重，使这座衙堂全然有别于一般庙宇和普通民居。据说，这座建筑便是民国时期，在古时县官升堂判案的大堂重盖的。站在衙院中，似乎还可听见衙役们"威——严——"的唱喝，穿透岁月烟云沉沉地飘来，使人顿生肃穆之感。

如今，这座古衙成了城区政府办公处，威严肃穆已消去几分，倒是古时县官和幕僚的轿子已换成了成排轿车，手持执法大板打刁民屁股的衙役们也早就跳进历史帷幕，摇身一变成了夹着公文包来去匆匆的文员。县官早已把判案移交给了法官，尽管还是升堂，却变成了在新建的大礼堂主席台上对着麦克风做报告，脱口而出的一大串数字就像舞蹈的精灵，跳跃着这片古老土地的变化和希望。

从某种意义上说，古衙更像是一座古典园林。衙前，蹲着数棵荔枝树，左右侧两棵高大的老棕树，就像两尊披着棕色网状袈裟的罗汉，坚定地守护在衙门前而非寺门前，有点不伦不类。两株剑棕枝干粗肥，横纹醒目，又若两个打着绑腿的沙弥，挥舞着一把剑戟刺向青天。衙前大院里，还有两株叫不出名字的棕榈科植物，叶子呈不规则三角形，树杆上长出几串像菩提子的果穗，形状如蒙古族小姑娘梳的一大把细辫子，为这座庄严的衙门增添了几分童趣。

古衙后院，有成排芒果树，中间夹着一株翠叶飞扬的板栗。每年夏季，板栗的满树绿荫就会点缀许多淡红花朵，随后结成一个个刺球状的果实，你可不能怕它怪状扎手，摘回家剥去刺皮和果壳，蒸熟后果肉十分香酥可口。左侧一株人心果，每逢中元节，纹络清晰的绿叶中就会结出一个个鸡蛋样的棕色果子，黄熟的果肉极甜。右侧的两株玉兰树，满树阔叶儿绿得明黄，如同两面冲天矗立的黄龙幡，威武中透着稚气，全然不像黛绿的芒果树和龙眼树，幕府师爷般阴沉着脸。逢着夏秋开花时节，那象牙色的玉兰花儿如书香门弟的小姐，浑身散发出阵阵香气，这时满衙院就会飘荡着一种素雅之香，沁人肺腑。使人觉得古衙尽管森然，也有多情的一面。

古衙不但多情，有些地方还显得怪异。就在衙院右侧的一座小平房前，长着5株菠萝蜜，棕色的枝干七扭八拐，满树叶子青中带黑，使人想起八仙中形象欠佳的铁拐李。芳春之季，它们的虬枝就会长出许多锈铁般的麻皮果子，这些果子长大后呈不规则疙瘩状，块头粗大，就像一堆堆牛粪黏在树杆上，竟也招惹来一些好脾气的蜂蝶鸟虫。当然，菠萝蜜尽管气味怪异，熟透了剖开，果肉还是蛮好吃的。印证着"人不可貌相"的古训。

与古衙相般配的，要算衙院左前方的一棵数百年老榕树了，但见其伸展的枝叶竟攀至五六层楼高，张扬着顽强生命的深绿大纛，遮蔽了近半个前院。古榕无须，盘曲的树头要10多人牵手方可合围；其中有一树洞，不知是遭火烧或虫蛀形成，如百岁老人张开无齿的嘴巴在诉说古衙的故事。是啊，守在古衙前，它见证了太多的人世沧桑和宦海沉浮，于是似乎有了老者的哲思和睿智，它要告诉人们什么呢？

它是不是要说，这里古时有着"迎春鞭牛"的习俗，每逢立春前一天，县衙都要举行一次迎春劝农仪式，县官身着袍服，坐着轿子，排列仪仗，率领僚属，每人手持纸花一束周游四城门。后边随着的马队背上搭着彩驾，装扮着八仙、西游、三国等各种传奇人物故事造型，美称为"五马行春"。游行到了郊外公田，就有个耕叟在田中牵牛，县官赤脚秉耒，三推而止。随后以拆下的县衙大门扇，奉抬泥塑春牛与太岁神入城，百姓夹道以炒好的包饭争抛春牛，以图吉利。春牛和太岁神安放于县衙大门搭棚供奉。次日立春，执事们把春牛与太岁神抬上城门楼推下，百姓在城楼下争拣碎土招福，称为宜牛。

　　据了解，明清两朝所有州县衙门的头门内，南道之上，都立着一块碑，上边刻着："尔俸尔禄，民膏民脂。下民易虐，上天难欺。"这叫戒石铭，告诫官员你的俸禄就是民脂民膏，欺负小民天理难容。这既规定了古时官员对百姓的服务关系，又宣布了为官者该为民谋福利，欺压百姓不得好死，就算得了好死，地狱里也有刀池油锅在等着他。这种神秘的威吓，犹如一把悬在古时地方官员头上的尚方宝剑，在一定程度上制约着他们的行为。

　　我想，这座浓荫如盖的古衙里，一定也有过这块戒石铭的，只是因为时移世易，如今已不知所终。然而在清晨或傍晚时分，置身于这座古衙院里，体味封建时代"县太爷"的思想行止，想象现代"父母官"所追求的官声政绩，与他们进行跨越历史的心灵对话，你依然可以感受传统官场文化的一脉相承。从某种意义上说，这座古韵悠然的老衙院，是了解古代社会、政治、经济的生动教材，也是透视官场文化的一个投影。

古城记忆　牧云　摄

　　漫步在衙院里，我想到了前总理朱镕基先生。1995年6月8日，他来到国内保存最完整的县级官署河南内乡古衙门，目光在三堂的一副对联上停留良久，对其中阐明的官与民、荣与辱的辩证关系，予以高度评价。其联是：得一官不荣失一官不辱勿说一官无用地方全靠一官，吃百姓之饭穿百姓之衣莫道百姓可欺自己也是百姓。这简朴、深刻，绝妙之为官警策，使人不禁联想到郑板桥的诗："衙斋卧听萧萧竹，疑是民间疾苦声，些小吾曹州县吏，一枝一叶总关情。"我想，为"官"者真要细细咀嚼这副对联和这首七绝一番，然后去选择"民本"还是"官本"的为官之道。

　　一座古衙门，半部官文化。老榕前的古衙，以其深厚与沉重的历史内涵，激发我深沉的思想，不知每天进出这座"衙门"的现代官员们，对此又作何感想？

2005.1.30

故乡的秋

秋风起，秋月黄，人间又是秋意浓。

我想，没有哪个季节比秋天更能撩拨人类的思绪了。故乡之秋，是掠过木兰溪的风，是挂在壶公山的月。

岁月流转，四季轮回。如果说天人合一，那么春天是少年，夏天是青年，冬天是老年，而秋天，就是成熟的中年人了。在故乡，"中年人"的背景是寓言般的南北洋平原，荔林蜿蜒，稻浪摇金；它穿着粗布衣裳，舞镰挥汗赶秋收夏，又戴笠扶犁吆喝老牛，去翻秋种冬。

故乡的秋是地域的秋。故乡地处东南沿海，山海田园兼容。故乡之秋全然不同于北国，也不同于江南。北国之秋是雄浑大气的，奏着辽阔的大风歌，是一阕从苍黄吹向空旷、冷然、萧瑟的进行曲。江南之秋是丰盈奢华的，盛满了收获的喜悦，是湖塘的采莲船、簸箕的鸡头米、网兜的大闸蟹，是悠扬雅致的"天堂"丝竹。而故乡之秋，则是敦实乡土的，是洋溢喜气的大鼓吹，是飘扬的稻香、新挖的地瓜和满坡的文旦柚。瞧，媳妇们挑着花篮，正笑语盈盈地踩着莆仙小调回娘家送秋哩！

于我来说，故乡的秋也是遥远的秋。童年秋日，我曾站在荔城后街罗弄里的小楼阳台眺望，目光越过成片的屋脊和一簇簇树冠，可以看到九华山上飘飞的白云，也可看到掠过小城南飞的雁阵。小城的屋脊清一色低平的大红瓦，犹如铺排在秋阳下晾晒的古籍，古籍深处市声隐约红尘万家，那是老去故乡的回忆。

青年的秋是思乡之季，带给离人的是寂寞和感伤。我曾以上山知青的卑微身份，在闽西连城山乡度过十个秋天，那里有山重水复的包围，有原始劳作的反复，叠加着秋的孤独和感伤，于是对故乡之秋更添怀想。客家秋暮的炊烟里，升腾的是难以排遣的乡愁，是"夕阳山外山"。客家山头的月亮，映照的是"明月千里寄相思"，是"今宵别梦寒"。

天涯孤旅，落魄青春。因远别乡关拉长的惆怅，自然萌生出一种悲剧美！青年之秋的印象里，最为深刻的是晚风吹笛。置身旧客村老圩场，那根竹箫成了伤秋的同党，箫曲也成了伤心的凶器，其韵尾幽远深沉，教人想起古扬州和瘦西湖，想起"二十四桥明月夜，玉人何处教吹箫"。漫漫客乡秋夜，思念最是磨人。秋月如镜，箫曲如刀，也许，瘦西湖旁那个吹箫的哀怨女子，就是被秋月所伤，被箫曲削瘦的。

领略了大半生风雨坎坷，历经数十轮秋月磨砺，故乡的秋变成了哲思之秋。是啊，在春天的春心荡漾和夏天的头脑发热后，合该进行一场季节的冷思考。而没有哪个季节，像秋这样意致纵横意气凛然。家山冷落清秋节，适宜思想的放逐和精神的追寻，放逐和追寻往往从登高开始。重阳佳节，我曾登临九华山巅，眺望莆田北海（东圳水库）的秋风白云、秋水长天，感受时间与空间、历史与自然、物质与精神、生命与灵魂的深邃、博大、丰沛、富丽，让思想的风筝骑着庄子的鲲鹏，扶摇直上九万里；俯视小小寰球芸芸众生，直如芥子微尘，却藏匿须弥大千……

春秋积序年华老去，故乡的秋演化成了心灵之秋。置身云村天台，我常凝神看云，看它们在天上变幻无方跑得飞快，是去赶赴一场与北国冬雪的约会吧！我也常静心听秋，听山房后的天马山花树草木众声喧哗，紧急部署防范西风的大扫荡。众声喧哗我独静。心静处，醒着的睡莲正与点头的三角梅沟通天机，天女花圣洁的馨香阵阵沁入灵魂。神定时，人间的贫贱富贵、爱恨情仇，一概苍老成霜色蒹葭；山水地母，宇宙上苍，全臻化境。

故乡的秋，大梦初觉。秋风舞处，黄叶纷飞，遍地道页，漫天佛语。

2017.10.3

"云村"有株蓝花草

时值凉秋，雨润"云村小筑"，庭院里太湖石"云巢"旁，那株蓝花草依然绽出冷色花儿，如点点蓝色星星，素朴而低调，仿佛在做着昨夜的清梦。

人间讲究缘分，与花树又何尝不是如此。那株蓝花草，是我初夏从天马山麓移植的。那是蝉儿初试歌喉的端午节，为寻找用于煮蛋的蛋草，我到"云村"后山游荡，不想歪打正着，在山南一处荒丘边发现了这株蓝花草，挂着冷静的蓝色小花，与沟渠边一挂挂热烈的艳山姜形成鲜明对比。我小心翼翼地把其请离山野，移种于庭院草地湖石旁。

正应了胡适作词的那首儿歌："我从山中来，带着兰花草；种在小园中，希望花开早。"虽说此蓝花草非彼兰花草，可她们性情却有点儿相似，都有一种不争芳春的沉思韵味。我想，人高马大的太湖石"云巢"要算"云村"耆老，浑身"嘴巴"却说不清道不明，配衬以娴静的蓝花草，就把古拙的意象、素朴的意趣有机融合，添点满庭淡雅的意境。如逢凉秋清冬，自可加持萧疏之美。

果不其然，无需怎么费心用力，那株蓝花草就在"云村"扎下了根，过不久就抽枝长叶悄然成丛，随之吐蕾绽开清蓝花儿，把那块老态龙钟的太湖石也衬得生动起来。呵呵，夏秋之季，那数十成百的蓝色小花挂得满丛都是，就像个穿着蓝花衣裳的羞涩山姑，牵扶"云巢"老爷爷，美得坚贞凝重，笑得朴实无华，素得出神入化。

在古典文人眼里，见素抱朴是修养的真性情和高境界。宋人以素为美，但素绝非无色，也并非纯白，蓝素自显坚凝而肃穆。"雨过天青云破处"是秘色瓷的素美，"云在青天水在瓶"亦是悟道者的素志，远眺素蓝的秋海寂静无声，仰观素蓝的秋天深幽辽远，更显博大和崇高。所以我对素蓝素有偏爱，那是一种潇洒作云、恬静如水的淡泊高远境界。何况蓝色是我们地球星的底色，早已渗透进人类的精神基因。

是以，尘世中就有这样一些透彻之人，隐于市井百姓之间，素处以默，妙机其微，宠辱不惊，初看脸谱和着装是布衣，但骨子里却是精神王侯。蓝花草的素蓝也是平民化的，她那柳叶眉、竹节枝、紫红钗、清蓝花绝非贵族小姐的作派，而是山姑的素朴与低调，却内盈无限生机与活力。每天她迎着晨曦爬起，挂起满丛清淡的蓝五星，黄昏她又伴着夕阳散卧草地，积蓄又一轮绽放的力量。她的学名是翠芦莉，有点像那年我在婺源茶坊里看到的翠花姑娘，制茶、泡茶、端茶、敬茶的一颦一笑，无不散发出山野纯朴的清香。

从初夏到晚秋，蓝花草日日开放，不管夏雨秋风，不惧酷日严霜，素得矜持蓝得纯粹，深沉的眼眸里全是蓝色晴空。有人属意也好，无人欣赏也罢，她都不予理会，只管自得其乐舒展笑容，有时还迎风跳起蓝色圆舞曲。她蓝得平和笑得恬淡，却告诉你幸福其实很简单，不争芳春是自在，无人青睐又何妨，该开放就自在地穿起蓝花衣裳，该凋谢就亲切地拥抱大地，迎候明朝的太阳。

"云村"自从有了蓝花草，就仿佛有了一道隐约的神谕，那是一种对生命意义的重新认识：她与麦冬花、山牵牛、紫竹梅、熏衣草为伍，没有大红大紫，也没有大喜大悲，只承包了最平民的蓝调，却透露了"真予不夺，强得易贫"的自然道理，告诉你做人一定不能膨胀，再成功也要保持低调，不能挺胸突肚趾高气昂，这样才能花期久远芳华永续。如果像牡丹那样雍容华贵地自诩豪门，如樱花那般灿烂妙漫得肆无忌惮，没几天就会从高枝跌落，成为红尘的匆匆过客。

呵呵，忽逢幽人，如见道心。心中的蓝花草，开出了迥别春天的秋天精神，也开出超脱富贵的生命意义，如果没有你，我便不知低调和内敛为何物。只要真诚拥有你，我们就拥有纯粹和朴实，拥有希望和理想，拥有诠释生活的睿智，拥有深邃的大海和广阔的天空。

我想，"云村"有株蓝花草，该是命运对我的眷恋。天上国、神仙府、瑶池边，也该有株蓝花草。

2018.10.13

书仓巷

书仓巷，恰似老祖宗遗下的一轴古画，躺卧在闽中古城荔城的犄角旮旯。要是它能卷得起带得走的话，古董商肯定愿意出高价。

深夜，我踩着冥冥夜色途经书仓巷回家，好像撞进了千年荔城曲曲弯弯的根脉。古巷幽寂，老屋牵手，土墙上方探出的树影幢幢，使人想起《聊斋》里的狐仙《西游》里的鬼怪，说不定会从哪片树丛中晃荡下来！

巷中土地庙的供台上亮着数点香火，一个老头在洞开的小庭院里"咕噜"着水烟筒。白日里那只长得像"李逵"的粗壮黑狗已经睡觉，不睡觉的是不知疲倦的蟋蟀，正在潮湿的墙脚下用嘴巴"织布"。仰头看天，连巷顶的星星也眨巴着眼睛，惊异于这儿的古旧。这老巷当真神秘莫测，使人觉得随时都会蹦出几个绿林大盗拦路强人来。可不是，一只夜猫子打横掠过，真正吓了我一大跳！

相比之下，白日的书仓巷却是软红百丈，热闹得如乡下的村街。这条小巷虽然长约半里，却是连结城乡的捷径。进城的农夫过巷买货，可直抵凤山街到南市场。出城的居民穿巷下乡，又可径达天九湾抵达老桥头。于是宽仅三四米光景的巷路上，经常流淌着一派五花杂色的民俗风情：卖荔枝的村姑挑着一担红艳的收成吆喝而过，送牛奶的农人骑着自行车留一巷铃声，手携竹椅的城里老太兴致勃勃往城外看乡戏，肩挑礼盘的乡下农嫂喜气洋洋地进城走亲戚。书仓巷理所当然地冒出了一些杂货铺、菜籽店、面包摊、打棉坊以及青草医诊所等，虽然小家子气却颇有村野情味。

更耐人寻味的是这条小巷还成了算命、卜卦、测字、看相先生的领地，相士卦师们面呈察言观色之相，卖弄三寸不烂之舌，常常吸引农嫂村姑询问祸福打探吉凶。我常碰见一个灰发老头面前放一竹笼，里边两只白羽红嘴小鸟鲜活灵动，而看"鸟命"的后生子双眼紧盯鸟嘴睁得溜圆，看那样儿像是面对滚动的骰子在进行一场人生赌博。还有一个汉子坐于巷边一小木凳上，身后悬挂着各色面相的招贴，膝上摊着一本发黄的相书，往往面对主顾双手作势口沫横飞，听得求相者脸上且惊且惧且忧且喜，表情阴晴不定生动之极……书仓巷当真是个鱼龙混杂九流纷呈的谋生竞技场。

据被称作莆阳"百科全书"的林祖韩老先生介绍，书仓巷古时俗名"朱仓巷"，其历史可上溯到近千年前，因宋时巷里住着朱姓人家，巷边又有兴化郡粮仓而得名。南宋时，兴化县龟岭人郑侨官居参知政事，其子郑寅嗜书如命，广泛收罗数万卷书籍，迁居朱仓巷后大兴土木建藏书库，还曾自辑《郑氏书目》和刻书。于是读书人又给此巷起了个文绉绉的巷名——"书仓巷"。但其俗称"朱仓巷"仍在莆田民间流传，沿用至今。让人惊喜的是巷中"书仓"虽然已被历史烟尘湮没，数万册藏书也被岁月的风雨吹刮得荡然无存，但莆阳子弟"地瘦栽松柏，家贫子读书"的向学传统却代代相传。

书仓巷中曾走出了清道光年间大理寺卿（相当于最高人民法院院长）郭尚先，郭工书法，善绘画，曾举福建乡试第一名，担任过贵州、云南等乡试正考官。史载他任四川学政期间废止"红案、门包"，查究代考者，使当地士风为之一变，其宅第已列为市级文物保护单位。书仓巷还走出了当代著名散文家郭风先生。郭老为福建省作协名誉主席，少年时代的他，就是穿过这条小巷深邃的历史蕴含，去吹响莆阳村野清新的叶笛的。

郭老深情地提到这条古巷，说"巷内全是果园和掩映于龙眼或枇杷林中的古宅"，"自己从小既生活于一个传递着儒家伦理教养的世代书香门庭中，又生活于四邻是农民的一种文化环境间，这条古巷，有一种世代相传的民俗气氛"。

在回忆故巷之文中，他还憧憬般地回忆少年的麦笛与叶笛，写道："特别令我念念不忘的是麦收时节，我们争着从城外田野刚割回来的一捆捆麦束中间，拣出比较茁壮的麦秆，做起麦笛，大家一起吹奏！有趣的是，巷内的一些大人，也和小孩们一起吹

古巷沧桑　阿谷　摄

起麦笛。有人甚至从果园中摘下龙眼叶，吹起叶笛，各自随心所欲，各吹各的腔调，吹出高扬或急促或舒缓的笛声。奇怪的是，这种随意集合起来吹出的笛声，似乎有一种特殊的欢乐与和谐，这显然是当年故土生活的真实写照。"

如今，我印象中的书仓巷，已不再是郑寅时代的书仓巷，也不再是郭老当年的书仓巷了！它留下许多历史的遗憾，留下了岁月的遗响，更崛起了一片现实的新痕。过去的粮仓、书仓消失了，今天的"人才仓""知识仓"却成长起来。巷旁的莆田一中已成为汇聚莆阳优秀学子的省一级重点校。

我想，要是当年建书仓书库的郑寅在地下有知，听到校园中飘来的琅琅书声，哈哈，一定也会爬起笑歪嘴巴的！

1996.9.3

烟雨白湖渡

春日烟雨天，叩访古白湖。迷蒙烟雨中，老旧的白湖渡水雾弥漫，备显沧桑；不远处的熙宁桥影影绰绰，仿佛笼罩着南宋烟云。也许应了"心由境造，境由心生"的缘故吧，思绪便也塞满了茫茫烟波和萋萋芳草。

拨开千年烟雨，白湖渡曾是古兴化木兰溪下游的码头，因地处军城东南五里许，曾为船舶客货聚散之埠。千年前，白湖水市诸舶云集，曾洋洋洒洒吞吐岭南的稻米、苏杭的丝绸、山里的杉木、沿海的食盐，还有进城外出的平头百姓、南来北往的商贾举子……让古邑尽享舟楫之利。那樯桅林立、舟船联翩的尘海世象，令人怀想。

可惜，这种景象已十分遥远难以追寻了！穿透烟波可以追寻的，是古渡旁供奉海上和平女神妈祖的顺济庙。据宋丁伯桂《顺济圣妃庙记》载，宋绍兴三十年（1160）秋，白湖章氏、邵氏二族人共梦女神指立庙之地。南宋名相邑人陈俊卿闻之，验其地果吉，因之献地建庙，供奉妈祖娘娘。女神伴随着船舶自湄洲湾而来，又佑护着船舶顺木兰溪出海。

水不在深，有龙则灵；埠不在大，有灵则显。乾道二年（1166），兴化军大疫。传神降白湖居民李本家曰："去湖丈许，脉有甘泉，饮之立瘥。"民掘斥卤，甘泉涌出，汲者络绎，朝饮夕愈。甃为井，号"圣泉"。显然，白湖渡的灵魂，当是渡口旁的顺济庙。史载，妈祖救疫解旱、济溺护航、护国庇民，威灵卓著，屡得历代朝廷褒封，从"夫人"到"妃"，其中六次敕封与白湖顺济庙有关，足见此庙地位显赫，成了宋元时期的官祭之所。

宋季江湖诗人刘克庄《白湖庙二十韵》，有"轮奂凝宫省，盥荐皆公侯。始盛自全闽，俄遍于齐州"之句。绍熙三年（1192），晋封兴化军莆田县顺济庙妈祖为灵惠妃的御赐文中云："居白湖而镇鲸海之滨，服朱衣而护鸡林之使，舟车所至，香火日严。"

元泰定年间（1324—1327），抚州人何中游莆作《莆阳歌》："天妃庙前社日时，女郎歌断彩鸳飞。林花满地瓜船散，城里官人排马归。"形象地描绘了顺济庙和白湖渡的祭拜盛况和繁荣景象。

阅尽木兰烟波、送走海天风涛。毋庸置疑，当年这座靠近老城的渡口，橹声杂沓，帆樯如林，成了八方船家海客的心灵母港。进出兴化郡城的平头百姓、官宦商贾，多由此渡登岸或上船。渡口旁溪岸边，人流如潮，商风熏人。矗立于白湖渡旁的这座庙宇，冠盖云集，香烟蒸腾，成了兴化古邑士农工商的精神家园；顺济庙供奉的妈祖女神，更成了无数云帆梦中的定海神灯，呵护着人们乘风破浪"顺"有时，直挂云帆"济"沧海。

往事如烟，依稀若梦。白湖渡毁圮于哪朝哪代已无从得知。比较可信的说法是到了元末，由于兵乱连绵，民生凋敝，白湖水市逐渐消失。元至正十四年(1354)，为图近便，官府在兴化军城内善俗铺水陆院山门旧址修建"文峰宫"，把白湖顺济庙内两尊南宋木雕妈祖圣像迁入奉祀，顺济庙随之逐渐荒废，白湖渡也不知何年湮没于光阴之河的烟波中。那湮没的辉煌，只有让后人去揣测了。

逝者如木兰溪水，不知流淌了多少岁月，带走了多少苍凉与凄迷。走出历史的烟波闯进当今的烟雨，这就是白湖渡么？只见渡口栅门用木头搭就。简易的码头前，立着的一石摹有明末礼部尚书朱继祚所题"古白湖"字迹。偌大的溪面空荡荡的，不见一只船儿。跨溪五线谱般的高压线上停驻几溜溪鸟，像音符标记着古老的歌谣。不远处拓宽的熙宁桥上车水马龙，桥边输水渡槽如彩虹横亘天际，印证了沧海桑田的变迁。让我眼前一亮的是，数株木瓜挂满了累累果实，一大丛芭蕉张着阔叶迎风招展，召唤着古渡灵魂的回归。

令人欣慰，这座古渡的灵魂果真回归了！白湖顺济庙的重建虽然一波三折，幸蒙妈祖女神暗中保佑，历经数度选址迁址，终于在熙宁桥左半里许寻着了古渡口、古庙址和古圣泉井。有赖海峡两岸善信何玉春、曾美玉、林金枝、陈瑞云等力倡，八方信众共襄盛举，相继在原址重建了顺济庙、梳妆楼、三代祠和普济殿，新建了"灵惠夫人"持灯石雕像、九龙壁，修复了白湖渡和圣泉井。

可谓古庙重光、古渡重现。

仁立白湖渡展望，烟波惹烟雨，烟雨起烟云，烟云罩烟港，烟港连烟村，千年苍烟一望收。烟雨白湖渡作证，这里曾渡过无数往返来去的船只，渡过无数俯仰祈祷的善信，渡过无数苍白疲惫的心灵。如今，古老码头渡船渡人的功能消失了；然而，妈祖女神渡心渡灵的功能却愈加彰显。

自古以来，莆田乡亲们就亲切地把妈祖称作"娘妈"。她积淀的慈母意味可以让你感到家的温馨，她高扬的生命品格又可让你达到某种升华。但我深知，相对于古渡旁的巍峨庙宇和煌煌神殿，女神的精神世界要广阔得多，她在老去的乡愁里，她在海丝的船头上，她在五洲的烟火中，其懿德流泽深远，播芳百代，早已遍及溪河江湖、浩海阔洋。

白湖烟波，古渡旧影，船队已远，殿宇弥新。如今的白湖渡和顺济庙已融入莆田市玉湖公园，为美丽景色增添了历史沧桑感和文化厚重感。在这个烟雨飘摇的春天，白湖渡口被淋得特别古老，码岸边的草树却洗得分外清新，阵阵花香混杂着好闻的乡土水汽徐徐飘来，幻化成妈祖的性格底色和圣洁精神。如果说，女神与古渡，与兴化古城，与海上丝绸之路是一种坚忍的守护，一种灵性的关爱，一种超越千秋万里的情怀牵连，那么，她理所当然是这方水土、是中华民族的高贵血统。

红尘漫漫，香烟袅袅。置身烟雨渡口，我不禁想起佛家梵语"般若波罗蜜多"，喻指众生搭乘智慧的大船，到达真正快乐的彼岸。对于无数虔诚的心而言，若要抵达大爱的彼岸，当思白湖渡，当立德为帆，行善为桨，紧跟女神护佑海丝之路，"顺济"天下苍生。

烟雨，使古渡更加多情。烟波，使女神更加深邃。烟云，让信仰更加崇高。

2017.3.30

西湾山的诱惑

诗意的曼妙与灵动，并非只存在于有形文字中；她更多彩地存在于山岚与水韵之间，更多情地盛开在我们的精神园圃里。金秋十月，在大洋乡莽莽苍苍的群山中，在杏山村后绿屏风般的西湾山上，我找到了梦中的一片原乡——灯炉寨瀑布群。

灯炉寨遗址在西湾山之巅，传说是古时土匪安营的老寨，这里海拔 788 米，奇峰因形似灯炉而得名。寨下有一深潭，潭水呈黛绿色。潭周丛林拥翠、九峦叠嶂，倒映于潭中，如九龙汇聚，九龙潭由此得名。九龙潭常年溢流，沿西湾山而下，形成了千姿百态的天然瀑布群。据当地山夫野老言说，因山高林密，此潭来水丰沛，大旱之年未见枯竭，故而下游瀑布群长年悬挂于溪涧石壁上，奔流于亚热带原始次生林中。

游山观瀑，最佳选择是从山脚攀登而上。我们怀着探险搜奇的心理，从杏山村那棵参天的千年古榕下出发，穿过幽静的村落，走过架有瓜棚的菜园，沿着一条淙淙作响的小溪进山。约行一里许，就闻杂树丛中，水声渐大，溪流就像刚放学的孩童，在乱石间顽皮地雀跃奔跳。转过山阴，溪潭中石块上有陷坑，状若仙足，不知千万年前由哪路神仙踩下？因此，富有想象力的杏山村民把此潭称为仙足潭。

领受了仙足潭的清丽，继续沿溪上行，水流更急，瀑景更奇。放眼望去，只见隆隆水声中，突现一串七扭八拐的野瀑。此瀑分合有致，共有三级，总长上百米，上分两股从山崖上跌落，犹若大牯牛的一对犄角，随后又聚合在一起，气势磅礴地俯冲而下，视死如归地撞击在一挡道的巨岩上，轰然抛撒成珠帘状，声势若两军激战，鼓角雷鸣，故被山民们称为擂鼓瀑。

借擂鼓瀑气势攀崖而上，崖旁水雾中有数朵六角状的金参花，盛开成一朵朵金色的梦想。崖上一湾清水，静如碧玉，翠若琉璃，潭中倒映天光云影，清幽无匹，故名碧云潭。过潭沿溪前行，但见崎岖山道旁樟柯杂生，时有野藤挡道，成串不知名的紫色野花高悬于山坡上，如缨络般随风摇荡。道旁还有幽深的石穴等，可作遮风避雨的天然兽窝。过简易木桥，有羊肠曲径通幽。荫凉的杂木林里，古藤交错牵手。踩过湿软的野草地，眼前蓦然一亮，灯炉寨二级瀑布群——将军瀑呈现前方。

将军瀑的形成得益于嶙峋的山岩，这片山岩高约十几丈，如阶梯般错落有致，奔流的溪水被这片山岩阻挡，分成高低错落的 20 多股瀑流，横撞斜冲而下。它们长短宽窄各不相同，若山壁间晾晒的数十条白练。其奔突搏击奏响的声乐，犹若两军会战时，金戈铁马的交鸣，恰如白乐天描绘的"银瓶乍破水浆迸，铁骑突出刀枪鸣"。山壁中瀑流间有一巨石天神般威风凛凛昂然挺立，就像逐鹿中原挥师冲杀的大将军，此瀑因而得名。

自将军瀑前过简易木桥，山势渐高，一路乱石挡道，杂树生花；山路变成了樵夫药叟踩踏而成的危崖险道。道旁有野竹、杜鹃、山兰，也有块茎包着金色绒毛的金毛狗，山荫中还可见一些树头长着菇芝样菌类。仰首远观山壁间，有吊藤垂挂、岩鹰徘翔。溪流如三级跳远的运动员，从涧石中跳跃而来，灯炉寨第三级瀑布群在望。

眺望西湾山最高峰灯炉寨，两座青灰色的山峰并峙，夹壁间飞挂一白练，总长约 40 米，使人想起了诗仙李白登庐山观香炉峰时咏颂的名句："日照香炉生紫烟，遥看瀑布挂前川，飞流直下三千尺，疑是银河落九天。"我登匡庐曾见过香炉峰瀑布，此瀑长度虽不如香炉瀑，但更阔大宏伟，气势壮观地从灯炉寨高处跌落；山风吹过，激扬起一团团白茫茫的水雾，在阳光映射下，幻化成连接天上人间的彩色虹桥。放眼四周，水雾弥漫，山色空蒙，恍若置身云中仙境。因此瀑犹如银河倒悬从天而降，被称为银河瀑恰如其分。

银河瀑上，便是九龙潭了。潭周翠林如伞，丛生的芦苇随山风摇曳，潭边有小小山神庙，香案小炉中插着几支陈年老香头。由于地处人迹罕至的高山，这里保持着一派原生态，如镜般的潭水倒映蓝天，正如九寨沟般做着奇异的蓝绿色之梦，一梦万年。潭中有花鳗鲡，厚唇鱼，腹吸鳅等野生鱼类。姿态各异的群峰就在潭后铺排开去，据说深入进去，各座峰峦奇形怪状，别有情趣。山中还藏有花豹、穿山甲、中华蝾螈及银杏、水杉、红豆杉、刺桫椤等珍稀动植物。由于脚力不逮，深山隐藏的许多惊喜只好留待今后继续探寻了。

一路读山拜水，感受西湾山的浪漫与激情，体味瀑布群穿越岁月的歌咏，一任大自然的野趣和灵韵注入心田，我不禁涌起一种高山流水遇知音的感动。正是在这种感动中，可以觉悟超尘拔俗的美妙，觉悟生命中深藏的本质之美，觉悟生活即快乐的禅机。

使人快乐的还有，为开发和保护西湾山自然生态，大洋乡已整修了灯炉寨瀑布群旅游便道，沿途不动钎锤，不砍树木、不动花藤；最大限度保持原生态景观。杏山村还利用古院埕、千年老榕等，创办起富有山区特色的"笛韵森林人家"。游客们游览山岚水韵奇瀑佳景后，可在此休闲小住，欣赏山村乐队的演出，品尝土鸡、野菜、山菇、新笋等山野风味佳肴。看来，灯炉寨三级瀑布群这位山姑，将向更多的游客显露出绝色容颜了。

西湾山的诱惑是强大的。据山人陈梓笛介绍，西湾山附近文物古迹颇多，有建于唐朝的古寺庙——兜率院，系鼓山涌泉寺分寺；有古兴化连通福州府和漳州府的古驿道，是古时官商及学子赶考的必经之路；山腰将军坪与山下太桥也流传着动人的传说。可以想见，这里清幽美丽的生态环境，清香诱人的观光果园，清静优雅的农家山庄，深邃幽远的故事传说，将整合成一个生态旅游新景区，让游客与大自然握手言欢，亲密拥抱。

欸乃一声山水绿。让我们驾起生命之舟，摇进西湾山水，摇进我们心灵的故乡。

2006.11.3

绥溪记忆

　　"长桥外，古道边，荔园碧连天……"不知为何，当我斜倚绥溪古桥栏，眺望一溪秋水、两岸翠林、九华群峰倒映碧水的佳美景致时，口中不由就吟出了这段歌词。我想，每位人生旅者都该有一种恋乡情结，一种文化记忆，她牢牢地牵连着自己的生命之根，这种根完全可以追溯到祖先伸枝发叶的故土哩！

　　然而一谈起八闽故乡，往往又觉得很难找到确切的表征物了，稻浪摇金的漳州平原不着边际太过宽阔，武夷玉女隐在雾中遥不可及，鼓浪屿上的近现代建筑欠缺历史深度。显然，故乡该有荔园、青山、古道，故乡也该有祖庙、老树、古桥，故乡还该有焚香祭祖的虔诚、耕读传家的风习、敬老尊长的孝举、泛舟垂钓的野趣。幸运的是，我终于在天净秋清的季节，在莆田绥溪桥头找到了心中的故乡。

　　绥溪又称延寿溪，系木兰溪五大支流之一，上游发端于莆田市仙游县兴泰群山间，流经风景胜地九鲤湖，过东圳水库跨泗华古陂，再入北洋平原与木兰溪汇合，注入烟波浩淼的兴化湾。旧志称此溪"十里无湍激声，萦绕九华山下一碧如带"，故亦名"绥溪"。从生态意义上说，绥溪正是萦绕莆田古城的一条绿色绥带；但在 GDP 刺激下，近年来，泗华古陂上游溪段，却盖起了成片挨挨挤挤的高楼、酒店和别墅群，犹如绥带沾上了土黄色的泥沙。

　　绥溪古桥名延寿桥，由南宋初期莆阳名士李富率众修建，长达近百米的石桥，被 12 座船型墩托举着，已在历史长河中航行了近 900 年，历经岁月的多少次水涨水落啊！一条古老的驿道横溪跨桥而过，通向远年的车水马龙和行旅故事。宽大的石桥板上，一代代先人踩出的脚窝依稀可辨，镌刻着艰辛的生存奔波和坚韧的跋涉追求。

　　桥头，理所当然地挺立着那株故乡的老榕树，盘根错节且胡须飘拂，微风过处，摇曳的青枝簌簌作响，仿佛年高德劭的太祖父在向后辈诉说着什么，是细语莆田状元第一人徐寅著《钓矶集》，以《人生几何赋》《斩蛇剑赋》扬名京都流芳东瀛的故事；是诉说宋神宗时乡人徐铎又中状元，而邑人薛奕勇夺武魁，绶溪哺育出"一方文武魁天下"的佳话；还是在宣扬杨持平烈士抨击袁世凯、讨伐北洋军阀、举义救国的壮行呢？

据桥头一白发老翁介绍，桥北上游的泗华陂，是宋代著名水利工程；桥西半里处，尚有唐末五代诗赋名家徐寅当年建的"藏书楼"遗址；宋进士方略也曾在此建"万卷楼"，藏书千二笥；"壶公山下千钟粟，延寿桥头万卷书"，正是南宋理学家朱熹为这里题写的名句；桥西南马坑山上，还有南宋豪放派大词人刘克庄之墓……想不到这方水土竟淀积如此厚重的文化底蕴，汇聚千年文采豪气，故其有情有灵，造就了莆田二十四景中"绶溪钓艇"和"九华叠翠"两大山水景观。

演出"绶溪钓艇"的"历史戏台"即在延寿桥前，这里溪面宽阔，水势舒缓。据说古时春秋佳日，文人雅士多在此泛艇垂钓，赋诗作词；观鱼浮碧水之中，鹭翔清波之上；歌萱斗草，曲唱采莲。特别是薄暮之时，望野老樵夫穿越田间羊肠小径往还，顽皮的牧童骑在牛背驮着夕阳而归，别有一番田园牧歌、渔舟唱晚的溪汀野趣。于是，"绶溪钓艇"在莆田古景观群落里，渗透了浓郁而又独特的文化意蕴。而"九华叠翠"纯系自然景观，春秋佳日，从绶溪望去，形如九朵莲花的九华山层峦倒映水中，如青罗带上的碧玉簪，天上翠峰与水里翠峰互叠，加上夹岸荔林，风光美不胜收。如遇盛夏，夹岸荔子流丹，晨昏霞彩染山，水天姹紫嫣红，景致更显佳妙。

记得"第五届中国摄影节"在莆田举办其间，举办方特地在桥下溪中安排了几架竹排，招引一大群摄影家前来拍摄民俗风情。排上撑篙的渔翁披蓑戴笠，排旁蹲着的数只鱼鹰伸着脖子瞪看水中动静，只见一只猛地扎进水中，激起了一圈圈涟漪，过了好一会儿，嘴叼一只巴掌大的鲫鱼钻出水面，投进排上的鱼篓。有人觉得奇怪，鱼鹰怎不把鱼儿吞进肚呢？仔细观察，原来其脖绑有一圈红丝绳，把食道卡小了，不能吞下大鱼儿。然而，这种人工雕琢的民俗毕竟有做作之嫌。

　　溪桥林园，最宜野游。在这金秋假日，邀数个文友进橄榄园，入农家饭庄，又泛舟荡桨，优哉游哉地融入大自然的怀抱，诚属雅事。时值霜降，橄榄满树，半黄半绿，兴致勃然地投石击树，佳果如雨纷然而落。入口咀嚼，满嘴生津且香味绵长，使人顿生童年野趣。当然，最使人惬意的还是水上遨游。从桥头野渡下船，但见十里平溪，数湾碧流，两岸秀木嘉树列队相迎，间有一叶扁舟漂摇而去，满载唐诗宋词，荡开一派浪漫情调。真可谓：轻帆数点千峰碧，水接云山四望遥。

　　溪畔时见钓者，或坐于树荫，或蹲于溪石，神定气闲地守竿待鱼，不知是人钓鱼抑或是鱼钓人？使我油然想起历代隐者高人。其垂钓的是脱纷解忧的散淡心情，是返璞归真的生存状态，还是悠然忘机的自由境界？大约连钓者自己也说不清。前人有"明月钓舟渔浦远，倾山雪浪暗随潮"之吟。以我体味，他们分明钓出了一种王维诗画般的故园风情哩！

　　令人忧喜参半的是，这种风情正在被定格，并注入了现代景观元素。从绶溪古桥直至万辉国际城小区，长约3公里的溪段已初步建成了绶溪公园，以清溪、绿岛、古桥、丹荔、田园、乡村为主题，溪畔荔园中开辟了步游道、水上栈道、亲水观景平台、卧虹桥、荷花亭、游艇码头、电瓶车道等新颖设施，中间还点缀着翁氏古民居、柯氏修史堂、莆田博物馆等建筑。作为面积近3000亩的民生工程，这段绶溪避免了被唯利是图的开发商蚕食，代价却是褪色了村姑式的原生态风情，而像模特儿般披上了现代化时装。

　　日暮随船回返，夕阳已退隐远山深处，农家的炊烟正在水湄林表招摇，溪林间升腾起一层淡淡的雾霭，让人不由想起了千年前徐寅咏诵的诗："绶溪漂泊尽渔家，泛艇中流遨晚霞。桃水流红肥鲋鲤，荔香落影饵鱼虾。钓杆自具烟云趣，蓑笠不嫌风雨斜。依岸得来多换酒，黄氏醉倒异香奢。"是啊，多情的绶溪碧流如酒，一股脑儿都淌入我的心田，使人心醉神迷。

　　转过水湾，远远地又看到了那座老榕树下的古桥，她通向时光深处，通往我梦中的故园。

2016.5.18

湄洲秋色

转眼又是深秋，当我走出武夷山红叶扮演的烂漫时，不禁又想起湄洲岛的秋色来了。湄洲秋色，从初冬酿到芳春，又从仲夏酿到深秋，在我心头已酿了十度寒暑！

初识湄洲秋色，源于 1990 年采写《妈祖宴菜香飘四海》，她铺陈在那盘题名"满岛秋菊"的工艺菜上。遥想当年，名厨王文基先生精心制作了荣获"爱迪生发明金奖"的 13 道"妈祖宴菜"，为我们端上那碟"满岛秋菊"时，王先生深情地介绍了这样一个美丽的妈祖传说：

千年前的湄洲金秋，漫山遍野开满了各色野菊花，从祖庙山一直铺展到莲池澳和九宝澜海滩。年轻的妈祖——林默娘爱菊之高洁，经常与渔姑结伴，来到山野海边采撷，让桃红雪白的野菊花簪满双鬓，寄托对美好生活的向往。

这个芬芳的传说使我感受到飘越千载的山野清香。于是，对那道用鱿鱼头作菊瓣，用樱桃嘴作菊心的白里透红工艺佳肴，真有点不忍下箸了。

又识湄洲秋色，是我首次赴湄洲岛采访。在金秋的艳阳下搭乘"天妃号"客轮渡海。船首犁开万顷碧波，眼前展开一派浩丽的闽海风光，蓝天、白云、飞帆、浪花，加上自由翱翔的鸥燕，不禁胸襟壮阔、神思飞扬，联想起曹孟德传诵千古的名句：东临碣石，以观沧海……登上梦中的湄洲岛，那石头房子错落的古老渔村，那绿色的甘薯地和花生园，那沿着海岸蜿蜒的黛色防风林带……予人一种遥远的亲切，像木版画般刻进了脑海。

印象最深的是林带外沙滩上的拉网女，只见两个渔人摇着一只小舢板在近海兜了一大圈，撒下上千米的"带鱼网"，过了一炷香光景，岸上的 10 多位渔姑渔嫂就分列两队开始收网，她们拉网的方法很独特，把网绳上的木钩搭在腰带上，背向大海弓腰使劲，在沙滩上踩下一行行深深的脚窝，如此循环往复，利用集体的腰力和脚劲把长网一节节地拉上来，新收的网里有乌鱼、马鲛、龙王虾、王爷蟹，还有蓝蓝的海公子和一些叫不上名字的海洋生物，犹如打开一网海洋宝库，让我大开眼界。我想，湄洲秋色，酝酿在渔人辛勤的劳动中，也展现在大海慷慨的馈赠里。

再识湄洲秋色，是在重阳节举行的祖庙祭典上。那时，由清华大学古建系设计的妈祖祖庙南轴线建筑群业已落成，从西海岸环岛路上眺望，蔚蓝色的大海环护着祖庙山，翠云般的相思树林中崛起一片宏伟的殿宇楼阁，橘红色的琉璃瓦在阳光照耀下闪烁着迷人光彩。古人云：海上有仙山，虚无缥缈间。如今，海上仙山和琼楼玉宇就活生生展现在眼前。其造型，与雪域高原象征民族大团结的布达拉宫十分相似。我灵机一动，这不正是寄寓两岸人民同根共缘的"海上布达拉宫"吗？这一名词在《福建日报》登出后广为传播，进一步扩大了湄洲妈祖祖庙的知名度。湄洲朋友笑谈，这比原称"海上龙宫"要形象、高雅，且带有民族统一内涵，该去申请个专利。

祖庙祭典，与黄陵祭典和孔庙祭典并称为"中华三大祭典"。时值秋高气爽，天后广场上鼓乐齐奏，在成行身着宋代甲胄的武士护卫下，64 名秉羽和执籥的男女舞生载歌载舞，主祭人湄洲妈祖祖庙董事长和世界各地妈祖宫庙的陪祭人一起，肃穆地上香、献果、诵祝、奠帛，虔诚地向妈祖圣像行三跪九叩大礼……

只见色彩斑斓的天后广场上，青甲齐列、黄幡飞扬、红缎披挂、彩衣翩跹，上万名海内外嘉宾香客无不为此情此景而动容。祭典上，一排服饰特异的湄洲女分外醒目，她们头梳船帆髻，身着红蓝相间的妈祖服，浅蓝色代表蓝天和大海，深红色代表海上的引航灯，浑身上下洋溢着青春的光彩。我发现，湄洲秋色，就挂在湄洲女那海兰和深红的服饰上，挂在她们天真无邪而又清秀健朗的笑靥中。

去年深秋，我因采访任务夜宿湄洲岛，披着晚霞登上祖庙山，拜谒矗立在山头的妈祖巨型石雕像，仰望妈祖如满月般的慈祥脸庞，无形中感受到一种温柔的抚慰、一种宁静的力量。可以想见，闯海的渔民依偎在她的膝下，定然就像沉浸在安恬的港湾，自会汲取搏风斗浪的勇气。

次日清晨，我攀上妈祖山看日出，看到了"凤冠霞帔"的妈祖娘娘，又体味到一种母爱的温馨。其时，纯净的海面就像一幅辽阔的画布，几片白帆如画笔漂摇而过，画出了一派如诗的湄海风情。据说，台湾北港朝天宫也有同样一尊用湄洲石雕成的妈祖像。秋水伊人，隔海相望。她们深情的目光在这弯浅蓝色的海峡上搭架起一座心桥，吸引了亿万炎黄子孙的目光。

我不禁想到，绚丽的秋色，来自大地母亲的馈赠；湄洲最美的秋色，就凝聚在妈祖女神无私济世的情怀中，也珍藏在亿万人类向往幸福的心田里。不管风云变幻，洪波涌起，哪怕地裂山崩，雷鸣海啸，她都会点燃信念的红叶，鼓舞人们携手抹去灾难，化解仇恨，清除硝烟，赢得心的安宁。

湄洲秋色，孕育着一个个充满希望的春天，孕育着人类共同的愿望——和平。

2005.11.3

眺望　牧云　摄

夏天风味

　　农历大暑，在闽中荔城一个古色古香的大院里，两株玉兰花正开得明媚，偌大的庭院里氤氲着浓郁的香气，我分明闻到了夏天的味道。

　　早年喜欢夏天，是由于它告别了春季的潮湿，远去了冬日的寒冷，也离开了秋天的萧瑟，带给人们一种热烈的情怀。显然，这是属于小孩子的季节。校园放假了，小伙伴们像出笼的鸟儿般在街巷里、村野中成群追逐。阳光热力四射，气温劲爆十足，明亮的天空中有风筝飘飞。夏天的味道，就像雨后的山溪般，从怒放的玉兰花芯里倾泻而出，淹没了嗅觉，浓烈得使人不能自已。

　　蝉儿是夏天专业的歌手，悠扬地咏唱着夏日歌谣。它藏在黛绿色的树丛里，吱吱地唤回童年的梦，唱出海阔天空的少年心性。梦中的我仿佛回到金色年华，跟着小伙伴们举着顶缠橡胶泥的竹竿，像偷儿般蹑手蹑脚行走在树荫下，抬头去寻觅、去捕捉夏天的精灵。夏季树木长势旺盛，据说，蝉儿是在吸食树汁时放声唱歌的。从它们洋洋自得的歌咏中，一定品尝到了夏天的甘醇与甜美。显然，在蝉的印象中，夏天的盛筵该是怎样的美味可口啊！

　　荔枝果喝了太阳杯溢出的烈酒，于是一串串醉红了脸垂下了头，在溪河旁、山坡下、村庄边抹上一片片绚丽的朝霞。它们红艳艳的鱼麟壳中，包裹着晶莹的果肉，注满了夏天的酸爽和甜蜜；诱得人们流着口水去采摘。采荔时节是乡村最热闹的日子。男人们架着23级的长竹梯，背着竹篓子，像猴子般爬到高高的树上。村妇们挑来果筐在树下抬头扶梯，接篓，分果，去叶。小孩子们则在树下游荡，捡到落果就迫不及待地剥开塞进小馋嘴中，笑啊跑啊闹得不可开交。最是美丽载荔船，在荔树夹岸的河流中漂摇而来，又载着一箩箩红玛瑙穿过小桥漂摇而去，载走了荔子之乡的无尽韵味。

　　故乡的小河里，有夏天的生动风景。脱得光溜溜的小淘气们如小泥鳅般，成群结伙地打水仗，欢叫声伴着激起的水花满河飞扬。这令我想起学生时代，逢着暑假，每天下午都要与几个小伙伴去城郊丰美桥下游泳。这里荔林夹岸，古桥如虹，河水碧绿，间或有载客的小汽船开过，激溅起一条条V型波浪。我们调皮地去扒汽船，扶着船舷让它把我们带到3公里外的荔浦湾。那里有一湾碧水，成片荔林；5株标志性的古荔就列队在水湄，它们根须枝干古拙曲张，树上挂满沉甸甸的佳果，使人想起神话里的水晶宫。我们就此湾溯河游回，游累了，就仰躺着顺河水漂流。看天光荔树，听蝉声水音，别有一番夏日情味。

夏夜的天空是放飞想象的乐园，在星星点灯的大聚会中，有银河的粼粼波光，有天边启明星明亮的寂寞，有北斗七星在斗转星移，也有牛郎织女隔河相望……难忘童年的一个夏夜，我与外婆在老家的露台仰望星空，心中充满奇妙的感觉。忽然一颗流

钓夏 牧云 摄

星划破天幕，外婆感叹道："天上一颗星，地上一个人；地上那个人死了，天上对应的那颗星就掉了下来！"我心中大奇，原来天上与人间是一样的，有天街夜市，也有生来老去！于是满天寻找属于自己的那颗星。只见满天星星就像窥探的眼睛，躲迷藏似的闪烁不定，真叫人煞费思量！

一弯月牙升起来了，如天边一个神秘的问号，挂着宇宙的玄思，挂着历代骚人墨客的才情。大文豪苏东坡曾把酒问天，恐月中琼楼玉宇，高处不胜寒；进而生发出"但愿人长久，千里共婵娟"的祈愿。李白曾寄愁心与明月，让思念伴着遭贬的王昌龄直到夜郎西。记得最牢的还是儿时念诵过的《嫦娥》："云母屏风烛影深，长河渐落晓星沉；嫦娥应悔偷灵药，碧海青天夜夜心。"使人想起广寒宫的清凉奇妙、嫦娥的欢乐与寂寞、吴刚的痴迷与执着，还有玉兔的粉妆玉琢、桂花的袭人清香……于是，古典诗歌的芬芳就如玉露般沁入夏天的心境。

夏天的故事是童年的一道圣餐。印象最深的是仲夏夜，在城门外天九湾旁的镇海村，在妈祖宫旁的老榕树下，聚着一群抽着水烟壶的村老。天上星星眨眼，宫里香火闪烁，风过树叶簌簌细语，树上鸟儿梦中呢喃。饱经人世沧桑的老人们摇着大蒲扇，聊着的话题纵贯古今，戚家军扫荡倭寇，民国初年的大洪水，文献名邦的科甲风流，妈祖娘娘济航拯溺的传奇……在水烟壶咕嘟咕嘟的声响中流淌。随风飘荡的水烟味，给人留下难忘的夏天回味。

唉，人生在世数十年，度夏也不过数十趟。童年时光，我在闽中小城的古巷里村野中度过，那时的夏天洋溢着生命的热力，沾着玉兰花香和荔枝果味。上山下乡岁月，我曾在闽西连城山乡顶着烈日汗流浃背地割稻插秧；那时的夏天充满了山村的松子香和稻禾味。后来进入新闻单位，我曾把事业的激情填满每个生命的夏日，人生的夏天经常在路上，沾满了汽油味和尘土味。如今夏天又到，我又闻到了玉兰花香和荔枝果味，无瑕的欢笑声也仿佛从遥远的童年飘来……

正是这些夏天风味，召我走远的"人之初"回归！

2013.8.10

春天的炮仗花

　　云村小筑棚架上，满棚炮仗花正开得热闹，串串明黄橙红，为猴年之春增添了喜气氛围！哈哈，如果真有只蹿上跳下的猴子，那又更契合这个刚掀开的猴年了！

　　说起来，为了"点燃"这棚"春天的炮仗"，我可是费了不少心思呢！龙年之春，我到老友郑国增创建于仙游县书峰乡的绿源珍稀植物基地踏青，一下子就被那条"炮仗花廊"迷住了！那条长达300多米的花廊，蜿蜒于兰石山下一条浅浅的溪谷旁，廊棚用仿松木水泥架搭就，两长溜炮仗花藤就沿两侧柱子攀上廊棚。时值江南仲春，草长莺飞，漫坡海南花梨嫩翠，成千上万串炮仗花不仅密匝匝地铺满廊棚，而且伸出棚沿悬垂而下，微风吹过轻轻摇摆，近看犹如无数挂迎春的鞭炮，远看就像一条轻轻游舞的橙色巨龙。

　　那天，我连藤带根请回两株炮仗花，移植于云村小筑栏杆边。过了不久，藤蔓就发了新芽，可因地处二楼，客土单薄，待到蛇年春上，就是不愿着花。无奈之下，我又把她们移植到两个大陶盆里，置放于听月山房廊道的棚架下，少不了施肥浇水，小心呵护。过了数月，藤蔓逐渐爬了半个棚架，可待到马年春芽绽，花儿还是藏在叶深不知处。

　　我不甘心，思量该是光照不足，于是把陶盆移于小筑东南角棚架下，那里日照充足，藤蔓也长得不错，这下总该开花了吧！羊年开春，"炮仗花"终于绽出些许花苞，可点来数去，只有七串，每串就那么寥寥几朵，瘦骨伶仃的样儿，如《红楼梦》里病恹恹的林黛玉。想是因为盆栽，土壤太少营养不良，难以满足繁花需求。也难怪，如果只提供给人家巴掌大的舞台，再好的舞者也跳不出漂亮的芭蕾啊！

　　怎么办？拓展视野找答案！瞅着楼下小区绿地，我动了移根接土之计，把陶盆中的炮仗花藤连根起出，吊下底楼，植于墙边土石堆，让其嫁接地气，又在周边填埋了两袋塘泥。这下可好，炮仗花藤就像打了"鸡血"般，气昂昂地沿墙攀援而上，乐洋洋地爬满了棚架，冬至刚过，就绽出了一嘟噜一嘟噜嫩青花苞，该是对我痴情的回报！由此，我再次验证了，要实现美好的希望，就要付出不懈的努力。

羊年腊月里，云村小筑的炮仗花抢在屋后诗山公园之先，冒出了一串串花苞，嫩绿浅黄的，煞是好看。过了不久，渐次转为橙色。当遇上那个叫"立春"的勾人"女生"，就优雅地燃放起来。她可真像炮仗，每挂都有数十朵，成熟的花瓣枯萎凋谢了，后补的新蕾又长大成熟来"补员"，如一挂挂燃着的鞭炮，从头到尾依次燃放，这挂燃放完了，又钻出新的几挂，整个过程可持续两三个月之久呢！猴年新春莆田禁炮，少了许多传统节日的热闹氛围，幸有生态化的炮仗花绽得明媚燃得灿烂，给小筑带来成片暖色，恰好弥补了佳节的冷寂，增添了云村的风采。

春日晨昏，我常在炮仗花棚下倘佯，看日出东城，月落西山；看石室岩藏烟，天马山起岚。借机伸展四肢，舒缓身心，与棚上炮仗花来场心灵的约会。她不华丽，但却明媚地点缀了那堵苍白的墙，安抚着那颗伤春的心。据说，炮仗花的花语是"富贵吉祥，好日子红红火火"。但境移"语"异，于我家小筑来说，炮仗花却是"静中取闹，闹中取静"，像个深谙辩证法的哲学家！可不是，云村依傍半围青山，是安顿心灵的静园，全赖棚上燃着的炮仗花，为它增添了两分人间烟火气。云村也面对半座城厢，与车水马龙的荔城大道近在咫尺，也赖满棚清华洁净的炮仗花，抵消了滚滚红尘腾腾俗气。

我喜欢炮仗花的温润如玉，喜欢那君子兰般的儒雅风度，把她看作君子之花。她不似牡丹那么富丽奢华，也不如兰花那么娴雅幽静，更不像同为藤本的凌霄花，仰首高攀冲天怒放，开得趾高气昂汪洋恣肆。她总是恭谦地低着头，长长的花苞即便绽开，也是在苞头微微露出笑口，既内敛又喜气，就像洞明世事的市井高人，显得那么中庸那么朴茂，怀揣着吉祥安泰的朴素愿望，充充实实地过着该过的小日子，在播撒希望的季节里，编辑着生命的平凡意义。

又是一个春晨，暖调的阳光渲染了花棚上的炮仗花族群，懒洋洋地推开迎春的窗户，端详着那串串春天的清新的"炮仗"，流溢着嫩黄橙红的光彩，顿时觉得蓝天更加晴朗，季节更加明媚，心中便充满安详的喜悦！

2016.2.1

冬至搓丸子

在莆田这片古老的乡土，过冬至节俗称过小年，是仅次于过大年的民俗大节。不管父老乡亲走遍天涯海角，只要一提起过冬至，脑海里总会翻腾起那些白花花的丸子，心湖里也总会荡起一圈圈涟漪，涌现出冬至晚那合家围桌搓丸子的温馨情景。

冬至节照例在公历12月21日或22日，而过节搓丸子的筹备工作，却提前一星期便已开始了。那时市井乡村，家家户户都忙碌开了，浸糯米的浸糯米，舂碓儿的舂碓儿，筛糗粉的筛糗粉；从清晨到深夜，里巷村头都可听到"嘭、嘭、嘭"的舂碓声。

祖上遗下的石碓儿不多，一般是十几家合用一个，于是左邻右舍的娘姨们一边排队轮班甚至点着灯儿来舂碓筛糗，一边吱吱喳喳嘻嘻哈哈说些鸡鸭抢食猫狗打架的邻里趣事，逗得大伙儿心里乐滋滋的。有些毛手毛脚的还沾了满头满脸糗粉，活脱脱就像戏台上的白毛女。

最激动人心的是冬至晚。循古例，老奶奶们都要在厅堂中点亮大灯笼，抹干净大桌子，摆上准备好的板糖、红柑、姜母和"三春"（剪贴有一对胖小子画面的纸扎喜花）。勤快能干的媳妇早已系上围裙，捋起手袖，用托盘把反复揉匀的糗团端放桌上。于是洗净双手的一家子就团团围住桌子，拧糗团搓起丸子来。

正如儿歌中唱的："搓汤圆，搓汤圆，搓得汤圆圆又圆——"搓丸子虽然容易，也得讲究技巧。把不规则的糗团放在两手掌中平衡地轻轻用力，顺时针搓动几圈，于是一颗圆溜溜的丸子就搓成了，放入红漆托盘，白生生地逗人喜爱。

以哲学家的眼光来看，搓丸子也可以搓出一家子的不同性格：饱经风霜的老奶奶慢条斯理，搓的丸子就像八月里剥了皮的一串龙眼；当家的男人粗手粗脚惯了，搓出的丸子又大又粗，憨头憨脑像张飞；媳妇儿心灵手巧，搓出的丸子八面玲珑，又均匀又好看；小孙子淘气顽皮心不静，搓的丸子有的像双关尖的橄榄，有的像扁嘴的鸭头，有的像歪戴的济公帽……

搓丸子，不仅仅是搓冬至早的祭品美食，还搓出了市井乡村黎民百姓的和气亲情，搓出莆田子民对美好生活的憧憬。于是"搓"就比"吃"显得情趣盎然，韵味深长。瞧，灯花"噗、噗、噗"地闪动，老奶奶说是跳喜；乘兴捏了一对元宝、一尊手臼，象征钱粮丰裕。巧媳妇跟着就搓了一粒状元丸（底用金钱粿托的大丸子），寓意儿孙爱读书，家出状元郎。家庭富贵还要能守，老奶奶又捏了一只看家狗，竖着耳朵，翘着尾巴，威风凛凛地看门护院。

小孙儿一瞧乐了，嗷嗷叫着也要捏狗儿，然而七捏八捏，不是耷拉着耳朵，就是歪着腿儿，捏成了只"四不像"。还是老奶奶疼孙，接过来摸捏点按了几下子，就摆弄成一只活泼可爱的小哈巴狗，逗得小孙儿喜不自禁，欢呼雀跃。细心的人家，会把不小心掉到地上的丸子捡起来，加上薖团另搓一些"客鸟丸"，待冬至日清晨起早撒在屋顶，以吸引喜鹊来啄食报喜呢！

丸子搓好后，还要点上夜明灯，与板糖、姜母、"三春"等一起摆在厨房灶公爷前过夜。留待冬至早加姜糖煮成汤丸，供神祭祖后全家分食。那糯米元宝、手臼、状元、小狗等，则粘贴于大门上，稍晾干后让小孙儿取下烤着吃，以寓富贵传家，一代更比一代发达。

最有趣的是小孙子，一个晚上翻来覆去老是睡不着，总盼着天快亮好吃丸子。可偏偏冬至晚是全年最漫长的夜晚，因此莆仙一带有"爱吃丸子天末光"的谚语。

然而，真等到第二天早上煮好汤丸，那心大肚小的调皮蛋，又只扒拉几丸就吃腻了。

2000.12.25

千年荔香

又是盛夏季节，木兰溪畔泛起了一派迷人的红潮，如东天扯来的片片朝霞，似香山经霜的遍野红叶，像神话龙宫的红珊瑚林……

翻检厚重的史籍，莆田荔枝之脉源自四季如春的南方，于魏晋时代扎根于莆田沿海，逐渐沿着木兰溪的纵横河网繁衍流播，终于从富饶的南北洋平原以星火燎原之势包围城厢，使这座闽中小城以"烟火万家，荔枝十里"的胜景赢得"荔城"别名。莆田先贤陈俊卿，就曾以"共乐庭前花木深，登临当暑豁友襟；红垂荔子千家熟，翠拥篔筜十亩阴"的诗作，描绘出一派"荔枝翠拥千户，佳果红垂万家"的壮丽景象。名列宋"四大家"的蔡襄，在其所著《荔枝谱》中所称"奇特"者，在莆田有陈紫以下十二品、虎皮以下二十品共三十二品。莆田荔枝于是香飘百代，名扬万里。

在对家乡遥远的回忆中，夏天的热情似乎是火红的荔枝点燃的。时令未到小暑，那向阳高枝上的荔果就已先抹上了胭脂。没过几天，就被太阳酒醉成了红玛瑙。随后，万千荔果好像追赶时尚般，成群结队地涨红了脸，如谈恋爱的姑娘羞答答地垂下了头；河畔溪边的甚至一串串垂得贴近了水面，好像偷偷照镜的待嫁女。照得原先碧绿的溪河流水春心萌动，绿里透红流丹溢彩。岸上荔树丛中蝉们的悠扬合唱，也含情脉脉地甜蜜起来！

这时，最得意的莫过于那些馋嘴的小淘气们了，在逍遥自在的暑假里，壶公山下的每一片荔园，都成了他们的伊甸园。他们三两一伙，手持顶缠橡胶泥的小竹竿，以粘蝉为由在荔枝园里游来荡去，趁守荔人不注意，便猴子般蹿上树去，手忙嘴乱地来一通"荔枝小餐"。而他们最绝的把戏还是"游河偷荔"，一个个脱得光溜溜像泥鳅，成群结队地往佳果低垂的水下钻，冷不丁跃出水面抓几颗荔枝，又"扑通"一声潜入水底逃遁而去。"扑通"出一个活蹦乱跳的童年，叫岸上守荔人又笑又骂地吹胡子瞪眼睛。

采荔时节要算荔乡的盛大节日，乡野村庄的种荔人家倾巢而出，男人们抬着竹梯背着竹篓，兴奋地爬上亭亭如盖的荔树，女人们在树下扶竹梯分检荔果，把艳红的果实和甜蜜的笑声一筐筐装满。孩子们则如闻到腥味的小猫咪，流着口水游荡在树下捡落果。最有趣的要算在溪河上荡舟采果，波光潋滟中荔果轻摇，船儿轻摇，歌儿轻摇，心儿也轻摇，摇出了满船别致的荔乡情韵。难怪，莆田历代骚人雅士的咏荔佳作连篇累牍。以诗人的慧眼灵心观照，那游荡在清丽木兰溪的采荔舟，绝不亚于烟雨西湖的采莲船，她们从唐诗里晃荡而来，又往宋词中漂摇而去……

溯时光之河摇向古老的历史，人们不难发现，荔乡的荔枝树不但结下了神奇传说，也长出了文采风流。后梁开平元年（907）状元徐寅的"朱弹星丸粲日光，绿琼枝散小香囊"，名登宋"四大家"蔡襄的"霞树珠林暑后新，直疑天意别留春"，现代骚人郭沫若的"荔城无处不荔枝，金履平畴碧覆堤"等佳句，赋予这种嘉果丰厚的文化意蕴。

郭风老师《荔枝》文中叙及：古人周亮工《荔事拾遗》中曾记：余乡黄十华先生，讳起雏，尝过枫亭，其友人贻以鲜荔枝满千，中有一匣，独贮白者十数枚。先生开匣睇视，香竟室中；问以何名，则曰："此品因不常有，未得名也。至有，则常以六月十五月圆时方熟，乡人或疑为明月之胎。"先生莞尔而笑曰："是即名也。"由此遥想，香竟室中的"明月之胎"，当为莆田荔枝失传之奇种也！

至今仍为乡人夸耀的，是高寿1300多岁的"宋家香"，其果核腰部有称为"玉带围"的微凹痕，相传黄巢义军入闽兵过莆田，有个伙夫要砍其为薪，树主王媪抱树痛哭，说一家子全赖此树维持生计。此情感动了黄巢，当即下令禁伐。蔡襄在其《荔枝谱》中云："宋公荔枝……世传其树已三百岁，旧属王氏。黄巢过莆，士兵欲砍为薪。王氏媪抱树号泣，愿与树偕死。巢怜之，遂不伐。"该树叶缘离尖端三分之一的部位有微凹缺刻，果核腰部也有一微凹痕，古称"玉带围"，传说就是当时伙夫留下的斧迹。

"宋家香"既植于蔡襄撰谱之前300年，据推断，应是与杨贵妃同时的"唐荔"，可算莆阳荔枝的老祖婆。后世诗人朱季和，也曾在七言古歌中咏诵："蔡公谱，张老图，宋香品第世绝殊；

荔香 玉平 摄

亭亭佳植荣且敷，巢兵斧砍欲纠厨，王媪抱树死与俱，尤物幸尔留根株……"朱季和还称道"宋家香"是红若珊瑚，肉白如雪肤，香浓似金麝。

而下横山下的荔枝王"状元红"，原种苗出自宋熙宁九年（1076）状元徐铎的老家延寿村。因徐把其传给亲家——同科武状元薛奕家种植而得名。这个荔枝名品，竟流传着当年莆田"一科两状元"的佳话，并被抗倭名将戚继光誉为"果中之王"，还赋诗云："累累荔子状元红，占断君谟谱法工；百果相逢皆北面，八闽回首许谁同？"

荔城的荔枝名种还有陈紫、大紫、周家红、宋公荔枝等，其中尤以果皮紫红，肉丰汁多的陈紫为佳。20世纪初，美籍传教士蒲鲁士携陈紫荔苗越过太平洋，移植美国佛罗里达州试种成功，被誉为"果中皇后"，于是莆田荔枝飘香北美洲诸国，成为中外文化交流的活标本。

千年荔香，荔香千年，熏染出了一个情趣盎然、文采风流的莆田！

2013.7.15

家乡元宵游龙灯

　　"遥远的东方有一条龙，她的名字就叫中国；遥远的东方有一群人，他们都是龙的传人。"每逢听到这支红遍两岸的歌，我脑海中就情不自禁地涌现出一条条灯龙，它们在家乡的春夜中盘旋游行，游向黑沉沉的山岭溪谷，游向雾蒙蒙的田原野地，游向月色迷离的海边沙滩，游得人们心潮澎湃，血脉贲张，这便是莆田家乡元宵游龙灯。她从外公古老的故事中出发，热闹闹地游进了元宵佳节。

　　元宵游龙灯，源自远古人类对火的崇拜。据老辈人说，从汉代出现上元佳节起，中原一带就开始点花灯闹元宵。闽中家乡莆田风习承接中原，又在漫长的历史中不断演化发展，元宵游龙灯从哪朝哪代肇始虽不可考，但"上元祈福"的本意愈加鲜明，不同的是把对生活的默默祈祷化为热切的追求，农家渔户争相参与。约定俗成的运作方法是逢元宵佳节，村户每家出一木条制作的灯板，每条灯板固定十盏灯，灯板两头各开圆洞，用灯托互相勾连，由壮实后生担托，百十架灯板就连成了壮观的灯龙。

　　家乡的元宵节，从农历正月初三江东浦口宫搭桔塔开始筹备，初六揭幕，直至正月底举行"尾夜元宵"结束，堪称全国最长的元宵节，且有浓郁的地域特色，每天都有不同村社宫庙、不同姓氏闹元宵，可说是莆田乡村一年一度的"威尼斯狂欢节"。逢上元宵日，村民们就要抬着妈祖或各宫社神像绕境巡游，耍龙舞狮奏车鼓，摆设香案化贡银，燃放烟花祈丰年，还有跳火、踩火、打铁球、上刀梯、摆棕轿、燃烛山、祭海神、展斋菜等。不少村社还要挂灯插旗演社戏，除了各村社轮值的福首，许多村民们也呼亲唤友宴宾客，父老乡亲闹得不亦乐乎。

　　高潮当属元宵夜，暮色降临，酒足饭饱的村人就汇聚到社庙前的老榕树下，开始点灯合龙，乡埕上明晃晃的，灯排笑声挤成一团。只见一位老者手举喇叭吼声"起龙",威风凛凛的龙头就昂然而起,壮实的后生子手托肩扛,引领龙灯队游进村街,一路锣鼓唢呐音乐戏曲齐鸣,所经人家的门前纷纷点燃一堆堆柴草火,燃放炮仗焰花迎接,腾腾火焰与闹闹炮声寓示着新岁的日子越过越红火。

龙灯绕境中,沿途断断续续有迟到的乡亲扛着灯排加入,灯龙也随着一节节延长,数百户的村子就可组成上千米的龙灯队。东海、灵川、黄石、华亭等乡镇游龙灯最盛,三里五村不同姓氏的灯龙汇合起来,竟有五六千米之长呢!龙灯所过之处,一路火树银花,鞭炮惊天动地,焰花冲天怒放,一游就要好几个小时。

灯龙灿然,搅动村野节日的波澜,也搅起元宵民俗活动的高潮,女子车鼓为其助威,十音八乐为其伴奏,南龙北狮为其起舞,焰火烟花为其燃放。枫亭、北高、涵江、黄石、西天尾等地的富裕之村,还要装扮灯阁彩架随行,每部彩车载数个清秀女孩,扮演"妈祖出巡""海神护航""木兰从军""嫦娥奔月""七仙女下凡"等民间故事,更有如长脚仙鹤般参差不齐的高跷队,装扮"八仙过海""女神伏妖""龟将虾兵""猪八戒背媳妇"等怪相,逗引回乡过节的归侨和村民们争相围观,笑声不断。

龙舞 阿谷 摄

元宵夜的村庄，不少人家是一排灯板，全家出动。父子轮流抬灯板，媳妇提着元宵糕和绿豆汤在旁边跟着，担当"后勤部长"。喜好热闹的小孩子也不甘落后，拉着母亲的衣襟紧紧相随，大点的则随龙灯队奔跑雀跃，大呼小叫。一条灯龙，往往催动一村老幼，吸引四乡看客。那合家欢与全村乐，那歌笑共携生息相依的人间至情，让人看了怦然心动。

据介绍，莆田元宵要持续到正月底才结束，舞龙的龙灯必须火化。民间风习，这是为了避免龙成精变为"孽龙"伤害百姓。由于龙是古代皇帝象征，一般宫庙级别低，无法履行"化龙"职责，必须由龙女下凡的妈祖担当此任。各乡镇元宵活动结束后，就会把"龙"集中起来，在正月最后一天妈祖元宵时"化龙"，让熊熊火焰，伴送飞龙归天。

别人观龙灯，爱观其近，让心身融入热闹的氛围，尽情拥抱乡野纯朴的欢乐。我观龙灯，却爱观其远，让神思飘越千年，体味其厚重的历史内涵。龙灯斗折蛇行，盘游于金字塔般的壶公山麓，我会想起天地洪荒中，人类为照亮自身点燃的第一堆火；想起彝寨的火把节，那荒山野原中热腾腾燃烧、活泼泼飞扬的生命力。龙灯曲曲弯弯，游进油菜花飘香的南北洋，我会想起蒲草萋迷中，一代接一代的先人胼手胝足前仆后继，垒石作堤围海成田，终于用汗水浇灌出这方富饶的家园。

龙灯迤逦而行，穿过童年的荔枝林，溯木兰溪而上，于是奇迹出现了，溪岸一条灯龙，水中也有一条灯龙，双龙脉动中，我会联想起那让人"心动过速"的端午赛龙舟，想起人头攒动香烟缭绕的妈祖庙，想起历史长河的激流险滩、华夏文明的薪火相传……

难忘家乡游龙灯，如璀璨的礼花一样怒放在岁月的枝头。她仪态万方地告诉世人，在东方文明古国，有片深情的土地，一群龙的传人；他们用智慧点亮的追求之灯，已穿越千年历史风云，游向明天的辉煌。

2001.3.1

岁月 郑云鹏 雕

埙 号

埙号，是历史的倾诉；埙号，是岁月的挽歌！

初会埙号，在贾平凹的《废都》里，在长安古城老墙边，浑朴、幽秘、哀婉、凄旷，宜怀古的悲情倾听，诱伤今的忧患沉迷。

河姆遗址，仰韶黄土，是埙号的生发地。埙随鸟哨起步，伴雅颂成长；终登王宫皇廷，成就乐府主将。

周秦故国，汉唐旧城，是埙号的白鹿原。埙吟大唐气魄，埙鼓秦汉雄风。埙号中自有美人如玉、剑气如霜；埙号中也有关河萧条，残月冷落。

古埙，深埋镐京遗址、秦兵俑坑，曾奏阳关西原、雁门老寨，激动边关鼙鼓惊鸿。老埙，深藏关中河曲、大漠荒原，却伴胡笳彩角、金戈铁马，搅起千里疆场狂沙。

埙号中自有黄陵祭舞、法门梵乐，埙号中也有西夏往事、雁塔旧梦。埙号深长，串联桥山古柏、青海湖神；埙号悠远，维系楼观旧台、乾陵奇碑……

深秋夜，古城边，西风起，忧思长，离人醉，宜听埙！

远山苍茫

　　春夏多雨，云村望去，小城西北的凤凰山和石室岩雨雾笼罩，一派苍茫。

　　这种春雨与青山的散漫表演，拉远了人与山的距离，也拉开了现实与想象的空间，于是思想便也苍茫起来，苍茫于春天的雨幕之外，苍茫于远山的雾霭之中。

　　这派苍茫，浮荡漫衍，很容易酝酿人类的缥缈思绪，使我想起遥远的山，遥远的人，遥远的风景，遥远的故事。

　　遥远的山，那是山西绵山，山体全由红砾岩构成，高峻挺拔，直标苍天，山路和步游道就架在悬崖上，被称作"天梯"。那年，是在春季登临，山花初绽，山雾尚浓，加以三晋大地多矿区，空气中微尘较多，于是这架擎天的土红色"屏风"，就隐隐约约地有一派朦胧感。又因绵山留下两千多年前"介子推归隐，晋文公烧山"的传说，从而成为"中国寒食清明文化"的悠远源头，这种朦胧感与历史感交叉叠合，就显得苍茫了。

　　遥远的山，也是京都之北的燕山山脉，受"不到长城非好汉"影响，我赴京曾数度前往八达岭瞻仰长城，攀行在如龙脊的城墙上，你会真切地感受到，把长城称作华夏脊梁是多么贴切！最难忘的一次在冬日，黄昏爬长城，伫立烽火台，阵阵朔风如剃刀刮脸。放眼望去，天地萧瑟，满目枯草与灰云，燕山群峰如涛，搅起无边苍黄，长城如龙腾挪，迷失在严酷的季节深处，不免让人更觉苍茫。

　　遥远的山，还是唐蕃古道上的日月山，高踞于青藏高原青海湖东侧，海拔标高近 5000 米，初唐文成公主和亲途中，曾在山腰驻驿，留下一段凄美的传说。那年初秋，我往青海湖途经时，气喘吁吁地上山探胜，登高极目，但见山坡经幡飘舞，天际白云涌动，天苍苍，野茫茫，低岭远山寂寥壮阔，顿觉高原更加旷大，苍穹更加深邃，人类置身这种天地展开的苍茫大写意中，渺小如蝼蚁沙尘……

唉，还是把思绪的风筝从远山拉回吧，降落于"云村小筑"天台，看云村的春天，看雨雾，看烟树，看家山自由演绎的这派苍茫，却仍然挑逗起对烟云岁月的回望，使我想起异乡岁月的山，生命中走过的山，心灵走过的山。

在风华正茂的年纪，我曾上山插队到闽西连城县，成为客家山乡的"再教育"对象，落魄宣和公社科里村。置身客水客山，权当客村"客"人，数年的出工劳作，走遍了周边崩山下、老屋背、牛背山、井龙坑、牛跪背、刘屋岭……那春天的雾夏天的雨秋天的云冬天的霜，蘸上不见前程的彷徨和无奈，不免化成一派茫然，苍茫了客家群山，苍茫了荒僻村落，也苍茫了那段特殊的岁月。

客家山村"作客"，我有几次走山的难忘经历。一次因盖大队部，前往8公里外的深山抬杉木，凌晨3点即披着星光出发，返回时，一根六七十斤的小梁木压得肩疼背酸头冒金星，于是，连山林中初升的旭日也觉得苍茫起来。

另有次与一山友往长汀县访亲，为节省1元多车票，沿着龙汀公路徒步12小时60公里，相继攀爬了松毛岭等十几座山。跋涉途中，横亘于面前的是一山又一山，苍茫得仿佛没有尽头，恨不得身生双翼，穿越苍茫。

还有一次是在罗坊水泥厂当临时工，假日回村探望老房东，为省路费，与几位知青翻山越岭抄柴道前往，迷了路在深山中打转，连松风、泉曲、鸟语也注入苍茫的意味，当时最大的心愿，就是走出苍茫。显然，苍茫的是环境，更是心境！

环境与心境，可以移动，也可以联通。看华夏漫漫青史，烟云迷蒙，群峰隐约，不乏贤人志士对"苍茫"的用心解读，陈子昂立幽州台，俯仰古今，有"念天地之悠悠，独怆然而涕下"的寂寞苍凉。崔颢登黄鹤楼，望断乡关，有"日暮乡关何处是，烟波江上使人愁"的迷茫愁绪。岳飞征战途中，夜踏荒丘望月，有

"三十功名尘与土，八千里路云和月"的悲郁苍雄……

纵览古今，思接千载，苍茫统之于远，迷之于思，归之于心。不管志士贤人，抑或文魁武圣，能深切品觉苍茫的，都有一颗敏感而又柔软的心。这颗心，因恋贴亲友，牵系家国，挑战平庸，崇仰宏业，而显得分外多情！

苍茫，也是一种朦胧的向往，大气的包容。在遥远的西北高原，藏族有一种神秘的转山传统，我钦佩藏地族群的坚贞信仰和坚韧不拔，他们直面苍茫的环境苍茫的人生，跋山涉水灵山行，一步一拜一匍匐，转山转水转经轮，坚信千万里的五体投地，可以拜来佛陀的微笑，无数圈的旋转轮回，可以转出幸福的来生，于是义无反顾地走向神山圣湖，走向大苍茫。

可以想见，远山苍茫，隐匿着无数沧桑的心，也隐藏着一派虔诚的真……深长思之，远山苍茫，也是一场天地宇宙的盛大演出，烟云惨淡里，天机灭没中，尽可含孕群星，吞吐日月。

遥忆远山的苍茫，品咂异乡的苍茫，回望历史的苍茫，仰视信仰的苍茫，可以拨动心弦，勾起灵魂的颤动。显然，地域的远山和心灵的远山大不一样，心灵的远山和灵魂的远山又不一样，苍茫亦如是！

地域的苍茫是造物的恩赐，鼓励人类去挑战去拥抱。心灵的苍茫是命运的考量，鞭策人类去感受去穿越。灵魂的苍茫则是上苍的开示，点拨人类去感应去奉祀。融入苍茫，既是眼界的扩张、思想的伸延，更是精神的包容、灵魂的契会。

山河暮霭里，云村烟树中，隔一帘春雨读山，我读懂了苍茫的远山，也读懂了远山的苍茫，读出了一派莽莽苍苍的灵魂高原风情。

2016.4.13

黄陵寻根

怀着寻根的虔敬之情，我登上了陕北黄陵县桥山，拜谒称誉"天下第一陵"的黄帝陵。

自山腰停车场驻足四望，只见周围众山罗列，色调皆黄，唯桥山古柏森森，苍苍莽莽。一条带有围栏的石板神道，向上盘旋入柏林深处。沿神道拾级登上盘龙岗，但觉满山清荫，柏气沁人。过了题有"文武官员至此下马"的下马石，简朴的陵园即呈现于眼前。

黄帝被誉为中华民族的人文初祖，故而黄帝陵当之无愧被列为全国首批重点文物保护单位古墓葬第一号。古文献载，黄帝姓公孙，名轩辕，号有熊。新石器时代，他率领强大的部落南征北战，逐鹿中原，天下方得以大定。黄帝的更大功绩在于教民耕田播谷，植桑养蚕；始制舟车，以济不通；发明文字，首创典章；画野分州，缝衣造房；作甲子，造律吕，定历数，建医学……揭开了中华五千年文明史的帷幕。

就是这样一个对华夏民族形成与发展有着深远影响的祖先，其陵墓仅为一个高一层楼，直径10多米的土丘。丘上乱草丛生，杂树横长，使我这个后辈子孙颇为不满。我随其他谒陵者循例绕陵一周后，到祭亭旁购香烛进香。想不到5根小小的"万寿高香"索价10元，摊主占据这块风水宝地可谓"生财有道"，不远千万里而来的谒陵者只好自愿挨宰。唉！还是点燃香烛吧，让袅袅青烟捎去对老祖宗的问候，恭恭敬敬地行了三跪九叩大礼，默默祷告"祖国繁荣昌盛，家庭和睦美满，个人事业顺达"。

继而细观眼前石碑，但见陵碑上由明嘉靖年间御史唐锜所写的"桥山龙驭"字形呆滞，俗不可耐。而祭亭石碑上由郭沫若题写的"黄帝陵"三字也是刻工粗糙，难如人意。据说此碑石以前相继刻过清代陕西巡抚毕沅谨所题的"古轩辕黄帝桥陵"及蒋介石所写的"黄帝陵"。三次刻碑，同用一石；其石何辜，其石何幸！不知陵中老祖宗地下有知，对这些翻来覆去你写我涂的后世子孙又将作何感想？倒是祭亭柱联有点气概，内联是"中华国脉承龙脉，黄帝英魂壮民魂"，外联为"奠华夏宏大业基始祖恩德泽万世，树炎黄浩然正气民族精神炳千秋"。

我在祭亭前肃立良久，一任思绪穿透历史的浓云厚雾，遥想五千年前的蒙昧暗夜里，我们的老祖宗正是在这片黄土地上点燃

文明曙光 牧云 摄

了中华文明的曙光，那艰难的求索，不屈的抗争，顽强的奔突，激越的呐喊，终于凝成了这座黄陵。从此，这里就成了中华民族的精神原点，炎黄子孙的感情纽带。中华英风、民族正气由此生发，薪火相传，播撒四方……面对这人类历史的伟大遗痕、华夏黎明的不朽丰碑，多少历史的沧桑、时代的忧患、未来的憧憬拥塞心胸！

祭亭旁古柏下有口祭祀大钟，此钟铸于丙子年（1996）清明

前夕。钟高 1.95 米取黄帝九五至尊之意，上围内径 0.96 米象征 960 万平方公里疆土，中围内径 1.10 米表示黄帝 110 岁仙逝，下围内径 1.2 米表示 12 亿炎黄子孙，重量 5000 斤象征着华夏五千年文明史，八个钟裙则有迎来八方游子之意。不少谒陵者轮流撞钟，撞一下乖乖交钱一元，收款者甜蜜蜜地引诱："撞一下想一个心愿，钟响事成。"于是钟声大作，大家撞得更起劲了，撞得人心热手痒。我不能免俗，尽心尽力撞了一下，让沉雄浑厚的钟声播向林表云天，心中说道："老祖宗，你 200 多世的一个子孙看您来了。"也不知睡在陵中的轩辕黄帝是否听到？只觉得自己了却了一桩寻根祭祖的心愿。

黄帝陵园园门左侧，有著名的"汉武仙台"。《史记·孝武本纪》载，公元前 110 年冬，汉武帝统兵 10 多万巡视朔方，回返长安时途经桥山，令将士停止行军，高筑祈仙台祭黄帝陵。其时三军整列，旌旗招展，鼓乐齐鸣，蔚为壮观。时光流逝千年，仙台仍然屹立，成为人们发思古幽情的胜迹。明代方外道人张三丰云游登临此台，曾留诗云："披云屦水谒桥陵，翠柏烟含玉露轻。衮冕霞飞天地老，文章星焕海山青。巍巍凤阙迎仙岛，渺渺龙车驻帝城。寂寞琼台遗汉武，一轮皓月今古明。"

健步登台，但见圆台径达 2 丈，围栏皆用青石砌就，每块栏石皆雕"沧海日出"图。围栏外柏枝柏叶挨挨挤挤密密匝匝，形成一圈绿色屏风，抬头仰望，唯见绿围翠绕的圆形苍天。静处高台，在清幽的柏香中听雀语莺歌，观云影月色，确有遗世独立飘然欲仙之感。

离开黄陵已是下午，天空中烟云涌动日月明灭，显得蓬勃大气而又多姿多彩。在桥山之岭展望黄土高原的苍烟残照，一种历史的感悟油然而生。我特在岭前广场买了一对驼铃，在阵阵铃声中想到："从远古时代高举文明火把走过来的中华民族，一定会跨越前进路上的坎坷险阻，走向辉煌壮丽的未来。"

1997.9.13

走进黄土高原

　　桑塔纳如脱弦之箭，从宁夏北部贺兰山向南部六盘山射去，车窗外是壮阔的荒原野川，举目四顾，但见天青云白田绿坡黄，好一派旷阔的黄土高原风光。

　　驰骋黄土高原，是我远年的梦想，梦中高原上奔涌着中华民族雄浑的母亲河，飞扬着西北汉子沙哑的大风歌。如今，以140码的速度驶出梦想驶进现实，却深切感到黄土高原的沉寂与寥廓。白杨树挺着腰杆插进了蓝天，甜菜畦流溢绿意铺展在高坡，油菜田绽放金灿灿的阳光。今夏塞上干旱，600里银川时见干涸的河床，连长达上千米的中宁黄河大桥下，滔滔天上来的黄河水也瘦成了几条蜿蜒的小溪流。

　　可我仍感到这片黄土地的慷慨与神奇。瞧，姹紫嫣红的奇页花，在公路两旁摆成了数十公里长的花廊。圆脸的葵花在离地1米高的枝杆上怒放，面向太阳露出金属般的笑容。而土豆、枸杞、大豆、甜菜等高原植物经过阳光和水份的滋补，仍在毫不吝啬地为人类生产淀粉、药材、糖油。黄土地了不起，她孕育了中华民族的先祖，繁衍着炎黄子孙，她领受历代帝王的祭奠当之无愧。

　　正如经受青山绿水的滋润，江南人显得灵秀聪慧一样，长期生活于黄土高原的怀抱，西北人也被黄土地熏陶得淳厚朴实。他们祖祖辈辈背负青天面朝黄土，过着坚韧而艰辛的生活。我们飞车掠过的是贯穿宁夏南北部的交通主干道，可沿途有人烟的地方却大异于福厦公路（324国道）旁的列队高楼与成行店铺。许多路旁的房子又小又矮，平屋顶上抹着草泥，屋门开得又低又窄，商业气氛十分淡薄。中宁县是全国最著名的枸杞产地，三岔路旁有十几位农妇各拥几袋枸杞坐于路旁，又红又大的上佳货品每斤才20元。她们既不叫卖也不压价更不抢客，买卖中细声和气，称头又足，颇有"桃源"古风。

　　在南部丘陵地带，不时可见到骑着毛驴头戴白帽的回民，还有赶着一群群弯角绵羊散漫于坡野的牧童。他们神态悠闲从容不迫，眉宇间流露出生活的自满与人生的自在，犹若一幅远古风俗画。与之不同的是扑面而来的收割机队，它们三三两两行进在车辆稀少的固银公路上，行进成一道流动的风景线。据司机王师傅介绍，这些都是来自中原的"麦客"，每年四五月麦收开始，他们就要从淮南、郑州一带启程北行，追赶季节为沿途农家收割麦子，一路风尘地收割到七八月，一直收割进内蒙古草原，割遍了大半个北国，中原和高原农民生活心态和生活方式的差异，由此可见一斑。

更深地进入黄土高原，让飞驶的车辆旋转飞驶的思想，我渐渐地发现，这片黄土地虽然寂寞，但寂寞得热烈。虽然单纯，但单纯得深沉。千万年的岁月凝固成千万年的历史，千万年的世事酝酿其千万年的情思。在同心县境路旁，有一片远年人类的生活遗址，被废弃的村落断垣残壁，满目疮痍，曾经生活在其中的人呢？该不是为了抵御外侮，倚天拔刀奋力杀敌，让自己的热血渗透这片黄土；还是为了战胜生存的窘迫，像高原流云般飘向远方，去寻找新的家园！我黯然巡视遗址，心中隐约觉得，在这片荒凉中，似乎仍然游荡着黄土地的魂魄。

黄土地的魂魄也飘进我们的轿车，王师傅轻轻捺动一个旋钮，于是车厢里便荡漾开一个女歌手深沉的吟唱："穿越城市的声浪，摧开冷漠的心墙，期待着能像风一样……一路为你送上冬日暖阳，抚平你心中的点点忧伤：一路为你擦亮满天星光，如果你在黑夜迷失方向……"奇怪的是，这首陈明演唱的《为你》，在锦绣江南听起来，仅觉别致好听而已，可在这高原阔野听来，竟听出了一种浓得化不开的西北韵味，粗犷、苍凉、雄浑、旷远，那沉郁歌喉中所喷发出的激情无与伦比，如烈酒一直渗透心底，全然不输于黄土高坡上敲击的威风锣鼓。南国"杨柳调"变成西北"大风歌"，是心情使然，还是环境使然，我无暇探究。只觉得在歌声中像风一样飞车壮行，心中蓦然升腾起一种"天当帐篷地作席"的大气，禁不住要仰天长啸，壮怀激烈地把自己化成"天苍苍，野茫茫"的一派高原。

走进黄土高原，走进苍凉的风景和古老的梦想，走进坚韧的意志和博大的胸襟，我仿佛迫近了华夏民族精神之根，正是这种深深扎进黄土地的古老之根，托起了一个枝繁叶茂的民族。

1997.8.25

富士风烟

世遗富士山，矗立于本州岛中南部，被日本人奉为圣岳。在寒冷的冬季，由于道路铺霜堆雪，没有孙猴子的能耐，绝大多数行者只能山前却步，望山兴叹！

箱根平和公园那棵歪脖子树前的观景台，是眺望富士山的佳地，我深冬到这里时，老天爷阴沉着脸，近岭远山全盖上厚重的云被套，不见富士真面目。在山脚的忍野八海景区，阴云初散，天公仍然不作美，给富士戴上过冬的棉帽儿。第二天我们赶到富士山门时，果然碰上了封山，通山柏油路面已冻成冰玻璃，只好怏怏掉头！

唉，时光如海潮般退去，岁月的滩涂沙砾杂陈，富士山是海水与地火的孪生子！自公元 8 世纪以来已喷发火山 18 次，渐次在山顶形成一个较大的火山湖。由于喷发时烈焰冲天熔岩漫流，冷却后成圈状堆积，形成了火山锥。富士山海拔 3776 米，是日本最高峰。它屹立于太平洋边，周围诸山低矮，相对凸显了它的高大。而我国喜马拉雅山虽是世界第一高峰，但山基台地海拔就有五六千米，周围又是高峰环绕，看来就没那么突出了。

当然，到日本没爬富士山是一大遗憾！归国前一天，我们又绕道去碰运气。遥遥望去，富士山终于阴云消散，露出金字塔般的山峰。远观山形，山麓两侧斜坡对称，犹如优美的裙摆，由火山岩构成的山体呈青灰色，山坡褶皱里藏着许多沧桑往事，雪线上则是苍然白头。富士山又被日本人称为"不二山"，独一方能不二，故而此山自古就是文艺家们讴歌的对象。

也许是老天被我们感动了吧，这天运气较佳，我们的大巴顺利闯过山门，全车人都激动地鼓起掌来。

盘山而上，两侧是密密麻麻的黛色森林，这就是伊豆国立公园的青木原树海。按日本习惯，富士由山脚至山顶分为十合目，在二合目的大片树海里，是闻名于世的"自杀森林"，可说是日本这个自杀大国的标签！有人分析中日民族的心理差异，认为中国人喜欢"回首过去，展望未来"，日本人是"只看今天，活在当下"，犹如富士山下的樱花，盛开时铺天盖地绚烂多姿，没几天便枯萎零落委于泥尘。

显然，这与日本列岛火山、台风、海啸的频繁光顾有关，也与大和民族的文化性格牵连。日本武士道尊崇荣誉，重生轻死，追求刹那芳华，愿像樱花般骄傲地活着，觉得过不下去或没意思了，毅然选择死亡。日本作家松本清张创作的《萧瑟树海》里，主角都选择青木原了结生命，一根绳子、一瓶烈酒、一个冬夜，就把人生交付苍莽的森林与野兽！许多人竟把青木原树海称为"自杀者的天堂"。唉，这个奇葩的民族，连自杀都要描绘得那么浪漫！

往车厢外望去，黑压压的森林神秘莫测，好像游荡着许多孤魂野鬼，令人心惊胆战！据说树海非常邪门，进入后指南针失灵，GPS 也难以准确定位。日本战国时期，战败一方的十几万将士退守树海，没有一个活着出来。19 世纪严重饥荒时，很多穷苦人家在此弃婴弃老，数量竟达数十万之众。由之，这片魔林成了日本坊间传扬的灵异地，隐藏着许多伤感的、凄凉的、决绝的故事，永不为人所知！

大巴盘旋上行，林木渐见稀疏，青灰的山岩裸露，路侧霜渣冰块越来越多，富士雪峰从不同角度露出峥嵘。在日本吓夷族语言中，"富士"的意思是"火之山"，而在汉族语境中，"富士"所指则是"富豪之士"，这不禁使人想起与中国有关的日本首富孙正义。百度说明：孙正义祖先出自中国福建莆田，南朝刘宋时，移居高丽王朝大邱，至其祖父孙钟庆，又由朝鲜半岛移居日本九州。孙正义也直言不讳："我的先人是中国人……我的姓是个中国姓氏，出自春秋时代著名兵法家孙武一族，如果没有《孙子兵法》就没有我孙正义！"

　　也许是善于运用《孙子兵法》谋略制胜的智慧，也许是继承了莆田人勇闯天下行谋思变的历史基因，孙正义 1981 年创建软银集团后，先后帮助雅虎、UT 斯达康、新浪、网易、阿里巴巴、分众传媒、盛大网络等赢得巨大成功，又创办了网络情报大学院和软银金融大学院，拼搏 33 年打造出个信息技术帝国。这个孙子 N 代的孙子，被美国《商业周刊》杂志称为电子时代大帝，成了日本经济界名符其实的"富士"。

　　傍晚时分，我们的大巴抵达五丁目，这里海拔 2305 米，是旅游车所能开到的最高点，建有停车场和休闲平台，平台旁还有餐厅、邮局和多个旅游品小店。下车时，气温一下子降了十来度，顿觉山风刮脸，刺肤生疼，一如张狂的武士疯舞倭刀，搅动满山阴寒杀气。抬头仰望，富士雪峰仿佛就在眼前，苍白、荒凉、寂寞、

　　风烟　牧云　摄

孤独的感觉一下子塞满脑海，连心儿都有点冰冷起来，丁点也没有"火之山"的味道。一问，距上次喷发已有三百多年，可谓山上白云苍狗，山下沧海桑田！

据说，富士山最美的季节是樱花季，其时恰逢人间四月天，次第绽放的樱花先是在山脚缠绕，继而如涨潮般渐次包围了富士山；自山上俯望，一派嫩绛绯红，如云如雾；驱前近观，满眼粉妆玉琢，如幻如妖。樱花是日本国花，逢上樱花季，许多日本人都会来到富士山下，喝酒赏樱，弹唱和歌，放飞浪漫的心情，尽情享受造物主的恩赐。商店酒家里，还推出樱花饭团、樱花果子、樱花咖啡……那时，整个富士山都沉浸在樱花海里，做着旖旎的梦。

然而一如流星般，越是灿烂的生命越是短暂，奢侈的怒放必然导致迅速的殒落。"樱花与武士"是日本的象征。樱花开到荼蘼，武士做到舔血，就成了"火之山"的余烬，给人一种荒诞的梦幻感。伫立富士山，我突然真切地感受到，这个岛国民族，是东方禅道与西方血腥交配的混血儿，是封建奴性与畸形英雄主义互融的四不像，他们既有花朵一样温和的性格，又有火山般粗暴的灵魂；他们既强调自我修炼，又有狂热的精神信仰；他们既创造了令人瞩目的经济奇迹，又频繁地向外输出残酷的战争……从某种意义上说，云树风花富士山，就是这个民族矛盾性格的象征。

在日本，能见到富士山的地方叫作"富士见"。反而，我却在富士山见识了日本的云树风花。风花见性，云树留白，富士山作证！

黄昏下山时，山风更加凛冽，眺望远方，本洲岛群山清冷，太平洋山岛丛峙，落日的余晖映照流云，绚丽如血，流向天边，终归苍茫……

2015.1.10

西山之村

外婆住在城郊西山，因山村陡峭交通欠佳，我们前往探望的次数就缩水了。好在她住山腰高处，我们住城边低地，从家中院落就可见到那个村庄，想着她时可在家院眺望，以慰怀思。

早前，外婆并不住那村，而是蜗居于荔城北河边，由于外公早逝，她和母亲寡母孤儿被族人欺负，只好租住到果园深幽的后塘巷。年轻时，外婆当挑夫出卖苦力谋生，走过千万里坎坷的汗泪之路。有一次，她把半夜鸡啼误作凌晨，挑着货品北上侯官，赶到澳柄岭时，月牙从阴云中钻出，才惊觉时辰不对。其时那带野岭闹老虎，她只好躲在山神庙里冻了半宿，挨到黎明才又上路……

我出生后，外婆就搬到城里小巷，心甘情愿当起保姆，含辛茹苦拉扯着我长大。上山下乡时我迁徙远方，在闽西连城山乡呆了十余年；改革开放初招工回老家，又在沿海呆了数年，与她聚少离多。她总是省吃俭用鸿雁传情，把对外孙的爱，化成艰难时世的一件件食品包裹。想不到我调回城后，她没过几天舒心日子，就不听劝阻，执意搬进西山那个村庄，硬要图个清静，拦都拦不住。

那个村，说是山村，却更像个住宅小区，系 20 世纪 80 年代由所在村委会开发。为节省用地，村里所盖住宅挨挨挤挤沿山坡铺排，罗列得倒是整齐有序，绿化也没得挑剔，房前屋后多植长

山舞 牧云 摄

青之树。村前设有漂亮坊门；村里除普通住宅外，还在中心地带建有高大上的别墅群。外婆迁入时，首期开发的普通住宅尚较便宜，这些年随着百姓生活水平提高，续建的住宅就像城里的楼盘，水涨船高越来越贵，特别是那些漂亮别墅，许多暴发户排队抢购还抢不到哩！

西山之村，与山下鸡鸣狗吠炊烟四起的村庄不同，其独特处，在于幽静安谧，适宜修身养性颐养天年。村子斜对天马山景乐庵，可遥听木鱼和铜磬的伴奏。周边都是坡野，逢着春夏，山花竞放绿意葱茏，时见蜜蜂哼曲蝴蝶漫舞，还有春深的子规啼、秋肥的野兔踪，颇有别致野趣。然而一到秋冬，由于东北向缘故，村子就显得萧瑟了：西风吹舞枯叶荒草，白日里房前路边空空荡荡，寒夜里一众居家早早入睡，只剩风声、树影、冷月、枭号。还好村部和村道亮着昏黄的灯，暧昧地照出一派凄清。

由于居民多是老辈人，行动诸多不便，平日里，这座村庄罕见人影。然而到了春秋佳节，整个村庄就热闹非凡。在城工作的和远游谋生的晚辈一拨拨跟赶场似的，纷纷前来尊老探亲，带来美酒佳肴、奇花异卉、新衣裳新鞋帽，还有敬老孝亲的红包、金饰、美钞、欧元，一沓沓一堆堆的，令人眼花缭乱。有些见识新潮的后辈，甚至为老人们带来手机、电脑、轿车，聘来年轻漂亮的小姐当保姆，也不管会不会诱发长辈的"移情别恋""三角纠纷"……

于是，逢着俗定探亲日，从山下到村口，相思树夹道的村路就变成一条流动的风景线，而且经常堵车，把交警们忙得指手画脚焦头烂额。村头坊门前，也成了热闹的生意场。村里村外门前屋后，红男绿女熙熙攘攘，久违的亲戚和熟人碰见了，或握手拥抱或泪花盈眶或交头接耳或大声寒暄，比美国竞选总统还热闹。循古例，各家还要大摆"宴席"，为"门牌"描红，燃放鞭炮烟花，点起一堆堆篝火，以欢快跳舞的火焰，安抚、逗乐定居于此的前辈，浪漫地传递儿孙情，热情地宣示人间爱。

然而，繁华极尽是凄凉，一俟节日宴罢散场人去，村里就只剩下满地灰烬和五花八门的垃圾，留待清洁工打扫。随之，村庄又恢复了清冷模样，就像收藏人间秘密的仓库；家家又是冷锅冷灶，成为封存生活档案的保险柜。没有月亮的晚上，说不定，狐仙魔怪还会前来作祟呢！

呵呵，人类总是好奇的，也许是适于担纲《聊斋志异》的外景地，或许是便于演绎《天方夜谭》的故事场，这个避静之村却引发越来越多人的喜爱。他们在生存竞技场争斗得太困乏了，厌烦了欲望的压迫，厌倦了红尘的骚扰，于是接二连三不断搬来。村庄也不断拓展，房子沿坡延伸，随之一层层罗列而上，爬上了山头顶着了天。终于，西山之村变成了西天之村，牵扯无穷无尽的乡愁！

咫尺，天涯。默然，相思。变幻，轮回。寂静，欢喜。如果你也有兴趣迁居，打探这个村庄在哪儿，我可以坦白地告诉你：

那里，是莆田西郊凤凰山；

那座村，名叫东风陵园。

2017.12.22

北方的城

早春二月，当岭南报春花次第绽放之际，俄罗斯仍是万里披雪天寒地冻，从花城白云机场飞到雪城莫斯科，又转乘火车抵达冰城圣彼得堡，温度从 28 度一下子降到零下 16 度，仿佛从夏天飞回冬天。

北方国度俄罗斯横贯欧亚大陆，1700 多万平方公里的广袤国土只有 1.4 亿人口，人均生存空间是我国 17 倍，光是木材储量就足够全体国民躺着吃上 300 年。也许是资源丰富物价便宜，就学教育医疗住房等国民福利较佳吧，俄罗斯人的生活如马拉雪橇般舒缓悠闲，办事节奏相应慢了三拍。

圣彼得堡在莫斯科西北 650 公里芬兰湾畔，面积约 1400 平方公里，人口 500 多万，既是展示俄罗斯历史的窗口，也是俄罗斯民族精神的象征。当你乘车经过涅瓦河上的桥梁，沿河边街道缓缓穿行，当你驶过车水马龙的涅瓦大街，在十二月党人广场上流连，可见两三百年前的古典建筑、教堂、园林、雕塑、纪念碑，它们与水域、天空和谐交融，整座城市犹如一阕宏大的交响乐。使人击节赞叹的是市区竟找不到一幢现代建筑，全然不似我们的城市改造得蒸蒸日上满是水泥丛林。难怪有人说，仅凭这点，圣彼得堡就足够称雄于世界古典城市之林。

这是一座散发着英雄血统和贵族气质的城市，留下了冬宫、夏宫、皇村等著名景观。俄罗斯诗歌的太阳普希金曾以《青铜骑士》为题歌颂圣彼得堡："大自然在这里设好了窗口，我们打开它便通向欧洲；就在海边我们要站稳脚步，各国的帆船将要来汇集……一百年过去了年轻的城，成了北国的明珠和奇迹……我爱你战神的操场，青年军人英武的演习……"如今，这尊青铜战神仍傲立在参议院广场上，面朝大河眺望远方，诠释着古城的英武气概。

作为俄罗斯的北方首都，圣彼得堡留存着战斗民族的辉煌历史。1703 年，彼得一世从瑞典人手上夺得这片土地，首先在涅瓦河三角洲兔子岛上筑起彼得保罗要塞，创建波罗的海舰队，从而打通波罗的海出海口，揭开内陆国家迈向海洋强国的序幕。要塞中，彼得保罗大教堂 122 米高的金顶闪闪发光，耸立起蓝色天国的神圣召唤；不远处摆放着三尊俯角堡垒炮，散发出穿越硝烟的凛凛杀气，崇高信仰与战斗意志和睦共处。

彼得堡门外，阳光映雪一派银白，一群鸽子在通往涅瓦河的桥栏上盘旋跳跃，远处可见数十位裸身男女依傍褚红堡墙，在零下 10 多度的寒风中享受日光浴。放眼望去，宽阔的涅瓦河变成一片雪野冰原。过桥下河，近处传来一串串笑声，原来是三个母子在嬉戏。只见年轻母亲把幼儿放在冰面上用力一推，洋娃娃就躺着滑出老远，高兴得手舞足蹈咯咯直笑。古时喋血堡垒与堡外飞鸽温情同框，人间最柔软的母子情与寒冷坚冰相映成趣，使人想起《战争与和平》，想起书中的名言："其实生命的真正意义在于能够自由地享受阳光、森林、山峦、草地、河流。"

战争与和平，令人想起这个民族的性格特质。俄罗斯人不同于英国人的绅士、美国人的自由、法国人的浪漫、中国人的坚忍，不管是在街边车上还是在公园展馆，他们大多挺着胸膛板着脸孔，像是要去参加庄严的宣誓，这大概与根深蒂固的尚武精神和英雄主义教育有关。该民族推崇两位大帝：开拓者彼得一世引进西方先进文化和技术，筑堡垒建舰队，使俄罗斯由内陆国家变成海洋国家，有力推进了俄国的近代化；而豪言"假如我能活到 200 岁，全欧洲都将匍匐在我脚下"的叶卡捷琳娜二世，则东征西战开疆拓土，通过改革使俄罗斯跻身世界列强。

沙场的铁骑征战的炮火培养出民族的铮然硬骨。二战中，圣彼得堡被围困长达 900 天，这座英雄城以 150 万人死亡的代价撕碎了德军重围。再看当代俄罗斯铁血总统普京，仍像双头鹰徽那么"彼得不可一世"，不仅杀熊打虎，亲驾歼击机赴车臣前线鼓舞士气，还一举把克里米亚收入囊中。冬宫博物馆里，有尊金狗展品脸孔近似普金，被称作"普金狗"；不管是善意的调侃还是恶意的比喻，都寄寓了俄罗斯人对这位狗一般忠诚的勇敢公仆的钦佩。

涅瓦河上，停泊着十月革命的象征阿芙乐尔号巡洋舰，也停泊着另一艘名为"夏季悲伤"的古帆船。"阿芙乐尔"意为"黎明"或"曙光"，由于众所周知的原因，"黎明的曙光"已然黯淡成"夏季悲伤"，而那艘驶向波罗的海的古帆船，却代表了三百年前俄罗斯民族驶向大洋的"曙光"。隔河相望的瓦西里古港口，耸立着两根称作海神柱的十层楼高古灯塔，基座上的四尊人物雕像，代表俄罗斯的涅瓦河、第聂伯河、伏尔加河、沃尔霍夫河四条大河，红色塔身上装饰有八艘敌方船首，象征着俄国舰队争霸海洋的骄傲。另一段河边码头上，还蹲立一对狮身人面像，那是埃及王赠给圣彼得堡的礼物。

俄罗斯是信奉东正教的民族，圣彼得堡的金顶、喀山、滴血、海军、尼古拉等上千座教堂钟声相闻，入堂祈祷的各界人士络绎不绝，一概表情虔诚地向主忏悔赎罪；教堂里庄严肃穆，弥漫着别致的琥珀香。诚如托尔斯泰所言："同心灵的高度相比，尘世的一切显得多么卑下。"不像中国有些寺庙热闹得像菜市场，许多人为了求财求官求这求那，抱着做买卖的心理烧香布施。

联合国公布的全球最受旅游者欢迎城市中，圣彼得堡名列第八。在这座北方之城，你不必去刻意寻找景点，因为城市本身就是一个大景点。不管街市楼房或皇室宫殿或教堂建筑，大都装饰洋红、淡蓝、橘黄、明绿、乳白等明快色彩，令人想起圣诞老人的礼物——童年的积木。随便一问，原来她是地球上位置最靠北的大城市，由于气候阴冷难得阳光，居民易患忧郁症，连彼得一世塑像和普希金诗歌都透露出淡淡的忧郁。为调剂心境，这里的人亲近大自然，喜爱彩色、甜食、宠物、旅游和户外运动，文化生活丰富多彩。难怪在纷飞大雪中，公园里也有遛狗的男女，原野上奔驶着滑雪者……

如今，这座北方之城的气场越来越强，据说，有3万华人在圣彼得堡经商、留学和从事旅游餐饮业，光中国导游就有500多人，中餐馆也有上百家，还有个卖中国货的市场；而跻身世界四大美院的列宾美术学院，更成了许多中国留学生的艺术殿堂。

在这个春天，在广袤的异国，在冰封雪冻的北方，有幸邂逅了一座城，她冻结了时光，惊艳了古典，凝聚了勇气，艺术了生活。她，就是圣彼得堡。

2018.2.8

绵山天都　牧云　摄

大美绵山

有一种操守，穿透岁月历久弥香！

有一种信仰，跨越千年薪火相传！

有一种精神，纵横时空包容天地！

难忘那座山，定格了那种操守那种信仰那种精神！那座山，就是大气磅礴的晋中绵山。她南依太岳山脉，毗邻平遥古城；承载着山光水色、历史胜迹、佛道神庙、华夏民俗，更以"中国寒食清明文化之乡"而闻名遐迩。

绵山又名绵上。《史记》载，春秋时，晋文公闻介子推入绵上山中，于是"环绵上山中而封之，以为介推田，号曰介山"。因而，绵上山又称介山，成为我国最早以人命名的名山。

造访绵山正值初春，其时三晋大地仍是寒气逼人，但山上的花儿却已忍不住透露出春讯了：山坡上、悬崖旁、峡谷边，时见一树树桃红李白，还点缀着片片山杜鹃。"绵上"添花，也为我们的旅程增添了些许妩媚。

然而，对见惯杏花春雨、小桥流水的南国游客来说，绵山予人的印象却是峭拔挺峻的。此山之美，在于她的峰峦高耸入云，红砾岩山体顶天立地，像极我家"听月山房"供奉的那方瘦长松皮石，镌刻着千万年风雨磨砺的印记！其主峰海拔2566米，犹若三峡激流削切成的千仞危崖。登山道在山崖边盘旋而上，许多路段半边就挂在悬崖上，可谓"铤而走险"。沿途错落有致地布设山门、游廊、亭台楼阁和佛道寺观，远远望去，有如一轴古雅的山水画。

最奇险的当是主峰绝壁的栈道，在苍鹰难以落脚的悬崖上凿山岩支斜梁而建，成为嵌在直立山体上的之字形"天梯"。"天梯"宽约两米，边沿牵铁链作护栏，攀爬时仍觉胆战心惊，咫尺之外就是万丈深渊，云涌鹰翔，让人不由得脚底发软。由此，更感佩开拓者的艰辛顽强，在几乎不可能的环境中，造就了如此勇夺天工的天衢。

登临绝顶，山风猎猎；雄视八方，古晋山川尽收眼底，胸襟为之豁然开阔。俯观，晋中平原沃野千里，村庄错落，烟绕雾罩，青黄明灭；盘山旅游道上的汽车如火柴盒般挪动。远望，太岳山脉群峰如涛；千山万象，全都拜服在神圣的绵山脚前。置身此境，才真正领略到了杜甫《望岳》诗中"荡胸生层云，决眦入归鸟。会当凌绝顶，一览众山小"的博大气魄和浩荡诗境。

壁立千仞，矗天而峙，拥抱大象，气吞万里，绵山的大美尽在其中。

山上游览，印象最深的当推我国最大的石窟寺——介公祠了。该祠依大石窟而建，正中供奉着三层楼高的介公造像，背景是碧波苍松，云蒸霞蔚。两侧是描述其生平传奇故事的彩塑。祠中花篮罗列，祠前旗幡翻舞，数十道彩练横跨山谷；八尊大型拜柱下，悬挂着"走进寒食清明文化之源"的彩色横幅。

典籍记载，介子推系春秋时期晋国大夫，追随晋公子重耳流亡十九年，曾割股以奉君。重耳当上晋文公时，诸臣邀功争禄，介子推耻与为伍，就背着母亲上绵山隐居。文公率众臣来寻不着，放火烧山逼其出仕；介子推母子守志不出，被焚于绵山大柳树下。晋文公怀念他，于是令在介子推的忌日——冬至后105天，举国禁烟火，只许吃冷食。

因了那种傲骨高风，清明风习由此而来；神州大地"四海同寒食，千秋为一人"，绵延至今。因了那种傲骨高风，介子推升格为神，成为以山、县、节、俗铭记的历史名人；山为介山，县为介休、节为清明、俗为寒食。可谓山以人名，节以人显。屈原在《九章》中就曾咏吟："介子忠而立枯兮，报大德之优游。思久故之亲身兮，因缟素而哭之。"

是真名士自风流，不论朝堂草野，不论高山水泽。绵山大美，不仅在于介子推功不言禄、唯诚唯信、志在政治清明的高尚操守，更在于怀亲尽孝的中华传统。

令人惊喜的是，山上竟然还有一座妈祖殿，使人想起故乡那婉约如眉的湄洲岛，想起天风海涛的闽海。是妈祖娘娘，在山高水长与海阔天空之间，搭起了一座信仰的彩桥。

海上女神妈祖娘娘何以在绵山也有一席之地呢？原来，山下介休县范家系明清皇商，拥有颇具规模的船帮。传说清乾隆三年

（1738）六月，范家掌门人范毓馪率商船队赴东洋，途中发生海啸，巨浪翻滚！危难之际，海中突然升起一座莲台，其上端坐一朱衣女子，口中念念有词，顿时风平浪息，化险为夷。人们突然醒悟：是妈祖娘娘救了船队，救了自己！为感神恩，范毓馪返乡后专程上绵山，修建妈祖殿，虔诚供奉妈祖娘娘。

降风伏浪，以济航拯溺为己任，泽民除疾，以护庇万民为天职，正是妈祖娘娘大善大爱的品格。尔后，妈祖在三晋屡显灵迹，驱灭蝗灾，化雨解旱，除疫救民，慈济众生。她不分时间，不论地域，跨越千年，德被万方。难怪在遥远的晋中，也有令人心仪的妈祖信仰，成为一道大美的心灵风景。

在绵山，使人心仪的还有隐在1700米高山密林深处的正果寺。该寺供奉有唐、宋、元间遗存下来的12尊包骨真身舍利像。这些得道高僧，生前历经红尘劫难，顿悟不二法门，普渡苍生，济世救民，修成正果，坐化为绵山的千古之谜。他们历史年代不同，个人形象迥异，身材高低参差，体形胖瘦有别，面容张弛有致，奇异的是历经烟云岁月，寺院几毁几修，泥坯几脱几补，但筋骨不断，身形不朽，灵气不散，可说修到金刚舍利不坏的境界。

真身舍利的形成系佛道修行中罕见的胎息坐化，成因神秘莫测。佛教认为，僧人修行到最高境界，圆寂后肉身不坏，称为全身舍利，又称肉身菩萨。地藏道场的九华山，因发现了7尊肉身菩萨而名声大噪，而绵山共发现了15尊包骨真身舍利像（另3尊供奉于云峰寺），数量为全国之最。

据载，空王佛田志超为汉人成佛第一人。唐贞观十四年(640)三月，唐太宗上绵山谢雨，志超辟谷成真。弟子银公和摩斯见师祖躯体中脉息微微，肤色如生，不腐不败，以泥护身，包塑金容日日供奉。至唐开元年间，银公和摩斯相继成真。弟子思本仿照祖师之法塑银空、摩斯包骨真身。

是啊，绵山有灵，导我过天梯会圣贤，登栈道拜高僧。从介子祠、妈祖殿、正果寺中，深切地感悟那种大忠大勇、大善大爱，大悲大悟，大雄大美……

绵山大美，美在她氤氲着超凡入圣的崇高精神。

2011.4.10

红尘尽处是仙境

——漫步英伦温德米尔湖

　　红尘之外，青山之中，有一片转世的风景，那就是地处爱尔兰海以东、英格兰西北部的温德米尔湖！

　　从伦敦北行，穿越英格兰绿色的平原和坡野，旅行大巴在距苏格兰地区不远的高丘低岭中盘旋，悠然盘出了个如格林童话般的袖珍小镇！这个名叫博尼斯的镇儿依山邻湖，小巧的墅舍错落有致；弯曲狭窄的街道如湖水洗过般洁净，呈弧度直抵温德米尔湖边，一派英式的玲珑和优雅。

　　从泊车处往湖畔走去，半里外是游艇泊场，天蓝色、乳白色的桅杆如一片小森林般。令人舒心畅意的主角还是水里岸边的天鹅、鸳鸯、野鸭等水禽水鸟，它们有的在湖中游弋，有的在岸边溜达，有的就在湖畔三三两两的游客面前、肩上、手中啄食……人鸟相偕，亲如一家，美地美景美情美意，备显温馨！

　　时在冬季，按常理，湖滨这些水鸟早该迁徙到温暖的南方去了。它们留连湖区，也许是舍不得这片水秀山清的美丽，也许是舍不得与人类亲密相处的无间相亲。瞧，又有两位金发碧眼的游客被鸟儿包围了，这对年轻情侣从包里掏出面包逗引鸟儿，于是长颈天鹅、矮脚野鸭、花衣鸳鸯围着他们转，白鸽子、灰鸽子、花鸽子绕着他们飞，有的干脆就停在他们脚前、臂上甚至头顶大块朵颐，"嘎嘎嘎"的鸟叫声、"咯咯咯"的人笑声互相应和，随着清澈的湖波荡漾。

　　踏上距码头不远的浮桥远望，眼前是一片瑶池般的仙境。只见天上薄薄的云层透出微弱的阳光，紫蓝的天色与青白的云彩倒映湖中，变幻不定，幻化出宝石蓝的光晕。两三排木桩就像仪仗队般露出湖面，伸延而去。湖中黛色的岛屿烟树，犹若宣纸上刚

化开的淡彩水墨。两队游弋的天鹅就像两行移动的"S"型拼音
字母，袅娜地游向湖心飘浮的两个红气球。湖对岸的远山在水天
一色的浅蓝中只剩下一抹淡淡的影子。如此超凡脱俗的湖山，只
能用令人心旷神怡来赞美了！

　　沿着湖边小道往僻静处去，但见坡野芳草如茵，彩林如画，
青山如梦，醉入心扉，一切都显得那么自然那么天然那么静然，
了无人工经营的痕迹。转过一片草坡，青山下草地上树林中，露
出了几座黑瓦白烟囱的欧式农舍，这大约就是温德米尔湖畔淡淡
的红尘了，却闻不着丝毫烟火味，只有田园牧歌般的诗情画意。
仔细瞧去，村舍旁草坡上，一群白绵羊在悠闲地吃草，就像朵朵
白云点缀在绿地毯上，配上山岚轻笼的青山林屋作背景，悠闲成
一幅欧式风景画。这幅画令人心旌摇曳，彻底迷失，迷失在这隐
藏的桃源中。真可谓"水墨丹青天作就，荣华富贵浑如雾"。

　　湖山如烟，浮世若梦。还是离开淡淡的红尘，追寻出世的仙
境吧！湖边漫步，但见云天低垂，淡雾如纱，把湖树笼罩得如梦
如幻。踩在松软的草地上，我不禁把脚步放得很轻很轻，唯恐惊
扰了一湖幽梦！转过一片林木，是一条狭长的湖湾，山更近水更
深，沉沉地凝成一片黛绿和深蓝。因地处峡湾，湖风不举，水波
不惊，三五条白色游艇静卧湖中，做着安恬的美梦。湖岸上几株
老树枝杈曲张，伸向水面，把一方湖面切割成七零八落的碎琉璃。
噢，一艘游船开过来了，犹如一块悄然移动的白剪刀，巧妙地切
进湖山的黛色基调，空蒙中带着一种深幽；于是，"船来湖更深"
的艺术效果出现了，与"鸟鸣山更幽"有着异曲同工之妙。此时
此境，最宜一张琴，一壶酒，一枝梅，一只鹤，聆听空谷绝响，
举杯沉醉千年，散发孤芳自赏，站成遗世独立。

　　游目骋怀，几抹青山如黛，一泓兰水似梦。有人评价，温德
米尔湖的艺术气质使人一见倾情！那么，这个湖的艺术气质到底
何在呢？还是让英国本土作家来诠释吧。

　　湖畔诗人华兹华斯曾经这样感叹："我不知道还有什么别的
地方，能在如此狭窄的范围内，在光影的幻化之中，展示出如此
壮观优美的景致！"于是，这片美丽的湖区，聚集了一群湖畔诗人，
开创了湖畔诗派。英国诗人济慈将该湖比作天堂："温德米尔湖

能让人忘掉生活中年龄与财富的区别。你很容易就会迷失在美景中，忘了时间，感觉是天上一日，地上十年。"因此，这里成了艺术家灵感的圣地，创作的乐园。儿童文学家波特女士，则隐居湖畔小村多年，打开面湖的心灵之窗，感受春花秋月夏风冬雪，终于被湖边小动物触发爱心和想象力，创作出脍炙人口的童话形象——彼得兔。在博尼斯小镇上，还设有一座彼得兔博物馆呢！

江湖山川，从来都是游侠骑士旅人行者之家；读万卷书，行万里路，更是华夏学子成才传统。然而，有的路可以用脚去量，有的路则适宜用心去走；走向晓风残月、苇影鸟迹、孤舟渔翁……我游历过许多湖：杭州西湖、无锡太湖、苏州金鸡湖、扬州瘦西湖、江西鄱阳湖、淳安千岛湖、兴义万峰湖、西宁青海湖……湖畔之路，曲曲弯弯，通向幽地，通向梦乡，通往书页，通往仙境。也许是季节或气候的加持吧，迷蒙似梦、淡雅如仙者，却非温德米尔湖莫属，她的最大特色便是任由天公随意铺排，自由演出云水歌谣，如清莲临风一派天真，既活在红尘尽处，当然是在仙境之中了。

自湖边回返，一路采撷湖山独行的寥落，遥想武侠中那些金盆洗手，淡出江湖的传说，心中寂然复泰然。隔湖远望，湖光山色中有一片低矮的度假村，林中露出了一座圆顶教堂，还有几栋白色古老建筑，那是温莎王朝时代遗落下来的湖滨酒店，也是欧洲久负盛名的旅游酒店，数百年湖风湖雨，洗却了多少进进出出的风云人物啊！而前方草坡上，却有自由自在的英国一家人：夫妇俩牵着女儿和一只狗狗在自由散步，享受属于他们的浪漫时光。自温德米尔湖跻身美国《国家地理》评出的"世界上不能不到的50个地方"后，自驾前来度假旅游的欧洲家庭更多了，他们叩访温德米尔湖，想是为了寻找静谧的心灵之乡吧！

时光翩跹，只能随缘逐浪；细水流年，牵扯地老天荒。或许，许许多年后，在一个春风沉醉的晚上，或许，老态龙钟时，在一个秋色斑驳的佳日，我仍会在遥远的东方家园，想起温德米尔湖，想起那个红尘尽处、湖山逍遥的仙境。

2014.2.28

崛起与湮没

—— 遥望西夏国

　　银川市西部贺兰山东麓，在方圆 50 平方公里的戈壁荒原上，散布着几百座奇异的黄土包。这些黄土包高低错落，如塔如林，作为一个王国的背景默默伫立了近千年。它们就是被誉为"东方金字塔"的西夏王陵。

　　初夏时节，塞上高原奇页花怒放，杨柳树绽绿，可王陵所在的贺兰山洪积扇上却是荒沙连绵，举目皆黄。唯有埋葬西夏开国皇帝李元昊的 3 号陵园拥有一片翠绿，松、柏、杨、槐郁郁葱葱。这里是全国文物保护单位，红墙围护绿树掩映的陵园展览馆中，摆放着为数不多的陵区发掘物。流连于一间间展室，只见一件件石经幢、琉璃鸽、兽头鱼、文臣头像、人像狮头座、西夏文残碑等，似乎在无声地诉说着昔日的辉煌。

　　西夏国的党项族原是狩猎民族，由于长期受到汉封建文化的影响，创造出了既与中原文化相近又具西夏特色的民族文化。这种文化从雕有神鹿像的瓷扁壶、卧槽的大石马等陪葬品以及至今尚存的六千个西夏文字中约略可以品味。细观展厅中那幅雄伟壮观的 3 号陵复原图，气势磅礴地占据了整堵墙壁，背景是晴朗深邃的蓝天，但见陵园牌楼高大，阙楼矗立，献殿宏伟，陵台巍峨，加以朝拜的车水马龙，苍松翠柏中百鸟翔集，游人们不难发现当时这个西部王国的崛起与强盛。

　　西夏王国的崛起是华夏古代历史发展的重大事件。唐末宋初，党项族平夏部落利用各封建势力之间的争斗，坐收渔利壮大力量，西掠吐蕃健马、北收回鹘锐兵，经过数代努力，终于建立起一个强大的军事政权。疆域"东尽黄河，西界玉门，南接萧关，北控大漠"，达 83 万平方公里。先后与宋、辽、金鼎足并立近两个世纪。

　　出展馆时展望四野遥想当年，辽阔的银川平原传来沙场厮杀时金戈铁马的轰鸣，古老的兴庆府回荡着李元昊立夏称帝时不绝于耳的钟鼓。是啊，这片土地曾驰骋着征南扫北、拓地万里的英雄，这片土地也曾涌现出礼敬佛祖、玩弄权谋的君王，他们藐视中原，西北称孤，曾有过何等的气派和威风。

然而，历史往往有着惊人的相似之处，对封建王朝来说，崛起的繁荣后面往往伴随着衰落的凄凉。西夏立国后，随着王权巩固和封建关系的发展，党项族统治阶级逐渐腐化堕落，王族内部争权夺利，对外卑躬屈膝附蒙抗金，终至国势衰微走向灭亡。可惜百年功业毁于昏庸腐败，可怜万千士卒死于荒岗危城，赫赫王国随着胡笳羌笛被戈壁朔风吹散，党项族也被汉、蒙等民族同化了，只留下一片荒凉的王陵。

由于没有后人祭祀和修缮，王陵的角台坍塌了，亭殿倒毁了，陵台被风沙剃了光头，高墙楼阙被千百年的岁月扫荡后零落残败。陵园还留下了一个个盗坑，叫人在历史的遗痕前徒生凄凉与伤悲。明朝安塞王朱秩炅曾途经此陵，面对这片凄凉惨淡景象，不免涌起了兔死狐悲之感，留诗曰："贺兰山下古冢稠，高下有如浮水沤，道逢古老向我告，云是当年王与侯……"

凄凉与伤悲也有一种游览价值，一如圆明园废墟给人留下了深刻的历史警示。试想以拓跋氏（党项族平夏部酋长）为首的党项民族起于青萍，颠沛流离，据地立根，八方征战，以弱示强，创立夏国，距守黄河，出击三川，跃马贺兰，重创辽寇，连一代天骄成吉思汗也死于征夏途中，这个民族该是何等顽强。却因官场腐败，政策失衡，连年征战，终至内乱频仍，民心丧失，国破家亡。十代王侯成为历史的匆匆过客，空留荒陵寂寞对残阳。一个王朝崛起与湮灭的轮换竟是如此触目惊心，怎能不教当代人深沉思索。

沉思中也伴着些许欣慰，曾经昂然崛起的西夏王国湮灭了，但即将湮灭的西夏王陵却有望得到新生。宁夏回族自治区已把此陵作为当地的重要旅游资源予以开发。3号陵大佛塔前新修了宽阔的石板陵道，陵道旁新植了成片的苍松翠柏，可以想见，沉睡了近千年的"东方金字塔"将作为历史教材，永远启迪后人。

历史，是不应该忘记的！

1997.8.18

威权与空白
——叩问女皇陵

探访乾陵，并非是去看望那个没有英雄血性的唐高宗李治，而是去会晤那个绝世女皇的灵魂。

经咸阳过礼泉，远远就可见到"女皇"的睡姿横亘在关中平原西北：只见她据乾位仰天而卧，头枕梁山脚蹬渭河，双乳高耸秀发飘飞……想不到武则天给自己和丈夫选定的合葬地如此雄秀神妙，其气度风采在十几公里外就叫人一见难忘！

一见难忘的还有女皇的威仪，这座世界上唯一的夫妇两帝合葬墓以整座梁山为坟包，自山下沿 500 级石阶登攀而上，面前铺展开 3 公里长的坡型神道，两侧列队排开高大的石华表、造型别致的展翅飞马、高浮雕朱雀，5 对大石马和 10 对身高丈余的持剑将军昂然而立，接受女皇的千年检阅。

乾陵的修建正值盛唐，国力充盈，全陵依长安格局营造。文献载其"周八十里"，陵区地表建筑繁多，仅内城面积就达 230 万平方米，置青龙、白虎、朱雀、玄武四门，城中有献殿、偏房、回廊、阙楼，下宫、朝臣祠堂等种种建筑群落。可在女皇的威仪上面，还有历史大法官的公正不阿。如今，那些雄伟壮丽的城阙楼台及阴气森然的祭殿碑亭都被无情的岁月抹去了，抹不去的都成了抚今追昔的文物。

陵园内城的朱雀门早已荡然无存，但门前的两尊大石狮仍在，这是我国境内发现的最大的一对墓狮，它们张着庞然大口要诉说什么呢？是要褒扬这位在中国历史政治舞台上活动了半世纪的女皇"劝农桑，薄赋役，修《姓氏录》，创殿试制"的功业呢，还是要贬毁这位女皇"罢废亲子，任用酷吏，屡兴大狱，豪奢专断"的恶行？

墓狮前不远处，一排排站着 60 尊谒陵宾王石像，他们着紧袖衣束宽腰带恭立两厢，为女皇的威仪增添了"诸邦来朝"的光彩。原来公元 684 年高宗举葬时，西北边隅各番邦首领纷纷前来送别，武则天特为此雕石塑像记功。可这些"石像生"怎都断头缺脖呢？原来他们被毁于明朝后期。

据说当时一番邦王子来到乾陵，看到自家先祖低首躬身，卑微地立于陵门外，心中大为不服，于是想出一招借刀杀人之计：一边雇人践踏陵下农田庄稼，一边放出谣言说陵上石人作祟。结果愤怒的农人们就把这些番邦首领的头一个个敲掉了。显然，威权的确立必须借助雄厚的经济力和强大的统治力，一个王朝的衰败必然伴随着王陵的凋零。世事沧桑，盛衰往复，哪有不散的王气霸业呢！

身为女皇的武则天也许就有自知之明，终于神秘兮兮地留下一方名闻天下的"无字碑"，叫后人难以猜详。此碑的无字历来众说纷纭，有说武则天认为自己"功高盖世"，用文字难以表述。又有说武则天认为自己的功过，应由后人来评说。还有说武则天晚年境况凄苦，无法立言于永世。孰是孰非，大概只有睡在这里的武则天才能说得清了，"无字碑"矗立成一座"千古之谜"。

如果说，这位女皇临终时想以一种不确定引发后人注目，那么她确实要比许多男性皇帝技高一筹。然而事情可能并不那么简单。窃以为武则天在王朝政治旋涡中打滚了大半生，号"天后"列"二圣"，登帝位改国号，可谓威播四海权倾天下。可正是这样一位前不见古人后不见来者的女中伟丈夫，晚年却皇位被夺，情夫被杀，国号被改，经历了常人无缘消受也难以消受的大失落。数十年尔虞我诈勾心斗角争权夺利争强好胜，一旦如镜花水月成了一场空，她怎能不由大失落中买来一个大明白呢！

无字碑，无字碑，它隐藏着一片幽秘的心灵倾诉，空白的碑面潜写着一串洞明世事看透人生的碑后语，与龙门石窟卢舍那大佛的微笑构成了巨大反差。卢舍那的微笑也是武则天的微笑，温煦明朗而又从容自信，洋溢着"治大国如烹小鲜"的大自如。从大自如到大失落又到大明白，难说不是无字碑的咏叹调。

如果说无字碑隐藏着一个觉悟女皇的咏叹，那它当然要比执迷不悟的"功德碑"显得高大沉实了，果然它高7.5米宽1.8米厚1.3米重达98吨，把左侧唐高宗的七节"述圣记碑"比得又矮小又猥琐。颇为有趣的是经过千年风雨打磨，那刻有8000多字歌功颂德铭文的"七节碑"已变成无字碑；而经过历代游人的关注和涂鸦，无字碑却刻上许多题咏，成为名符其实的有字碑。仰头辨认斑驳的碑体，一首明代诗歌写道："乾陵松柏遭兵燹，满野牛羊春草齐，惟有乾人怀旧德，年年麦饭祀昭仪。"诗中分明记下了乾陵的沧桑与凄凉。

据专家考证，乾陵地宫系从梁山半腰打洞建成，全长63米的墓道选用2吨重的条石叠砌，缝隙浇灌铁汁固之，五代时耀州节度使温韬引兵盗陵，未及地宫风雨大作，疑为天谴只好作罢，地宫得以完好无损。虽然后代谒陵者大多冲着武则天和"无字碑"而来，但古时重男轻女，陵前墓碑上只刻有"唐高宗李治之墓"。郭沫若为此愤然不平，1963年又题写了"乾陵唐高宗与则天皇帝合葬之墓"的新碑立于左侧，算是为女皇出了一口恶气！

告别乾陵时在中午，苍天欲雨，梁山顶上乱云飞渡，阵阵西北风刮过，神道上沙尘弥漫。最后看一眼肃立千年的"无字碑"吧，它留下中国封建时代唯一女皇的威权，也留下威权后面玄奥的空白。它是否要告诉人们，"功名利禄短暂，黎民百姓长久"，还是要告诉人们，"永恒的巨陵高碑是用德行和人心垒就的"。

百千答案，还是让人们去细细咀嚼慢慢品味吧！

1997.8.21

古老与庄严

—— 穿越古长安

　　从咸阳机场往西安市，30公里高速路旁可见一座座龟状形小山包。经询问，方知那是历代王公大臣的墓茔。古长安叠印着周、秦、汉、唐等十三个王朝的背影，从女娲补天、仓颉造字，到周礼秦治、汉风唐韵，这块土地留下无数的远古神话、史书典籍、文物古迹和历史遗址，扑进她的怀抱，无异于扑进中华民族沧桑而又辉煌的历史。

　　"一个城市的历史就是一个民族的历史。"这是罗马哲人奥古斯都的名言。与雅典、开罗、罗马并峙，跻身世界四大古都的西安就是这样一座城市；她给游客心灵的第一波震撼就是古老的纵深感。这里活动过创始文明的蓝田猿人，这里埋葬有人文初祖轩辕黄帝，这里生发了奇伟壮观的周秦文化，这里流传开博大精深的汉风唐韵……可说是"涵盖古今，缩影华夏"。其幽远的历史深度犹若一尊高大的秦俑，把江北的千年古城和江南的文献名邦都比成了一群侏儒。

　　游览这座华夏精神的故乡，暂且不论周公姬旦"制礼作乐"的镐京遗址、老子撰写《道德经》的古楼观台、楚汉相争的"鸿门宴"故地，就以相比不算古老的大雁塔来说吧，也是1300多年前玄奘为保存西游带回大批佛经而奉旨建造的藏经塔。玄奘取经回国后，曾在此塔所在的大慈恩寺译经十个寒暑。高达64米的宝塔庄严古朴，塔旁嵌立唐代书法大家褚遂良书写的两通石碑，碑文系唐太宗李世民和太子李治亲撰的《大唐三藏圣教序》及《大唐三藏圣教序记》。史载，唐时新科进士"曲江赴宴"后，皆来"雁塔题名"炫耀功名，他日若封侯拜相，名字则改红字。白居易27岁时一举及第，曾赋诗"慈恩塔下题名处，十七人中最少年"，风流得意之情溢于诗中。

穿行时光隧道，用心灵和历史对话，走马灯似的政权更迭一派苍茫；让目光与文化拥抱，华夏文脉的流传千年芬芳。仅一处大雁塔，就留下名僧、帝王、书家、诗人诸多历史文化印记，不免使游客萌生羡慕之心。难怪国际旅游界流传着这么一句话："不到西安就等于没到过中国。"海内外游客对西安趋之若鹜，这座古城成为中华旅游的热点。

西安又称长安，深入长安古老的历史，你的心灵难免会受到第二波震撼。这便是这座古都所呈现的宏大气魄，以及由此而让人生发的民族庄严感。走进仿唐建筑风格的陕西历史博物馆，你首先感受的就是这种气魄与庄严。在作为全馆"序言"的大门厅里，没有一字一音的解释，却扑面铺展着一幅长达20米的大壁画，画上苍郁沉雄的黄土高原绵延天际，狂奔怒跃的壶口瀑布惊天动地……瀑布前，赫然是一尊从武则天之母陵墓移来的大铜狮，狮高丈余，侧头举步，威风凛凛地从历史深处踏步走来。其大雄气度摄人心魄。拿破仑曾说，中国是一只雄狮。实际上，这只雄狮早在汉唐时就以其昂然挺进的隆隆足音震撼了整个世界。

不信你瞧，闻名于世的丝绸之路起点就在西安。2100多年前，眼光开阔的汉武帝从这里派出张骞出使西域，足迹遍及伊朗、印度、阿富汗等36国。从此，一条由长安出发经河西走廊直达中亚、西亚、欧洲的贸易之路正式开通，古长安当之无愧地成为国际都市和贸易中心。再说盛唐的长安吧，当时是世界上规模最大的都会，城中宽达155米的朱雀大街由宫城承天门直达郭城明德门，长近10公里，可并排检阅100乘战马，盛唐气象由此可见一斑。

史书载，当时长安11条南北向大街和14条东西向大街把外郭城划为110坊，街市繁华，宾客辐辏，殊方异物汇聚，海外万国来朝，连外国的帝王将相、巨商豪贾也以能身临长安作为自己一生的最大荣耀。长安理所当然成为华夏文明的窗口和象征。而她所代表的国势昌盛的中华民族，远远走在世界文明的前头，这一切怎能不令炎黄子孙感到自豪和庄严呢！

再看陕西历史博物馆里的唐代雕塑吧，镇妖的天神们高举双臂昂首挺胸趾高气扬，被踩在脚下的小鬼也脸容达观张牙舞爪不甘屈服。显然，艺术可以体现时代的精神气质，盛唐艺术所折射出的，是一个充满阳刚之气的时代，以及充满自信的民族心理！

周秦汉唐呼而一揽，乾坤天地重在千秋。走出长安的过去走进西安的今天，虽然时代变了，人们的生活习惯和精神追求也变了：虽然城墙圈着的只是古长安的皇城，但游客们稍加注意就可发现，这里的盛唐气象犹存，唐人气质仍在。作为当代精神文明的鲜明体现，偌大的西安市区车流如潮却罕闻喇叭，博物馆的讲解员气质高雅充满自尊，饮食店的服务员笑容挂脸热情周到，送客的轿车司机助人为乐有副侠义心肠……

更使游客们心动的是，投巨资修建的秦阿房宫即将在原址重新崛起，通往黄陵的180公里高速公路正在筹建，西安火车站将搬出市区迁往南郊，古城缺口将重修城墙重挖护城河。过两三年，总长83公里的环城城墙通上游览车，护城河开通了游览舟船，这座古城将更古老也更新潮，更雄伟也更庄严。

故都遗香，雄哉长安！

宏图新展，壮哉西安！

1997.8.15

寻觅与发现

——探访法门寺

从闽中的佛教丛林飘游到关中的塔庙祖庭，携去了心灵的某种寻觅与皈依。在前往扶风县崇正镇的法门寺途中，秦川欲雨的天空显露出一副阴谋家的面孔，给我们的行程增添了一份神秘。幸而抵达寺前宽敞的广场时，云缝间泻下几缕阳光的微笑，于是大家也跟着微笑地摄影留痕。

想不到法门寺竟有种江南风韵，寺前广场百米处，矗立着一座唐阁楼式建筑，顶层的四面佛头像典雅而又端庄。踏进寺门，只见婆娑绿树清幽脱俗，13层的"大圣真身宝塔"如倚天巨笔直指苍穹，八方塔角的数十只铎铃随风唱和，犹若苏杭少女清声课诵的梵呗。

寺内博物馆前宣传栏上，国家领导人及外国政要的参观彩照被当成了一长溜推介"海报"。看来，无论古今中外，仙佛也得帝王扶，帝王更向仙佛求，各取所需，概莫能外。"海报"一旁还赫然题写着法门寺地宫的"十个世界之最"，如"佛指真身舍利为当今佛教界最高圣物""地宫为世界上发现的年代最远等级最高的佛塔地宫""地宫文物陈设是世界考古发现最早的曼荼罗密宗仪规"等，"最"得人心痒痒的。

塔铃清越、梵歌萦绕，这座寺院不简单！她始建于佛教传入东土的东汉桓帝、灵帝年间，古为华夏四大佛教圣地之一，自西魏恭帝二年（555）肇启塔基开供养舍利弘扬佛法之先河后，声名大振。古传"三十年开示一次舍利佛骨，则岁岁政通人和"，所以唐王朝把其尊为皇家寺院，李唐皇帝曾先后八次来此迎奉舍利。

史载唐时迎奉盛况："自京城至寺三百里间，道路车马昼夜不绝"，"导以禁军兵仗，公私音乐，沸天烛地，绵亘数十里"，

不二法门 宛佑 摄

"富室夹道为彩楼及无遮会，竟为侈靡；王公士庶奔走施舍，唯恐在后；百姓有废业破产，烧顶灼臂而求供养者"。迎奉完毕，帝后下发入塔，并将大量内庭珍宝随同佛骨安置于地宫。

如此狂热，能否与净土莲花的境界贴近，是否与慈悲为怀的佛性相符，确实大为可疑！因而，在当时从长安涌向法门寺的滚滚人潮中，站出了一个逆潮而动的勇者，他便是刑部侍郎韩愈，公然谏阻宪宗迎奉佛骨。挑战皇权的结果可想而知，被远贬为潮州刺史。

游法门寺，寻访目标当然是闻名天下的地宫了。地宫中弥漫着神圣而又古典的佛气。乾符元年（874），唐僖宗以大批绝代珍宝在地宫完成了唐密佛指舍利供养曼荼罗世界，日日夜夜以佛教仪轨为中华民族开万世太平。此后法门寺地宫封闭，上千年来隐匿于重重历史帷幕深处不为人知，连明万历年间重修砖塔也未发现。

1981 年 8 月 24 日，法门寺塔因大雨半壁坍塌。1987 年 4 月 9 日重修清理塔基时，湮没 1113 年的玄宫终于重见天日，两千多件唐皇珍宝闪光耀彩，印证了大唐盛世的文明。石破天惊的是，被奉为万世不朽的佛陀真身指骨舍利，重现俗世凡尘！这无异于在佛教界爆炸了一颗原子弹，消息一经播发，当即轰动了世界！

我倘佯于地宫之中，恍若进入深幽玄秘的历史长廊。2500多年前，伟大的释迦牟尼从静观人生到见性成佛，以他对人生博大精深的探索、对生命大彻大悟的圆觉，指明了众生迷茫的前程……千年前，从地宫到尘世、从长安到洛阳，从幽暗到光明、从宁静到喧嚣，他留下的这枚佛指舍利又凝聚了多少虔诚的目光、见证了多少祈愿的香火啊！如今，佛指重返人间，对芸芸众生又有何开示呢？

地宫中有漫道、平台、隧道，隧道分前、中、后室及小龛，中有彩绘四铺菩萨舍利塔、碑石等。当时这里发现有一枚"灵骨"（真身）和三枚"影骨"（仿品），灵骨秘藏于小龛中铁函之内，第一枚影骨贮于八重宝函中，第二枚影骨置于汉白玉双檐灵帐中，第三枚影骨供于四铺舍利塔中。

目前，第二枚影骨与汉白玉双檐灵帐已移出隧道，供佛子和游人顶礼膜拜。对于佛教界来说，形如一节白玉蜡烛的影骨为灵骨之应现，证示灵骨之不灭，也无比神圣。所以寺僧寸步不离轮班值守。

法门寺塔地宫出土珍品，藏放于寺旁新建的法门寺博物馆。馆中展示有供奉第一枚影骨的八重宝函，供奉灵骨的四重宝函和水晶椁子。但珍异的圣品灵骨却不在椁内，或者又出国或出外巡礼也未可知。但见展室中金银宝器、琉璃器皿、瓷器漆木、珠玉宝石、锦绫绮罗琳琅满目，均为唐代皇室供奉。

使我略感意外的是与馆中一女讲解员交谈，想不到这位年轻姑娘对唐密宗颇有研究，一一道出唐密与藏密的区别。她那深邃的眼神，执着的表情，使我想起坚忍的探求和坚定的虔心，想起"历大辛苦，行大慈悲，得大圆满"的迢遥佛路。显然，金银财宝并非真供奉，真正的供奉该是心灵和品德的供奉啊！

这才是向佛的真"法门"，也是我在法门寺的最大发现。

1997.8.10

历史的回声
——巡视兵马俑

这是一支从历史帷幕深处闯出的军阵，当这支秦军从陕西省临潼县秦始皇陵附近的阴间杀奔阳世时，其雄壮的军威和庞大的气势震动了整个世界。于是，专家学者们称其为"世界第八大奇迹"，联合国把其列入"世界文化和自然保护遗产"，国家为这个"本世纪最大的考古发现"修建了世上最大的遗址博物馆，而成千上万的观光客则如燕子般从五洲四海翩然飞来，被这支军阵的整肃阵容、赫赫声威、深沉凝重所折服倾倒。

一个乍晴还雨的夏日，我夹杂在滚滚人流中涌进秦俑兵马坑，在占地面积 16500 平方米的一号俑坑博物馆大展厅前，凝神静息巡视着这个庞大的军阵。这个军阵的前锋，是三横列 210 个战袍俑，其后是 38 路纵队，侧翼和后卫各有一列面外的武士俑。使人叹为观止的是所有兵马俑都与真人真马相仿，队列严整生动逼真，千人千面神情各异，或憨厚或坚毅或开朗或沉稳。他们面朝东方坚定地迎着旭日挺进。是要去横扫六合完成一统中华的霸业，还是要威加海内去炫耀始皇的威仪呢？

在这里，现代街市的喧嚣声沉寂了，而遥远年代的鼙鼓号角，烽火沙场的呐喊怒吼，甚至刀斧剑戟的激烈撞击，恍若八月的钱塘潮汹涌而来，惊天动地地震撼人们的心灵。这正是历史的回声啊！显然，如此气势磅礴的军阵，是以强大的国力作后盾的。顺应历史潮流的"商鞅变法"，扭转了一个帝国的命运，生产力蒸蒸日上的秦国终于从战国七雄中脱颖而出，成为问鼎中原的强国。因此，雄壮的秦军才能所向披靡，始皇帝也才能成为率先统一中华的"千古一帝"。

漫步兵马俑坑，我满载思绪的沉沉脚步，欲诉还休地敲响了 2000 多年的寂静。瞧，通向俑坑的斜车道，当年运进战车的轮印仍清晰如新，可推车人呢，是否全被残忍地封杀灭口？而坑顶的横梁和棚木，确有火焚的黑痕，那是否鲁莽的楚霸王掘陵焚烧的证据？俑坑上还有几孔宋明古墓穴，墓中主人要是发觉自己躺在始皇帝虎虎生威的军阵之上，一定会吓得从棺材里一骨碌爬起，撒腿逃之夭夭的！

据说，当地几位农民曾在俑坑上打井，未见出水却发现有怪物"鼓嘴瞪眼"矗立于井壁，不禁毛骨悚然，卟嗵一声下跪磕头乞求宽恕。就连美国总统里根前来参观，也不敢拍马屁，只敢小心翼翼地摸了摸马俑屁股，提心吊胆地问道："它，该不会踢我一脚吧？"由此可见各俑的栩栩如生。我想，要是当年雕塑兵马俑的民间艺术家们能够复活，东方古典写实主义的雕塑艺术一定会得以发扬光大。

一号坑东北侧，还有曲尺型的二号坑和凹字形的三号坑。二号坑虽只有6000平方米面积，却排列着一个由骑兵、车兵、弩兵联合组成的军阵。军阵缄默无声，但其进军的"辚辚"车轮声、"哒哒"马蹄声、"嗵嗵"脚步声，穿越沉沉岁月仿佛依稀可闻。细心的人们还可发觉众跪射俑、立射俑、车兵俑、驭手俑相貌不一，生动传神，全然是2000多年前军人的翻版。各俑的地位职务一眼即可看出：兵士俑每人都绾着长发，留八字须，穿平头鞋。

秦师 宛佑 摄

有官衔的戴有帽子，打着领结，穿翘头鞋。将军俑戴着胸章，穿鱼鳞甲，鼓着将军肚。哈，便便大腹里定然装着六国的美酒佳肴。军师俑则留着长须，双手放在背后，脸上流露出"运筹帷幄，决胜千里"的洋洋得意。

使我惊奇的是不管兵俑也好官俑也罢，面容形状都透露出一种昂然自信的精神状态，传递着一个国力上升期王朝的勃勃社会朝气、盈盈繁盛气息。坑壁墙上，还引人注目地挂着一兵俑的放大头像，鼻眼嘴及脸型颇像鲁迅，折射出一种斗士风范。当然，此俑原型是否鲁迅的先祖，就无从查考了。

与一、二号俑坑不同，三号坑是形制更小的指挥部，发掘有四马青铜指挥车一乘，陶俑68尊，该坑凹字形的格局有如一座中军大帐，无声胜有声地营构出一种肃穆和威严。铜车马比例仅为真人真马的二分之一，也已驶过了20多个世纪的漫漫时光，其四马代表春夏秋冬，每轮30支辐条代表一个月天数，由365个龟壳拼装的车顶盖寓年高万寿之意。

据说这辆重达1吨的铜车马共由3000多零部件组装，是历代出土的青铜器之冠。其精美绝伦足证当时制作工艺的高超。仔细辨认，车上还绘有龙凤图案，可惜颜色已然褪去，正如当年大秦帝国的太阳，从充满生气的东方升起，又不可避免地沉落于暮气沉沉的西方一样。

与来自世界各地的游客一样，我久久徘徊于兵马俑阵，徘徊于公元前的时光隧道里，用心灵倾听那历史的回声，倾听"秦王扫六合，虎视何雄哉；操剑决浮云，诸侯尽西来"的那段风云故事。倾听当年的秦王政是怎样以不二于世的胸怀和胆略废除分封、实行郡县、统一法律、文字、货币、车轨和度量衡，又是怎样不惜耗费巨大人力财力物力，构建地上的万里长城和地下的庞大皇陵……

如今，那位派遣徐福往东海仙山寻觅不死药的一代雄主，早已化为一堆枯骨躺在千米外的地宫中，真正赢得长生的，却是古代百姓的不巧创造！

1997.8.1

遥远的青海湖

　　青海湖，高踞青藏高原之上，是传说中西王母的瑶池，又被称作"天上之湖"。她与闽地相隔千座山峦百重云幕，于我来说，真可谓一片遥远的心事、遥远的心情了！

　　拜访"天湖"时刚入秋。凉都西宁还是赤日炎炎，但经青藏公路一个上午的起伏颠簸，翻过横亘在唐蕃古道上的日月山，展露在眼前的是一大片寂寥的蔚蓝，一大片肃穆的深蓝，于是暑气顿然消退，秋意蓦然而生。

　　未曾想到，这个名登中国五大最美湖泊之首的高原之湖，竟是这样一副冷峻面孔。她的前世是瀚海，因大自然的"造山运动"，与母洋天各一方，但借助黄河这条纽带仍与太平洋藕断丝连。13万年前的"第四纪"，又一次地壳阴差阳错的轰然隆起，迫使她输出湖水的河流掉头西流，成为举世罕见的倒淌河！

　　如今，青海湖是华夏大地最大的内陆湖和咸水湖，4500多平方公里面积可以摆下两个厦门市，3200米海拔可叠起两座泰山。水在五岳至尊之上，该是靠近太阳的地方，为啥还这么苍凉呢？

　　究其因，她地处苍茫的大西北青藏高原东北部，关山的分隔道里的险阻，导致千万年来人迹罕至，收藏了一片奇异的景物，延续了无数世纪的寂寞，全然是天光云影鱼痕鸟迹的原生态，这是一种特殊之美，一种撼人心灵的苍凉美！

　　这种美的特质在于与众不同的出世。时值午后，蓝天高远，湖风吹拂，一眼瞧去，半湖云翳随着细细的波纹铺展开去，心情也便融入了这片青苍之海。抬眼远望，云水外的湖岸若隐若现，很难说是国画里几抹淡墨般的远山，还是水天间缥缈的几丝云影！天蓝蓝，云缈缈，水潖潖，山淡淡，诠释着天湖的博大辽阔。据说，环湖一周365公里，刚好是一年的天数。穿越春夏秋冬，千里迢迢前来拜湖的人可领略破冰开湖的壮举，也可体味万鸟翔翔的欢歌，还可眺望环湖油菜的金黄，更可聆听西风肃杀的嘶吼……

很不巧，我们来时，初春开湖的壮举已然远去，热闹的鸟岛重归沉寂，环湖的油菜花已经收割，只有西北风的前锋正在逼近。乘坐快艇游湖其间，大片白云灰云乌云汹涌而来，恍若犯边的匈奴兵在湖天沙场结营布阵，渐渐把东南方一片高远的蓝天都遮蔽了。青海湖也不断变幻着颜色，从天青变成深蓝，从深蓝变成灰蓝，从灰蓝又变成了暗蓝。阵阵西北风从湖边旷野吹过，吹得玛尼堆上的风马旗猎猎飞舞，也吹得湖畔码头旁的白色游艇摇摇晃晃，营造出一片既寥廓又萧瑟的意境，使人想起塞外高原的冷峻，大西北辽远的秋意。

青海湖诱我一见倾心，该是文化的悠远了！上古的传说，不同的民族，异样的风俗，予人一片感知的冲击和震撼。

可不是，这个湖珍藏着一部大历史。湖畔，有古羌人部落遗址、西海郡的界碑、吐谷浑人的古都、蒙古和硕特王的敖包、藏族牧民的经幡，还流传着文成公主和亲的故事……千百年来，各种文明在这里碰撞交会叠印，演绎着衰落也演绎着辉煌。

登上湖中二郎剑景区，古异、朴拙、苍凉、萧瑟等词语渐次闪现在我的脑海，这里像浮在湖面的一把古剑，传说是《西游记》里二郎神与孙泼猴游斗时遗落的，也是祭湖神的地方，原木搭架的"福门"绑着五彩经幡，排列的两行经柱刻着祥云，拜亭石经叠磊，四面佛雕森然，上沿绘有一圈丽日且饰着一围三角旗。祭台不远处是凉亭，凉亭外便是荒滩野水。这里最大的特色就是简陋，简陋成古早的模样，使人想起远古民间崇神驱鬼的传统，这些传统可追溯到千年百代前，透露了湖畔民族的素朴心理，也见证了青海湖存在的另一层意义。

祭亭前石板路边，立着一方青白石碑——高原圣湖坛碑，上记："青海湖古称羌海、西海、鲜水等，北魏始称青海。环湖藏蒙撒拉各民族自古有祭神之民俗，青海神当以古藏语'赤雪甲姆'即西王母为海神，唐玄宗首封西海水神，曾遣使礼祭……乾隆三十八年，规定每岁之秋以祭四渎之典礼祭青海。尔后相沿成习，环湖二十九旗各札萨克、王公、贝勒等必亲自参加……"

经了解，祭典包括跳神、诵经、投献等，祭舞采用藏传佛教密乘法舞，舞者穿戴独特服饰面具，其时长号鼓钹齐鸣，音乐抑扬浑厚，舞姿酣畅淋漓，以降妖驱魔避邪，祈祷人寿康泰，具有悠远的神秘内涵。尔后，手持法器的僧侣仪仗队吹着藏唢呐和法号拥向湖边，法师们朝着湖水念诵经文，祭祀者纷纷向湖中投掷祭物，表达对海神的崇拜，并把承载自己心愿的宝瓶投入湖中。目睹此原生态祭典，你不禁会问，千百年来，湖畔先民到底构筑了怎样的心灵图腾？

二郎剑顶端有个大广场，广场中矗立着高近五层楼的"吉祥四瑞"雕塑，石莲花基座上是一尊金色的庞然大象，象背上蹲着一只猴子，猴肩上站着一只白兔，兔头上驻留一只布谷鸟，雕像前摆着的一排黄铜长号张着长长的嘴巴，仿佛在告诉游人，这座雕像取材于一个美丽的藏传故事：在遥远的年代里，一只布谷鸟衔来一粒种子，兔子刨了一个坑种下种子，猴子在外面围了一圈篱笆，大象从远处取来清水浇灌，齐心协力使这粒种子长成参天大树。可见湖畔先民直面灵魂的生存方式。他们在艰辛的高原环境中，仍顽强耕耘，追求人寿年丰、吉祥幸福。

踏入历史的迷雾，抵达遥远的时空，上古传说，青海湖即西王母的瑶池，3000多年前，周天子穆王曾驾八骏，巡行万里来会西域部落联盟首领西王母，其时青海湖"神池浩渺，如天镜浮空"，瑰丽奇景让穆王如痴如醉。在穆王东归回国的送别宴上，西王母起舞唱道："白云在天，山陵自出；道里悠远，山川间之；将子无死，尚能复来。"穆王举杯唱和："予归东土，和洽诸夏；万民平均，吾顾见汝；比及三年，将复而野。"可惜此后，穆王却未能再来，留下了一段让后人无限遐想的悬案。晚唐诗人李商隐就曾留诗询问："瑶池阿母绮窗开，黄竹歌声动地哀。八骏日行三万里，穆王何事不重来？"

更迷人的传说来自初唐，据说当年文成公主带着和亲的使命远赴吐蕃，沿着唐蕃古道抵达日月山时，回首白云飘飞不见长安，西望荒丘无边四野苍茫。她思念家乡思念唐宫的泪水，禁不住落在倒淌河中，这条河直抵青海湖。她携带的文明种子，也漂流到青海湖畔，撒落在辽阔的高原，让苍凉点亮了火把，让荒芜滋生出繁花。在天光云影共徘徊的青海湖，听到这段美丽的故事，心中也多了一份柔情和感动。

青海湖予我的心理震撼，莫过于心灵的遥远了！这座高高在上的蔚蓝之湖，左拥日月山，右携昆仑山，以西王母之镜照亮纯朴的人性美！

据介绍，青海湖畔生活着藏蒙汉回等12个民族，其中藏族占了百分之六十八的人口，他们敬畏自然，敬畏神灵，虔诚地祭湖转山，祭神转经，接受原始宗教的洗礼，构筑朴素的精神世界。他们与藏羚羊为伍，与大漠之风和冷蓝之海作伴，虽然物质生活贫乏，却性灵飘举，心意飞扬，思想如湖水般纯净，还拥有西北风般的心灵自由。

有人说，行为的背后是文化，文化的背后是精神！我还想说，精神的背后是信仰，信仰的背后呢，是流淌在血液中的民族基因，是飘举在蔚蓝高处的灵魂！表达了一种思想的纯度和心灵的广度。

西北民族把青海湖称为青色之海，可见天青和海蓝是她的基调。她既不同于三清山的天然青境，也不同于海城青岛的蓝色风物，更不同于我家乡莆田木兰溪梦幻般的碧蓝。也许是高原入秋午后的缘故，她有点像深蓝的北冰洋，又有点像黛蓝的南极洲之夜，呈现出一种深沉之蓝，蓝得幽远，蓝得大气，蓝得永恒。

淡出"江湖"后，我经常到莆田绶溪水上公园游泳。深秋的傍晚，每当我从上游仰泳回下游时，面前的天空就呈现出这种奇异的蓝调，飘飞的白云、翱翔的鸥鹭、还有天上银亮的训练机，更增加了这种深蓝的对比度。深蓝，是天空之眼和海洋之心的底色，是一派精神的高度，一种心灵高原的色彩！

游览结束走出景区大门时，湖畔一个扎马尾辫着天蓝衣的姑娘正在拍照，是难忘这段行旅，要把心中的青海湖带走，留作生命行程的纪念吧！阵阵西北风送来了歌声《在那遥远的地方》，撩拨着我的远年旧梦。

是啊，少年时，我梦里遥远的地方是广袤的大草原，那里有帐篷上的炊烟，有云朵般的羊群，还有自由飞奔的骏马。成年后，遥远的地方是草原外的高原，那里有巍峨的雪山，有神圣的布达拉宫，有不畏艰险一步一拜五体投地的朝圣者。拜访青海湖后，遥远的地方已在遥远之外，她不是吞吐日月星辰的天湖瑶池，也不是摧枯拉朽的西北风策源地，她是一派肃穆与寂寥的深蓝——我们曾来和将去的地方，她是人类灵魂的原乡！

萧瑟秋风今又是，换了心境。此文收笔，我已回归闽海之滨，把思绪投向苍茫的大西北，投向遥远的青海湖，心中依然是一片深蓝，一派冷峻。

2015.7.18

在那遥远的地方 阿谷 摄

读 余

陈 丹

人不能接受真实。

与直面深渊相比，大多数人毕生追寻的其实是某种自洽。无论其途径是权力、物质、宗教、艺术或别的什么。在这个层面上，并无高下之别。因为追寻作为动因是一致的；而标签化的结果，使它们变得更加一致。

文字的极度虚幻使我很早丧失了对它的敬畏之心，工作后，几乎可以说是到了厌恶的程度。但我仍然买书看书，与文艺无关，纯粹为了生存，以及小小的期待：观察写作者能有多少坦诚，观察他会以何种言说来自我完成。人的自我拼接犹如魔方。宗教是所有魔方中最有趣的一个，其目的不是圆满，而在于秩序。

有意思的是，我父亲在文字中找到了秩序和平衡。

中国有塑造完人、神人、圣人和狂人的传统。每当我把这四种身份的碎片安放在任何受访者身上时，无往不利。真是无比悲哀的喜剧时刻。他们当真了。当然偶尔有奇迹，就是所有人都当真了。

碎片怎能覆盖整体。赞扬是会害人的，重复赞扬附带的毒性远甚于骂人，因为它唯一的作用就是制造麻痹。更可能的是，任何人为的重复都是有损害的。换句话说，人的精神完全可以操纵，仅仅通过只言片语，轻描淡写就可达成。既可以操纵他人，也能操纵自己。

那么，真假善恶美丑高低贵贱好坏，在一个由人组成的社会里，可以被操纵到什么地步？或许是丧失了评判标准的地步。

这个世界不久前就真实存在。"文革"——一场打破疆界的实验。

　　我父亲生于20世纪50年代，幼年丧父，因祖上开药店，以破落资本家的成分经历"文革"，闽西连城插队十年，不该吃的苦遭的罪他都受了，完全依靠自我奋斗走到今天。他是打碎镜子的那代人，经历过价值观倾覆。

　　这本书中呈现了某种防御和弥合机制。云村听月的意向，来自一面更古老的镜子，一个古老的可能存在过的中国，一种传说中的风雅。它所映照的风雅和内心秩序在所谓的正史中往往也是创生于乱世。这种光芒优美轻盈，在我看来近乎幻象，可对我父亲而言却是慈悲。

　　当月光真正照进幽深的内心时，它才有可能是皎洁的。

萍踪　牧云摄

云村听月寄幽情

合上这本文集，正是木叶萧萧的深秋。面对满院飘飞的落叶，我知道，我收藏了一段人生记忆，而新一轮人生的旅行，又已启程……

对于敏感的中国文人来说，岁月，总是那么亲切，那么多情，又是那么冷峻，那么无奈！不管是在白昼，遥望天际的悠悠白云，还是在静夜，独对天心的一轮明月，许多疑问总会跳出脑海，拨动心弦：我到底是谁？我从哪里来，欲往哪里去呢？是啊，滚滚红尘，人间太过喧嚣，洋洋百态，人性太过现实，我要到哪里去寻找，寻找安顿心灵的一方净土呢？

前几年，三弟大荒租了荔城坊巷一所老宅院，老院落老花台老楼房老雕花，庭院里栽花植草，还置放几块太湖石，种有红枫绿萝紫藤修竹，院门一关，隔别俗世，别有洞天，可谓大隐隐于市，自在复逍遥。遥想民国时，原主定然也是儒雅之士，把这座宅院取名为"怀秋小筑"。我想，"怀春"，该是憧憬幸福的少女；"怀秋"，当然就是洞明世事的老人了。但就"怀"字来说，隐隐尚有些许想望，一丝牵挂，达不到廓然无我之境。

因而，在我淡出江湖，归隐天马山麓后，思忖再三，终把庭院号为"云村小筑"，把居所名为"听月山房"。云村该是抚慰心灵的原乡，是安度晚景的静村；听月是释放性灵的辰光，是放浪思绪的岁月。云村听月意徘徊，听月云村寄幽情。云村小筑可种竹，一任意绪飘云流霞般徘徊，徘徊成一派艺术意象。听月山房宜植莲，看取明月莲花天地幽对，幽对成一道独特风景。当然，这与"本来无一物，何处惹尘埃"尚有不少差距。

云村里，听月中，我悠游于书海灵乡，随意写了一批文稿，加上以往的一些篇什，编纂成书。原初，是把书里文章以"一方水土""心灵原乡""独步天下""烟云岁月""西部印象"分类。后来一想，如此编排脱不了出书窠臼，不够含蓄，未能给读者留下一定的想象空间，而"唯道集虚"该是中国艺术的灵魂，于是改之为"禅香""月梦""云徊""跫音""乡关""埙号"，分节写了导言，意在营造一种艺术意象，请读者朋友运用想象力去填补那些虚灵的空间吧！

此书能面世，离不开王金煌、陈智勇、陈大荒、陈国英、朱合浦、杨步青、薛国平、林明基、张兆年、王朝明、郑喜扬、林庆如、陈晶晶、杨妍、沈瑞芳、许倩诸友，他们或题书名，或设计封面、配图、排版、校对，付出真诚的友情。我母亲、妹妹、妻子也为此书面世倾注了亲情，女儿陈丹作了点评。也真诚感谢六六禧珠宝品牌把此书作为文化精品协作项目。

云村，是心灵的居所；听月，是性灵的体验。听月云村，洒脱妙逸，朦胧幽远，向往的是中国艺术的独特境界，这种境界太过高妙，我功力尚浅难以达到，唯有在今后的岁月中继续追寻。